角落里的青春

回味青涩往事，
解密成长密码

# 学生会萌主的迟到记录簿

主编/刘 勇

**图书在版编目(CIP)数据**

学生会萌主的迟到记录簿/刘勇主编.—北京:中国财富出版社,2014.3
(角落里的青春·浅末年华卷)
ISBN 978-7-5047-5054-9

Ⅰ.①学… Ⅱ.①刘… Ⅲ.①短篇小说—小说集—中国—当代
Ⅳ.①I247.7

中国版本图书馆 CIP 数据核字(2013)第281276号

**策划编辑** 王秋萍 **责任印制** 方朋远
**责任编辑** 白 昕 白 柠 **责任校对** 梁 凡

**出版发行** 中国财富出版社
**社　　址** 北京市丰台区南四环西路188号5区20楼 **邮政编码** 100070
**电　　话** 010-52227568(发行部) 010-52227588转307(总编室)
010-68589540(读者服务部) 010-52227588转305(质检部)
**网　　址** http://www.cfpress.com.cn
**经　　销** 新华书店
**印　　刷** 北京兴星伟业印刷有限公司
**书　　号** ISBN 978-7-5047-5054-9/I·0104
**开　　本** 710mm×1000mm 1/16 **版　　次** 2014年3月第1版
**印　　张** 14.5 **印　　次** 2014年3月第1次印刷
**字　　数** 268千字 **定　　价** 28.80元

# 目录

Contents

## 往日如烟



## 流绪倾城



## 半世繁华

## 大音希声



## 韶华梦醒

# 往日如烟

# 谁会和一头犀牛谈情说爱

■ 花崖

## 1. 你的样子，就像一头犀牛

珍妮大三了，已经在校话剧社跑了两年龙套，和她同届的要么退了社，要么当上了各部部长，只有珍妮，还在演粗使丫鬟、倒霉路人，或者干脆一棵树。社长罗波有次开玩笑说，她的肢体僵硬，很适合演一棵树。珍妮就傻呵呵笑，仿佛听了多了不得的笑话。

剧社里稍有姿质的新人都可以对珍妮呼来喝去，更别说蔻丹。珍妮正在给蔻丹整理戏服，从一大堆配饰里翻找鬼知道在哪儿的掐丝翠翘，蔻丹是罗波钦点的女主角，她身上有着浑然天成的戏剧范，可清纯可风情，自然免不了有些脾气，罗波也爱惯着她那颐指气使的性子。

要不是罗波，谁耐烦伺候蔻丹，罗波纵着蔻丹，珍妮只当自己是在对罗波千依百顺。

珍妮一面喃喃自语进行着心理建设，感叹自己内心强大，才不至于被蔻丹烦死，一面抱着一摞戏服和道具，一头撞在一个人身上。她狼狈地顶着假发套抬起头看，由于逆光，看不清来人的脸，只听到对方矜持地吐出两个字，笨蛋。本来就撞得眼冒金星，这下更是天旋地转。

一边陪同的罗波很明显觉得颜面大失，干笑着把珍妮推搡到一边，热情将来人介绍给剧社一众新人："下部民国大戏的编剧，才子齐野，我的铁哥们儿。"又招呼蔻丹过来寒暄，齐野盛赞了蔻丹的漂亮，然后看似不经意地眼光扫过角落里的珍妮，"演员素质参差不齐嘛，不过海纳百川，刚看完美女，再看这位，就觉得像极了一头莽撞的犀牛，得回去洗洗眼才行。"齐野轻描淡写的一通话，杀伤力大到足以让珍妮去死。

珍妮有个无伤大雅的缺点，平时不着意，可关键时刻却堪堪致命。她实在反应迟钝，凡事总要慢半拍，等她反应过来，去他的参差不齐，去他的海纳百川，转成语很了不起啊。她在心里问候了齐野一百八十遍，而对方早已飘然远去。

## 2. 一边是仇人，一边是救命稻草

珍妮和齐野有仇。他们曾经打过一个赌。

很久以前珍妮着了魔一样要从文学社跳到话剧社，同在文学社的齐野阴阳怪气地说，你不是也暗恋罗波这么肤浅吧。

珍妮心想要你管，但片刻又狗腿地恳求齐野，“知道你们关系铁，如果有罗波出现的场合你能带上我，甚至可以人为多制造些接触机会，那我就不用去话剧社了。”齐野从鼻孔发出悠长的冷哼，说：“你那姿质，多半是龙套。”珍妮不服气，“我是冲着女主角去的，当龙套能让罗波注意到我吗?”齐野笑得促狭，“你尽管去，你要能当上女主角，我就能撺掇罗波把你这个妖孽收了当压寨夫人，也省得你这么迂回。那如果你当不成女主角呢?”珍妮心一横，“那你出现的场合，我退避三舍。”

一言为定。时光荏苒，两年过去了，珍妮果然没能给齐野点颜色看看。

珍妮怪自己没出息，与齐野狭路相逢时只能装不认识，论毒舌，珍妮不是对手。然而更挫败的是，在朝夕相对的过去时光里，罗波没有流露出哪怕丝毫眷顾，他的记忆里从未有过她。

那年珍妮在游泳馆里像一条笨拙却贪欢的鱼，一不注意游到了深水区，慌了起来呛了水，被几个人合力从背后拖上了岸，醒来后看见身边有爸妈，有救生员，还有一个陌生小男孩，关键是，自己一直抓着男孩的手。

后来听爸妈说才知道，出事后那个小男孩在附近，很英勇地冲过来救她，结果被她像抓救命稻草一样牢牢抓住一起呛了回水。爸妈说，你的手攥得那叫一个紧，掰都掰不开。

每次罗波演出剧目，珍妮都混迹在一群粉丝中间，坚持默念，我和罗波是过命的交情，我们有打小牵手的缘分，我和她们是不同的。然而有哪里不同呢，连她自己都快要怀疑那不过是浮生梦一场。

## 3. 雷死人的鬼打墙

剧社进山游玩，罗波查了攻略，找了条可以堂皇逃票的小道，齐野皱眉说好像不够安全。珍妮躲在人群里捏着嗓子说，胆小鬼和乖宝宝可以选择排

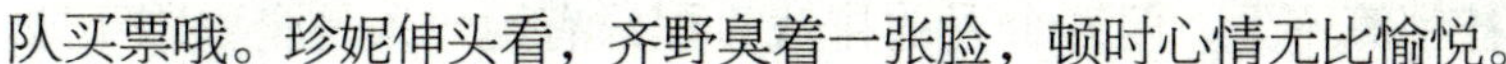

队买票哦。珍妮伸头看，齐野臭着一张脸，顿时心情无比愉悦。

报应来得太快，玩得太 High，珍妮手舞足蹈不幸扭到了脚，回程时慢慢地掉队了。天渐渐暗沉下来，她唯一的意识就是不能停，要一直一直走。她机械地移动着脚步，恍惚中看见一个人影坐在石阶上，等她欣喜若狂地奔过去，人影不见了。她只好继续走，又看见人影，又是到跟前人就消失。

几次三番，珍妮想着是不是遇到了鬼打墙，可残存的理智让她果断确认一下四周，高兴的是，自己似乎离景点出口越来越近了。

那个人影再次出现时，珍妮耍了性子，干脆一伸腿也坐在地上，心想姑娘我不走了。那人影很困惑地漂移过来的时候，珍妮心里颤了两颤。竟然是齐野，珍妮说："哼哼，你也走散了啊，有啥不好意思的，是人都会迷路，你还和我保持啥距离。"

齐野望着哆哆嗦嗦强颜欢笑的女生，懒得回应她，只好沉默。

罗波和大家在出口等着他们，珍妮大哭着扑上去抱住罗波，久违的安全感让她刚才的坚强伪装瞬间疲软。她哭着说："就知道你会来救我，你不晓得刚才我有多害怕。"

罗波被珍妮勒住了脖子，剧烈咳嗽，众目睽睽下笑得一脸尴尬。

## 4. 我发誓永远不会对你恃爱行凶

民国大戏开演前，珍妮看见齐野鬼鬼祟祟地站在大槐树下和蔻丹说着什么，而蔻丹美丽的脸庞光彩全无，灰一样颓败，终于，她扑进齐野的怀抱里放声哭了起来。

珍妮连忙闪开，瞬间明白什么，她没想到面目可憎的齐野竟然还有这一出猫腻。

她在后台候着他回来，劈头盖脸骂一通："有一种罪，叫恃爱行凶。有一种人，骄矜自大无知，以为自己少年风流，所以肆意践踏别人的感情，我真替蔻丹不值。"

齐野微微一笑，"你不也惦记着罗波吗？我们有什么区别呢？还好，我发誓永远不会这么对你。"

珍妮觉得他的口气像调戏，更像歧视，她终究不像他脸皮厚，立马颓了，不再恋战，转身去安慰蔻丹。

蔻丹罢演，全剧社慌了神，罗波仍在蔻丹身侧软语央求，齐野蛮横地扯过珍妮的胳膊，"你来。"

珍妮连替补都算不上，但五个月的排戏过程只有她一人是全程跟下来的，也只能是她了。

大幕拉开，齐野站在台下，看着珍妮和罗波在自己写的戏里谈情说爱。他怀疑自己脑子锈掉了，才会答应出面帮罗波拒绝蔻丹的表白，而且拗不过蔻丹的追问，忘记大戏即将开演。

他一瞬间想起了那个赌约，珍妮当上了女主角，而自己，总不能失信于她。以珍妮一根筋的脾气，即便没有机缘巧合，她要达成的愿望，也一定是会实现的吧。

珍妮望着台下，只看到齐野离去的背影，她忽然有点心不在焉。

罗波不再对蔻丹有好脸色，他仿佛一夜之间生发了对珍妮的兴趣，他想把对手戏从台上搬到现实里。

但珍妮拒绝了。

## 5. 你掌心的痣，我总记得在哪里

珍妮请齐野吃小巷里的秘制牛肉面，为那天的质问道歉，身为八卦台风眼，她是从人们的议论声中最后一个知道原来蔻丹喜欢罗波但被拒绝了，原因竟然是罗波更倾向于平凡的珍妮。

珍妮还要谢谢齐野的慧眼识人，举荐她当女主角，但她说不下去了，牛肉面加了很多辣，雾气蒸腾中，眼泪掉下来。

当她期待罗波感应到她的感情时，他没有接收到她的讯号；可当他终于察觉了她的美，她又感到发自真心的不适与错位。于是她草草结束了这一切，她真是一头莽撞的犀牛，一头跌进爱里，却忘了看那是不是她想要的爱。

珍妮问齐野，你那时为什么形容我像犀牛？

齐野愣怔了一下，眼里那不耐烦的光又出现了，他说：“你不是话剧社的吗？《恋爱的犀牛》都不知道吗？怪不得一直是龙套。”

珍妮被他噎得说不出话来，他一如既往的毒舌惹人厌，珍妮却发不起来脾气。她看见他好看的眉峰轻皱了一下，像艰难回溯着久远的时光，珍妮觉得他的声音发颤，是错觉吗？他终于深吸了口气，“因为犀牛的视力很差，通常用来比喻人们在恋爱中的眼盲。就比如我那么喜欢你，你却看不见。”

这话像个炸弹，珍妮只觉得耳膜轰鸣。

“很多次我都怀疑这个姑娘不只眼睛，连脑子也有病，我哪里比不上罗波了，但喜欢着有病的你的我，岂不是病得更严重一些吗？话说回来，你为什么迷恋罗波?”

珍妮说：“因为他右手掌心有颗痣。”

齐野摊开手掌，“是像这样的一颗吗?”

珍妮紧紧攥住他的手，懊恼、羞愤，原来这许多年，她的一腔柔情全都错付，原来当初，和自己心手相连的人是他啊。

齐野的笑里有了宠溺的意味，“虽然罗波手掌心也有颗痣，但他不会游泳。而且我当年并不是要救你，只是无辜被你抓到不能脱身而已。”

# 淡蓝色的耳朵

■ 夏桐

## 1. 再见那朵蓝色玫瑰

高二的暑假，只有“难熬”两个字。

每天早上比上学时还起得早，匆忙洗漱完，吃好早餐，门铃就响起。家教老师冰冷地走了进来。

老妈现在不说“增强睡眠”，只是把“早起的鸟儿有虫吃”挂在嘴边。

“是光明还是黑暗就在十二个月后揭晓了，你现在不努力，以后有你受的!”噢，难道她不能说是一年后吗？老妈也一改往日慈祥妈妈形象，改做“冷血妈妈”啦!

中午十二点，家教老师衣兜里的小闹钟就响起，老师随便收拾一下我刚做完的试卷，把妈妈递过来的绿茶咕噜咕噜喝完，就赶往下一家。

我累得趴在暑假作业堆里，脑海里翻滚的都是试卷的纸糊糊。

不一会儿，门铃又响了。老妈在厨房里拉开嗓子大喊：“邬如果，快去开门！看是不是送报的来了。”

我只好又爬起来，脚下的拖鞋拖泥带水地“啪啪”响，一直踏到门边。

拉开门，看见两张灿烂的笑脸。原来是小歌和林阿姨来了。

“如果，做题做得辛不辛苦啊?”林阿姨微笑地走了进来，手里还拿着一包炒栗子。小歌也跟着走了进来。

“林梅，你来啦？噢，小歌也来了啊。”老妈从厨房里探出头，说，“留下来吃饭吧，我包了饺子，还买了鱼呢。”

林阿姨和老妈一边吃饭一边说笑着，小歌也不断找我说话。

林阿姨是我们楼上的一户，小歌则是林阿姨的女儿。

吃完饭后，咬着林阿姨带来的糖炒栗子，老妈也不好意思在客人面前对我大叫让我去做题。我更是开心地吃着栗子，看着电视。

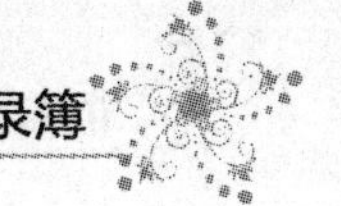

"如果跟小歌一起下去玩玩吧。"两个妈妈突然异口同声地对我们说。

小歌欢欢喜喜地拉着我的手，和我下了楼。

在楼下的便利店里买了一包粉色包装的水果糖，小歌又拉着我，走到不远处的小区公园里。

小区公园里，有一个秋千，只有一只灰色的小鸟落在上面，很快又起飞。

小歌坐到秋千上，又拍拍旁边的空秋千，我也去坐下。

秋千在半空中来回徘徊出一条条光滑的弧线，嘴里含着哈密瓜糖，咯咯的笑声中，好像要飞起来。噢噢噢，有种穿着仙女的蕾丝鞋子，踏上一朵糖果色的云彩的感觉耶。

"啦啦啦，我要飞起来飞起来！"另一朵小云彩上的小歌疯癫癫地叫着。

"小傻瓜。"我笑着吐吐舌头。呵呵，真的好久没这样快乐过了。

"哎哎哎，"小歌一脸小任性，"如果姐姐，那袋糖果给我咯。"小歌那修长的手指指着那袋粉色水果糖。

我紧紧捏着秋千的绳子，无所谓地说："拿去吧。"

小歌打了个响指，甩着小腿，马上咯吱咯吱地咬起草莓糖。

"如果姐姐……"小歌突然凑过来咬我耳朵说，"能问你一个问题吗？"

我舔舔嘴唇，用手指弹了弹小歌毛茸茸的小脑袋瓜："少恶心兮兮的，有话快说。"

"如果姐姐，你有参加过舞会吗？"

"嗯？"

"也就是毕业舞会啊。"小歌用手指在半空中画了一个大大的圆圈，然后转过头，甜甜地看着我。

"没……没有呢。"我吞吞吐吐地回答。

"真的吗？我快要参加我们的毕业舞会啦，妈妈答应我要给我买'星糖屋'里的泡泡裙呢。"小歌一脸小幸福。

"什么舞会呢？那'星糖屋'里的裙子可贵了。"我装作满不在乎地说。

"不是说了吗？毕业舞会！初中的毕业舞会！"小歌嘟起粉红的嘴巴。

我笑了笑。

是啊，小歌现在身高已经一米六几了。那像芭比娃娃的精致小腿，微微凸起的胸部。不管身材还是模样，渐渐蜕变成小蝴蝶啦。

我把秋千荡得更高，更高……

可我突然站起来，甩甩手，对还在荡着秋千的小歌说："好了，我们回去吧。”

“嗯。”小歌这条小黏虫马上跟了上来。

回到家，林阿姨好像也准备要走了。

“你们回来啦？”林阿姨温暖地笑着，“小歌现在去买裙子，如果，你也去吧，好吗？”

“哎呀，如果还要继续做题呢。”老妈突然从屋子里走了出来，“如果，你姐姐如星刚刚打电话回来了，问你做题做得怎么样了。”

邬如星是我的亲姐姐，现在读上海复旦大学中文系大二。

我感到没趣，“哦”地应了一声，准备回房继续做题。

“啊，不要！”小歌马上又黏了上来，“我要如果姐姐陪我一起去挑裙子！”

“于歌……”林阿姨叫着小歌的名字，为难起来。

“好吧好吧，就当作出去放松放松吧。”老妈也不好意思再说什么，只好答应了。

乌拉！我真想开心地大喊一声。

坐着林阿姨的车，很快到了“星糖屋”。

小歌立刻扎进裙子堆里，摸摸这条试试那条，可每一条都太漂亮了，她最后对着大大的穿衣镜，苦恼地咬起手指来。

“如果姐姐，”小歌甜甜地笑着转过头，“你说哪一条好看呢？哪一条好看呢？”

可我没有听到她说些什么，而是被一旁的一条裙子迷住了。

好像啊，这条裙子真的好像啊。一样像饱满的花朵那样的裙摆，一样的星星般的胸针，一样的泡泡袖子，一样在领子口缀着一朵用珠片拼成的玫瑰的形状，一样的蓝玫瑰色……

“如果姐姐？”小歌不知道什么时候走到我身边，“你觉得这条好看吗？”

店员马上走了过来，拉拉裙摆，说：“这可是今年最流行的泡泡裙啊，你看这裙摆，就像是被蓝玫瑰塞得鼓鼓似的，你看这颜色，多好看啊……”

小歌对店员小姐笑了笑，翻翻价格牌子，马上大叫起来：“天！一千二百五十元，怎么这么贵？”

“这当然。”店员也对小歌笑了笑，“这是今年最流行的呢，你看这布料，像丝绸那样滑呢。”

“算了，还是看其他的吧。”我拉拉小歌的衣服，说道。这裙子的价格真的很贵呢。

到最后，小歌还是一条裙子也没有选到。

“嗯……那下次再来看看吧，反正离你们的毕业舞会还有两个星期呢。”林阿姨一边开着车，一边说。

“好吧……”小歌垂着头，有点不乐意。

回到家，老妈看了我一眼：“回来了？”

“嗯。”我脱着帆布鞋，应道。

本以为老妈会又啰唆一阵，但没想到她却很温和地说：“算了，今天就让你放松一天。如星说了，要是老在房间里整天做题，很容易变痴呆的。”

“哦，好。”我转身回房。

打开那大大的衣柜，我拖出压在最底下的一个箱子。

里面的那条蓝玫瑰色泡泡裙静静地像个公主那样躺在那里。我抚摸着裙上的每一角，每一个部分。

滴答滴答，一颗颗眼泪落在裙上。那么硕大，那么透明。

权寒哥哥，你知道吗？今天我找到一条和它一模一样的裙子啦。

权寒哥哥，你在天国，还好吗……

## 2. 我愿，是一面镜子

冬日，广州的天气干冷干冷的。校园里的落叶都被冬风卷起一个个无形的旋涡。

“邬如果，六十三分。”政治老师的手指狠狠一弹，如果的试卷狼狈地飘在地上，“看你最近是怎么学的？这个学期都考这个分数，下个学期中考你还考什么？考什么？”

底下一片“咯咯咯”的嘲笑声。

如果红着脸，走上讲台，拾起那张试卷，心里悄悄地骂：“死政治佬，死试卷！”

回到座位时，如果的手臂不小心碰到同桌的权寒。

权寒是一个有点古怪的留级生，本来现在应该上高一，但不知道什么原因，他和如果他们一起读初三。

接下来念到的分数，不管是高是低，如果都不想理会。她捂着自己的脸，感到自己全身火辣辣的，对这份考卷不知道是羞愧还是不安。

好不容易熬到放学，如果随意收拾好书包，把穿在校服里的毛衣的领子束得更高一些，走出了校门。

离学校已经很远了，如果把考卷从书包里拿出，想把它塞进路旁的垃圾箱，又感到不对，用水笔把“学生姓名”和“学校班级”那两栏涂成两格子满满的蓝，再扔进垃圾箱。

回到家，发现老妈提着一个保温罐，刚好要出去。

“回来啦。”老妈摇了摇手中的保温罐子，“我去给如星带点汤，她高三了，很辛苦啊。而且这个学期我都没怎么给她带东西去呢。学校也真是的，高三学生一个学期只能回来两次……”

老妈的话还没有说完，电梯就来了。

见老妈已经下楼了，如果才进到家里。可一回到房间，客厅里的电话又响起了。

“如果啊，你自己泡个面，我可能比较晚回来……”又是老妈打回来的电话。

“嗯嗯嗯。”如果胡乱应了几声，就挂了电话。

如果把自己扔到床上，不想理会那些作业，更不想再想那张被扔掉的考卷。她的脑袋空空的，只能用“迷茫”与“空虚”两个词形容。

如果多羡慕姐姐如星那样的住校生，至少有妈妈的关心。如果还记得，如星中考时考上的是全广州最好的高中。

如果虽然不像姐姐跟个天才那样，但至少，她从前考试都在全班前十名。可初三这年的第一个学期，每次考试的成绩都不理想。

看看日历上面被老妈画上红圈圈的日子，如果才想起，离这个学期的期末考试没几天了。

如果突然想打开电脑玩一下。虽然她是“电脑小白”，但她现在却认为只有电脑才能平息自己百感交集的心。

上了QQ，发现没多少人在，如果只好去网上聊天室。

一聊就忘了时间，直到饿得胃痛。如果痛得皱皱眉头，看看墙上的挂钟：已经晚上八点半了。

算了，就让自己饿得清醒一下吧。

刚这么想，门却不知被谁打开了，一个熟悉的声音传进如果的耳朵：“邬如果，你在干什么！作业都做完了？”

如果敲着键盘的手指停了下来，转身看到的是不知什么时候回来的妈妈。

“做……做完了……”如果说完这句话后感到深深的后悔，这是她第一次说谎。

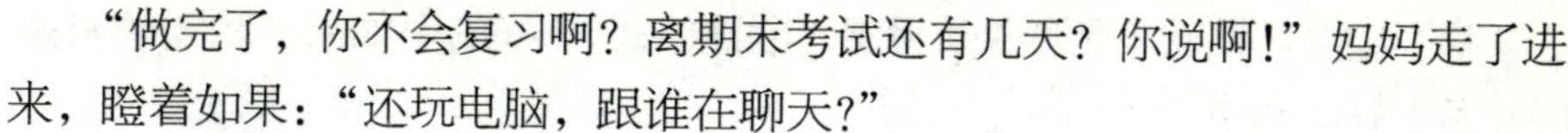

“做完了，你不会复习啊？离期末考试还有几天？你说啊！”妈妈走了进来，瞪着如果：“还玩电脑，跟谁在聊天？”

老妈侧过头，看了看电脑屏幕。

如果觉得自己的头快低到地上了，她小声地嘀咕：“不就是上网？不就是和网友聊天吗？……”

“网友？”老妈的眉毛马上一挑，“跟你说多少次了，网上的都是坏人！你怎么可以随便和别人聊天啊！邬如果，你真的变坏了，看你现在这破样！简直成废人了！”

如果的手握成一个紧紧的拳头，她感到自己的手的每个骨骼都在咔嚓咔嚓响。

“对！我是坏女孩，我是变坏了，我是一个废人！你满意了吧？”如果再也忍受不下去了，冲着妈妈大喊。

老妈的嘴唇颤抖着，最后变成全身颤抖着。老妈走出如果的房间，但马上又回来，手里握着一根粗粗的树枝。

“我打死你这个没用的！”老妈挥起树枝，狠狠地一下一下向如果瘦瘦的手臂打去。

如果也不躲，任由她打。

啪的一声，老妈手中的树枝掉到了地上。老妈又走出房间。

如果感到想哭泣，却哭不出泪滴。只是呆呆地坐在地上。

老妈再次回来时，手里拿着一盒药。老妈把手中的药膏扔给如果，冷冷地说：“自己涂。”然后走出了房间。

如果把那盒子里的棕色药膏一点一点涂抹在自己被老妈打红打破皮的手上。

看着窗外的夜空，今天的星星好像一颗也没有，只有那轮月亮，散发着淡淡的银白色光。

或许，真的是自己做错了。

如果站在房间的镜子前，看着镜子中的自己，镜子中的那个少女：

我愿，是一面透明的镜子，至少能让自己看清自己。

第二天一早，老妈就对如果说：“邬如果啊，妈妈不是有意打你的……毕竟你是做错了，你也要反省……如果，不要恨妈妈，好吗？”

如果点点头。她发誓，再也不会犯昨天那样的错误了。

看看墙上的挂钟，哎呀，再不走就要迟到了。

如果快速把吐司吃完，抹抹嘴，就出了门。

我不要变坏，我不要叛逆，我要当回原来那个好的邬如果，我要像姐姐那样考上好的高中。

走进班里，如果看见古怪的留级生权寒对自己微笑。噢，不，是全班都在对自己微笑呢。

或许，不是他人对自己微笑，而是如果的心里，在发出对自己的微笑……

## 3. 小丑鱼的眼泪

烦人的中考终于结束了。

“乌拉!”想想，是什么样的情景?全班同学的书都在半空像无数只纸小鸟飞舞着。

“好了好了，大家静一静。”老师笑着用手往下按了按，微笑着继续说，“现在我来公布一下你们各被哪一所高中录取。”

“权寒，广州一中。”

“宁星夏，广州八中。”

“周小茶，广州二中。”

……

我双手合成一个拳，抱在胸前，暗暗祈祷着。

终于，终于来了——“邬如果，广州一中。”

“天哪天哪，这是真的吗……”我瞪大眼睛，心中充满惊喜。我是不是真的真的考上天才姐姐如星读的那所中学?

“真的真的，”老师对我微笑，“这个学期邬如果同学是我看来全班最努力的，所以才考得这么优秀的成绩……你比权寒高出零点五分。”

我在座位上傻笑着，突然感到一颗冰冷的东西滑落。噢，是我惊喜的眼泪。

等全班成绩都念完了，老师又公布了一件事：“初三结束了，我们来开个毕业舞会，怎么样?”

“哦?这不是高三才开的吗?”

“我们初三一样可以开啊。”老师依然保持微笑回答。

“噢，那在哪里开呢?”坐在我后面的周小茶问。

“在城中心的植物园的草地上吧，到时我会找人把那弄得很漂亮的。”

“还有哦，”老师说，“到时男生可以穿 T－shirt，穿牛仔裤。但女生一定要穿裙子。”

老师说完，还给我们每人发了一张香喷喷的小卡片。上面有舞会场地、舞会时间。

放学，周小茶就请全班女生去喝奶茶，说是庆祝毕业。

“哎哎哎，你们穿什么裙子？”周小茶狠狠地喝了一口杯中的椰果奶茶，问。

“百褶裙”、“牛仔裙”、“公主裙”、“鱼尾裙”、“旗袍裙”、“喇叭裙”、“灯笼裙”之类的名字马上向小茶扔过来。

“噢噢噢，我要穿斜裙，知道什么是斜裙不？”小茶又转头来问我，“你呢？如果。”

“不知道呢？”我把刚刚喝完奶茶的杯子塞进垃圾桶里，走出奶茶店。

照死党小茶的话说，我是个假小子。

我的手指狠狠地一遍遍按着卡片上的字，就想把上面的字像按按钮那样全部按掉。

所谓的毕业舞会，不过是女生们臭美的舞会而已。

都怪老师！都怪老师！凭什么女生一定要穿裙子？我狠狠地抓抓头发，想把烦恼都抓掉。

我是个从小学二年级开始就不再穿裙子的女生，即使学校每周四下午可以穿得自由些，我也一样穿着运动式的其他女生们都嫌难看的校服。

我是个从不弄那些亮晶晶发饰的女生。不会偷偷抹指甲油，不会偷偷涂唇彩。也可以说，我根本不会打扮。

我喜欢和男生那样在球场上拍着篮球，甩着汗珠，在球场上奔跑。我打球甚至能赢过男生，每次听到女生们的欢呼，男生们的咬牙切齿，我都无比惬意。

最主要的是，我不会戴耳环。因为，我没有耳朵。

是啊是啊，我没有耳朵，一出生就没有。因为没有耳朵，所以在小学时，同学都叫我“没耳朵怪”，上了中学我才学会把头发放下来，才让别人看不见我没有耳朵的“耳朵”。甚至连死党小茶她们也不知道这个秘密。

如星也是，但她从小就是个天才，所以没有人敢说她是“没耳朵怪”。

应该是妈妈的问题吧，生了我们两个女儿都是没有耳朵的，都是残疾的。可庆幸的是，我们的听力毫无阻碍。

一进家门，一个淡蓝色的盒子正正好好砸到我头上。

“什么啊？”我皱着眉，揉揉额头。进门后，把盒子随意扔到沙发上。

回到家，发现如星和老妈都出去了。因为如星拿到了上海复旦大学的录取通知书，出去庆祝了吧。

我把自己扔到床上，带着烦恼和郁闷，不知不觉睡着了……

时间一秒一秒地过去，离毕业典礼的时间一微米一微米靠近。

见到那几个死党一起到小茶家，热火朝天地讨论着自己刚买的裙子，但最后还是那两个字，“保密”。我才想起，明天就是毕业舞会了。

白纱裙、小礼裙、娃娃裙、公主裙，还有小茶上次说的那条斜裙都向她们呼啦啦飞来，闪亮的裙子一件件击到她们脸上，让她们激动地啊啊乱叫。

可是，低头，看见自己腿上覆盖的还是那条洗得发白的牛仔裤。

我连忙回家，躲进衣柜里，乱翻乱找。

裙子，裙子在哪里？别说是裙子，连裤裙都没有。都是铺天盖地的运动裤和牛仔裤。

突然，一道淡蓝色的光，闪过我的脸庞。

那像玫瑰花瓣一样柔滑的布料，腰带上那朵淡蓝色的花，还有领子上那朵用蓝色珠片拼成的闪闪发光的蓝色小花，颈上那荷叶领子，还别着一个蓝水晶胸针，扑闪扑闪的。

泡泡裙？

没错，一条蓝玫瑰似的泡泡裙，停留在我的身上。

裙摆就像是塞满了蓝色玫瑰花瓣，那么饱满。又像是许多只蓝色蝴蝶，轻轻把裙摆托起。腰带上的那朵碎布拼成的花，像是原本就长在那里一样。

脚上配上一双天蓝色的中跟鞋，鞋跟和鞋头那些美丽的花纹，把我的脚尖和脚跟包得严严实实的。但是还是脱下，穿上一双深蓝色的圆头皮鞋，鞋带上有朵和腰带上一模一样的天蓝色花。配上一双蕾丝花边袜，显得可爱漂亮。

在乌黑浓密的短发上别上一个天蓝色的水晶头饰，全身上下仿佛在闪闪发光。我看着镜中的自己，不敢相信里面的少女是我。

打了个 OK 的手势，决定明天就这样去舞会。

可是，这泡泡裙是哪来的？

应该是姐姐如星的吧，反正她和同学去海南旅行，借穿一天也没有关系。

终于，明天成为了今天。下午三点钟，我穿上那条泡泡裙，妈妈帮我弄这弄那，就以这副我自认为很别扭的形象，到舞会场地去了。

两腿之间只感到空空荡荡的，裙摆因为像塞满了蓝色玫瑰花瓣，没有调皮地甩起。但感觉小腿还是凉凉的，踏着别扭的脚步。

我一来，就仿佛擦亮所有同学的眼睛。他们都屏住呼吸，看着我这个在他们眼前从没穿过裙子的邬如果。

我羞涩地走过一个个彩色的气球，走过一杯杯冒泡的可乐，走过一块块精致的点心，走过一朵朵花朵，走过所有打扮得漂漂亮亮的同学。

“如果，如果！”死党小茶和星夏走了过来。呵呵，小茶果然穿了斜裙，星夏也穿了白纱裙。

“漂、漂亮吗？”我挤出一个微笑。

“呃……”小茶和星夏好像不知说什么好。

可她们没有说完，我“耳边”就响起一个个不满的声音：

“知道吗？今年早就不流行泡泡裙了，感觉好土哦。”

“就是就是，知不知道邬如果穿裙子很难看啊。”

“啧啧，你看她那腿，膝盖像土豆那样，长腿先生？”

“噢，邬如果在装可爱，不知道穿得有多难看哦。”

是啊，我不懂什么潮流，不懂打扮，我是个不会穿裙子的假小子，我不会在意。

但这次不同，这些话仿佛是巫婆的诅咒，像针一样刺向我，弄得我头破血流。

我提起裙摆，撒开腿就跑。风在我身旁呼呼急促吹过，不管跑去哪，跑到一个未知的地方，只要能躲过这些难听的话语。

“如果！如果！”听见小茶和星夏在后面大喊。

可我不想理会，我只是跑。一不小心，撞到一个人，我抬起头，看见的是被我撞到地上的权寒。

我来不及对他说对不起，立刻又爬起来，拖着狼狈的模样，只是向前跑。突然，一颗冰冷苦涩的泪水，滑进我的嘴里……

# 我的兄弟姐妹不会这么可恶吧

■ 马小弦

一

“可恶啊！”跑了半天还是没甩开他们。这学校的男生未免也太疯狂了吧！至于我逃了多久，我也不是很清楚了，不过酸痛麻木的腿已经提出了抗议。但是不快跑的话肯定会死得很惨。于是神经调节系统发出强大指令，拼命地释放肾上腺素。

我想，要是以这样的速度及耐力参加马拉松比赛，我一定能拿世界冠军，为国人争光。嗯，嗯，一定，一定。回头一看，后方已是滚滚风尘，唉，人数怎么又增多了。

“你给我站住。”

“臭小子你别跑。”

“站住！”

后方又一次发出警告，傻子才不跑呢，跑啊！加油！

“啊！”一不明物体向我后脑勺飞来。我灵巧地一躲，好险，还好我感觉神经细胞及运动细胞发达，不然就被砍死了，不死也得成植物人了。

边跑，边用手拍拍胸口。还未来得及放松，又来了。可恶，太阴险了吧，竟然使用暗器。“我躲。”

什么，竟是石子！

“我防。咦，这是什么呀！”看着顺手拾来当挡箭牌的纸板上的不明物体，我惊出一身冷汗。

“我再接。”什么圆规啦，三角尺啦，半圆仪的，接了一大堆，真是收获不小呢！

“太先进了吧！”看着刚接下的手里剑我不禁发出慨叹。

什么，问我究竟发生了什么事。问得好。的确，不知道的还以为这学校在贯彻全民运动精神呢。说来这话可就长了。且听俺一一道来。整件事的缘由还得追溯到上周五晚。

## 二

“喂！我找一下阿铖。”

“我就是，有事嘛？”刚放学回到家就接到小芳打来的电话。小芳——和我一起长大的幼年玩伴之一，也是这起被追杀事件归根到底的责任人。

“没事干嘛给你打电话呀。我跟你说……”她开始了世纪演说。她们学校要在下周六上午举行校文化艺术节开幕式，而且她们年级的老师在那天都要参加市教育局召开的教学质量调查分析会。所以她打电话来是为了让我去参加开幕式。

“开什么世纪玩笑，我又不是你们学校的。而且都初三了，哪有那么多闲工夫去玩。”

“不要说得那么绝情嘛，人家好心好意请你去，你都不领情，呜，呜。”开始假装哭泣，从小到大她都是这样，而我最受不了女生哭了，虽然知道她是装的，但还是勉强答应了，“好吧，反正下周六我们没课，不过我若去了混不进去，我可就不多留啊！”

“真的吗？太好了！”她兴奋地叫道，刚刚她果然是假装的，这次她又得逞了，“你放心，我已经想好怎么让你进去了。对了，明天来我家，有事。”

“知道了。”我面无表情答道。看来她是蓄谋已久。

次日，我到她家（她家就住对楼），她过分的热情叫我不寒而栗。我已经感觉到不会有什么好事发生，她的笑容里肯定酝酿着什么天大的阴谋。这是多年来我总结的经验、教训。

“噔噔噔噔！你看这个，你穿这个肯定能混进去。”她兴奋地鬼叫着拿出一套校服，摆在我面前。

“为什么要我穿你们学校的男装，你不是有两套校服吗？”狐狸尾巴露出来了。不过如果真让我穿，我也会穿的。她们学校的校服和我们学校的不同，她们的分男女装，男生的是衬衫领带西装型，女生的是衬衣蝴蝶结长裙装。而且又好看，而我们的校服男女的都一样，长裤大衣型。

“这个，那个，哦，对了，我那套校服捐给受苦受难的灾区人民了。这套校服是人家好不容易从学长那借来的，你总不能辜负我一片好意吧！”一看就知道是在撒谎，这是她惯用的伎俩，先编一个很不现实的谎言，然后立即转移话题。

“说吧，你的目的。你叫我扮成男生去你们学校的目的。”我开门见山直截了当地提出了最本质的问题。我终于没有上当，而且严肃地提出了问题。我果然又聪明了（表情严肃，但已暗爽到内伤了）。

“什么目的不目的的，太见外了吧。其实我早就发现你那张帅气的脸了，那散发出的气质是所有男生都不能比的。如此翩翩少年，若是男子，不知会引多少纯情少女竞折腰。我就是为了探个究竟，看看我们学校的女生看到男装的你后会怎么样才……”

我被捧的飘飘忽忽的，完全忘了问切入主题这档子事了，唉，没办法，谁叫我最无法抵挡别人恭维（说白了就是拍马屁）的话呢。就这样又一次被她利用了。每次都是这样，她把我卖了我还傻乎乎地替她数钱。她之所以找我去，除了因为我好骗，还有就是我的外形，从小就一直留着短发，经常被误认为是男孩子（最光荣的是曾经有陌生女孩向我表白）。而且性格好，是对别人的看法无所谓，对性别也无所谓的那种女生。

## 三

今天，我穿着她们学校的男生装，戴上她硬要我戴的没有度数的金丝边眼镜，骑单车载着她来到她们学校——圣华中学。果然扩建后新修的学校就是不一样，说实话比我们新源中学好多了。小芳挽着我的胳膊领我到处逛。我正欣赏着新建的教学楼时，一个女生走过来小声对小芳说：“季芳，你 BF 长得好帅啊！怎么从来没见过，难道不是咱们学校的。”“是吗，我也觉得他帅得过分呢。”说完她咯咯地笑起来，将我的胳膊挽得更紧了，还妩媚地把头倚在我的肩上，“你认为咱们学校除了四大校草外还会有美男吗?”

“确实。好羡慕你啊！有事，先走了，拜。”那女生，又多看了我几眼才恋恋不舍地离开。

“那个，我想问你一个问题，你得老实回答。什么是 BF？是 before 吗?但她（指着那女生）好像在说我耶。”

“哈，哈，你，你也，唉，你果然还没长大呀，虽然你学习方面算是聪明的，但你在某方面就连白痴都不如。竟问这问题，不怕把我大牙笑断了!”

我瞥着笑得不成样子的她，无表情地说：“不告诉算了，我还不想知道呢！那你带我去看看你刚刚提到的校草吧!”虽然我对校园里的草啊、花的没什么兴趣，但是能够比过人类的植物，一定要见识一下，开开眼。

“你啊，总算开窍了。”她终于不笑了。

体育馆里。

“哇，这里的装饰太华丽了吧！”我环顾着为校园文化艺术节而被精心打扮过的体育馆，感叹道。有钱的学校就是不一样。

人还真多呢，突然，我看见一位漂亮的女生（美丽的罪魁祸首）被什么绊了一下，正要向后方倒下。出于本能反应，我迅速跑过去，一手搂住她的腰，一手抓住她失衡的手，站稳。画面定格后就宛如跳华尔兹的一个分解动作。“同学，你还好吧！”我把她扶正，四目相对，她真是太美了，美得超凡脱俗，美得无法形容。“谢，谢谢你。”她低下头红着脸小声说道。

然后我就莫名其妙地被一群男生追杀了，事情就是这样。助人为乐本是一件好事，怎么到我头上却……唉，我怎么这么命苦啊（话外音：命苦不能赖政府）！这样我死都不知是怎么死的，叫我如何瞑目。

回头一看，已经拉开一段距离了。前面是一栋教学楼，进去吧，反正他们追来还需一段时间呢，先进去歇歇再说。

三楼，“第一学生阅览室。”我念着一间大教室的门牌，这里是图书馆吗？我继续走着才发现这里又静又昏暗又冷，和鬼片里的场景差不多，我刚才怎么没发现呢？鸡皮疙瘩很自然地掉了一地，寒，我好不容易把鸡皮疙瘩按回去，寒毛又很不争气地全数立了起来。

“噔，噔，噔。”脚步声，是那群锲而不舍的追兵呢？还是……不可以想下去，快跑，边跑还不忘双手合十于胸前，闭着眼，狂念咒语，“世上无神鬼，全是人在闹；世上无神鬼，全是人在闹。南无阿弥陀佛，南无阿弥陀佛，善哉善哉。上帝保佑，阿门……”

“啪！”我和什么东西撞到了，竟被弹倒在地，我这才发现，原来我这么不堪一击，跑了那么久还真是一个奇迹呢。这也使我坚定了一定不能被抓住的决心，否则下场肯定很惨，那是相当的惨。我抬头一看，才发现原来和我撞到的是一位漂亮的女学生，她也被撞倒了，拿着的书也散落了一地。

看来责任在于我跑得太快了，于是急忙起来帮她捡书，赔礼道歉，“对不起，刚才跑得太急了，把你撞倒了，真是不好意思。”

我捡起书抬起头，准备将刚刚理好的书交到她手中，没想到，这时……

“K，K，Kiss。”刚刚追上来的一名学生看到这一幕，惊慌失措地大喊道。

于是我俩立即像触电一般弹开，我傻傻地看着她，她竟然没有大叫出来（太让人吃惊了吧，这女生被陌生男生吻了竟没暴怒），只是用白皙修长的手指遮住嘴，目光游离了我的视线，红着脸向后退了退。这样的她更美丽了，不过说来也怪，这个学校的美女怎么都这么害羞呢？我今天还真是艳福不浅呢，救了一个，吻了一个，而且都是美女。

等等，有什么事我似乎忘了，“对不起。”我边说边把书交给那女生，然后准备继续逃亡。当我刚摆出夸张的逃跑姿势时，回头一看竟发现追兵都人间蒸发似的消失了。不过此地不宜久留，先走为妙。

“我总算活着回来了。小芳你能解释一下刚刚那些人为什么追我吗？”我找到小芳。

“谁叫你碰了我们学校的第一大校花了！”校花？等等，我似乎想起了什么，拽着她就走。

“你带我来这干什么？”她疑惑地问。

“我跟你说，我对灯发誓我刚来时只是闻了一下它的香味，绝对没碰它。”我指着花坛里的那朵最大的花（校花肯定指的就是它了，我这么认为）说道，“没想到你们学校的学生如此花痴，还好我没被抓住，不然铁定要成为花肥。还有，不用你带我去看校草了，我已经看到了。”不就是大杨树下的四棵草吗？这个学校就这么几棵草，也没什么好稀奇的。

她嘴角开始抽动着，“你个白痴，校花不是指这个。你什么时候见过校草了？咦？对了，那些人呢？他们怎么不追你了，照理说护花队的成员是不会轻易放过那些与校花有过亲密接触的人的。我刚刚还正在想要怎么替你收尸呢？”

“拜托，别说得那么难听好不好。我也正纳闷呢？刚刚（回忆）我无意中与一位很漂亮的女生Kiss了，然后他们发出了可怕的尖叫声，就消失不见了。不过大难不死必有后福。”

“很漂亮的女生？夺走了你的初吻？然后……他们就消失了……”她想了一会儿，继续说，“你确定她长得很漂亮，你该不会是近视了吧？咦？我的金丝边眼镜呢？”

我这才意识到眼镜，果然已经不在了。

“哦，对了，可能是刚刚撞掉了。我去找找吧！”我刚准备跑，却发现腿已经没有一丝力气了，一个踉跄就倒在地上了，却怎么也站不起来了，“可能是刚刚跑久了，腿已经麻木了，你来背我吧！”我眼巴巴地看着她说道。

这时忽然感觉有人在拍我，猛地回头一看竟然是她，她什么也没说，只是把眼镜递给我。我戴上眼镜，心想，原来是她捡到了眼镜，不过给刚刚吃了她豆腐的我送来，的确是件很了不起的事了。“谢谢！”我笑着向她道谢，希望她不要误会之前发生的事，把我当色狼看。也希望那件事没有给她造成不可治愈的伤。因为再怎么说女生都是这世上最容易受伤、感情最细腻的生灵了（当然，我除外）。

“少宇同学，是你啊！”小芳大声叫道。又很狡猾地看了看我。突然对她说道：“我朋友受伤了，动不了了，你能不能帮我把她背到存车棚啊？”

什么，小芳你没病吧，就算你不想背我，也不能让这么漂亮的女生来背我吧！我多过意不去啊！于是我试着站起身来自己走，没想到只是徒劳。更没想到的是，她愣了一下，竟什么也没说就把我背到背上了，漂亮女生会有这么大力气还真是奇迹，而且竟二话没说就背起一个吃了她豆腐的陌生男人（我）。太强势了吧！

我们学校那么多女生，却唯独没见过像她这样长得又美，又不娇气的。我要是男的不娶她就太亏了。我这样想着，忽然意识到她好像都没说过话，难道她就是那种传说中的冰山大美女（和凌波女王有得一拼，甚至高她一筹）？我要不要找点话题说说？要不太尴尬了，算了吧，还是省省吧，省得说错话。说多错多。

总算到存车棚，还好一路上没人看到，要不是个男的就得嫉妒死我，真是好幸福啊！她放下我，什么也没说准备走。我想我总得说点什么吧，于是，“小芳，你太过分了吧，怎么能叫那么漂亮的女生背我呢？你还有没有人性。”我冲着小芳大吼道。这时少语回过头面无表情地看着我，看得我毛骨悚然。我分明看见她身后画下三条粗粗的黑线。寒，她又什么也没说就转身离开了。这时小芳已笑得在地上打滚了。

“呵，呵，你是真不知道还是装糊涂啊？呵，呵，少宇他，他是男生啊！哈哈哈哈。”

“什么？你没骗我吧！她怎么会是男生呢？长得那么漂亮……”

“哈……你是真傻还是……你没看见他穿着男生校服吗？”她依旧捂着肚子大笑着。

我回过头望向她，依旧抱着侥幸心理希望看见的是穿着长裙的她的背影。可是看到的却是他身着西装（男生校服）两手插在兜里，踱踱地远去的背影。她……她……她……我的凌波女王，竟……竟……竟……是个男生。我感觉有只乌鸦大喊着“白痴……白痴……”从我头顶飞过。为什么一直没发现他穿着男生校服呢？

这时，小芳把脸凑过来，阴险地说：“你早就知道的对吧，他是男生。还用你的初吻趁机抢走了他的吻。对吧？你就承认了吧！阿铖，看来你长大了哟！呵呵，会耍心计了呢！”

"这都什么跟什么呀!"我还云里雾里的呢，就听她一阵唠叨。"我真的以为她是女生，还为刚刚那事自责了半天呢!"我十分认真地答道。

"你刚刚不是说你见过校草了吗?"

"是啊!我是见过了。就在被追赶时瞥见的。"

"什么?你指的不是他吗?难道你看见了另外三位之一?"

"不，我都看到了，不就是大杨树下的四棵草吗?也没什么特别的呀!难道你指的不是它们吗?"

"……"

"喂，你怎么了?"看着呆掉的她，我不知自己犯了什么错了。我也没说什么过分的话吧!

她突然一把抱住坐在石凳上的我，泪眼汪汪地说:"太可怜了，连这些基本名词都不知道。等放了假，我一定得给你补补课?果然，在你们那种学校，什么都学不到。"

我还没闹明白状况，于是接了话茬，"咱们学的不都一样嘛。"

## 四

总算回到了家，不过今天还真是有趣的一天呢。但作为让小芳骑车载我回来的报答，我以后每天放学得去她们学校门口接她（反正放学回来路过她们学校）。不知她这回葫芦里卖的什么药。我这次可一定要调查到底。我握紧拳下定决心。唉哟，都泡了这么长时间的药酒了，腿怎么还这么疼。

周一下午放学后。

我来到她们学校，这学校事还真多，我都骑到这里了，她还没出来。这时少语出来了，他好像认出了我，径直向我走来，竟然出人意料地先和我打了招呼，"你好!在等季芳吗?老师找她有事，得晚点才出来。"哇，竟一次性吐出了这么多字。

"你好!谢谢你来告诉我季芳同学的事。"我也很有礼貌地回了他一句。其实我已经想了很久了，不知到底应不应该说，还是说吧，"少语同学还真是少言寡语呢!"

他干笑了一下（很明显我又说错话了），"我叫贾少宇，贾宝玉的贾，少爷的少，宇宙的宇。还有上周我嗓子哑了。医生建议我一周不许说话。"

汗，真的又说错话了，"是这样啊!呵呵，我叫甄铖，甄选的甄，金字边一个成功的成的铖。你可以叫我阿铖。"等等，怎么变成自我介绍了。"你

是和季芳一个班吗？季芳承蒙你照顾了。”（效仿动画片里的台词）

“哪里哪里，季芳只是爱捉弄人而已。”（明显是嫌她麻烦）

不过再这么寒暄下去我可受不了了。“对不起，上次的事真的只是意外。实在很抱歉，你没怪我吧？”

他嘴角微微抽动了一下，然后笑着说：“怎么会怪你呢？只不过初吻被男生夺走了而已，本来那是留着献给我未来的妻子的（又来了），更何况，现在顶多只是被全校学生认为我有同性恋倾向呢。”（明摆着是在怪我嘛）我才发现原来他口才这么好，连我都自愧不如，倘若有两国交战，不用武力单凭舌战，我想有他的一方绝对能赢。

“那还真是太对不住了，不过还真要谢谢你呢，谢谢你背我走了那么远的路。没把你累坏吧！”我傻笑着说。

“别客气，那只是成为了进一步证明我有同性恋的有力证据（居然还是被人看到了），看来我不搞同性恋都不行了。”又来了，还有完没完。有话直接说出来不就得了，何必这样拐弯抹角地损我。我最讨厌别人说话绕弯弯了。不行，我得回击他。

“其实一开始我还想，我的初吻竟被一位漂亮的女生夺去了呢，还有一想到一个女生背着一个男生的样子，一定很难堪吧！说实话，我还真的以为你是女生呢。唉！你怎么把头发剪短了？是怕别人误会你是女生嘛？”一般女生被误认为是男生倒没什么（可能只有我是这样），但男生被误认为是女生那可就够丢脸的了。嘿嘿，就知道你会因此而下不了台。看吧！他眼睛睁得大大的看着我，忽然他像是发现了外星人似的，指着我的校服标志大声问道：“你是新源中学的？”

“嗯，有什么不对吗？”

“听说你们学校男女比例严重失衡。”这事都知道。

“是啊！男生在我们学校特别吃香。长得也就那样，却被女生们捧上了天。这就是所谓的物以稀为贵吧！”说着我摊开手做无奈状。

不知为何他傻傻地站在那里竟没了话。他不是很能说的吗？还真是奇怪了，难道他在羡慕我们学校的男生。不是吧。“阿铖，你来了，叫你久等了，真是不好意思。”哇，不是吧，吃错药了，说话这么客气，而且还知道不好意思，还真是奇迹咧！

“他怎么了？”她指着一动不动的少宇问道。“是不是你说了什么过分的话呀？”

“没有啊，他大概是想在这生根发芽吧！别管他了，咱们走吧！”真是懒

得再和他嚼舌了。趁他还未开口之前开溜。

小芳毫无顾忌地挽起我的胳膊，“走吧，亲爱的。”什么？我耳朵失聪了吗？今天她是怎么了，说话这么肉麻。忽然感觉到后背一阵寒意，似乎有一双陌生的眼睛正在死死地盯着我，好像要用樱木花道般愤怒的眼神，把我弱小的躯体熔化成灰。寒，希望这只是错觉。但事实总是与希望相反。

N天后，我又在她们学校门口等她，这时一个气势汹汹的男生正以风速向我靠近。“嘿，小子，你和季芳什么关系？”

我想了一下，在动画片里叫……对了，“小芳是我青梅竹马的好朋友。”

“小芳？叫得够亲热的，还青梅竹马！”他似乎在生气，而我忽然想到了什么，竟不怕死地火上浇油，“同学，你是在吃醋吗？”

“什么？”他红着脸大喝道（明明就是说对了嘛，干吗要这么生气，这儿的人怎么都这么怪，不明白），“你小子欠扁啊！”说完就一拳挥过来。说时迟那时快，少宇竟不知从哪里冒了出来，挡在我面前，一手截住了他的拳。

“少宇，你别多管闲事，这是我和那小子之间的事。是不是你真喜欢他呀？听说你现在有同性恋癖，不是真的吧！”他先是愤怒，后又冷笑道。

“齐星，欺负外校人很光荣吗？况且还是……”他刚想说什么又咽了回去。气氛还真是不好，空气也似乎凝固了，仿佛只要一点火星就能引爆一场世纪大战。齐星，等等，我想起来了，“你就是小芳经常提起的大猩猩啊！”我很欠扁地说了一句。那两个人同时机械地把头转向我，然后“哈哈哈哈”，这是少宇的笑声。而另一个则崩溃了似的呆掉，忽然又不知是哪来的力气一把抓住笑得不成样子的少宇身后的我的衣领。拳头已举得很高了，我闭上眼祈祷着这一拳不要太重，打偏了更好。忽然抓住我衣领的手松开了，睁眼一看是小芳，她抱住了那只要打我的罪恶的胳膊，一时间我什么都想明白了。于是一转身踱踱地离开了。

可恶，我又一次被利用了，真是可恶。这一系列的叫我扮男生的事都是为了把白痴齐星钓到手。而那个贾少宇八成是她雇来保护我不致被打成残疾的保镖吧（以上是根据动画片的故事情节推断出来的）！太阴险了吧！为了爱情连朋友都利用（虽然已被她利用很多次了）。小芳，我恨你。

后来由于忙于中考的事就再没和小芳见过面，也再没去过圣华中学。终于，紧张刺激的中考结束了，全身紧绷的神经也都松了下来。成绩出来后填好志愿表。心想这回肯定能进入全市最好的中学，就能拿到父母出差前许诺的笔记本电脑了。太爽了。叮咚，叮咚，有人敲门。

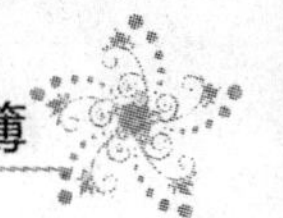

“来了！谁啊?”

“是我。”

我打开门，“倩欣啊！快请进，快请进！真是好久不见了。”

“我给你带来了一只小罪猫哦!”她将躲在一边的人推了进来，“你就原谅她吧！怎么说我们也是当年叱咤风云的‘铁三角’嘛！怎么能起内讧呢?”从小到大，她都是像大姐姐一样给我们讲道理。其实她是我们中月份最小的小妹妹。

“我为什么要原谅她?”我说道。小芳睁大眼睛不敢相信这话出自我之口，“我又没有怪她什么。”

“最爱你了!”她听完笑着扑向我。

“喂喂，你还没换鞋呢。”

一起玩了好一会儿，倩欣问我：“你这些天都在忙什么？都不说来找我们玩，还以为你把我们忘了呢。自从初中各奔东西后，就……”她又流露出了亘古不变的伤感。唉，多愁善感的女生。

“我有好好看动画片呀!”说着我拿出一沓光盘，“你们看，有《EVA》《柯南》《网王》，还有《火影》呢？你们怎么了？脸色这么难看。”

“你还真是没长大啊!”她俩异口同声地说，“你头发都这么长了！怎么不扎起来呢?”

我这才意识到真的已经有些长了，“初三学业太紧张，懒得剪就这样了!”我揉了揉如杂草般的头发。

对了，上次利用我的仇还没报呢，损损她吧！“你和大猩猩也吹了吧！真可惜，还不到一年呢！人生还真是短暂啊!”

“你说的什么话呀！我和他商量好了一起留校的。”她一脸幸福地笑着。我又没伤到她。可恶。

“阿铖，填志愿时你在其他栏里没填圣华中学吧!”倩欣问我。

“怎么了?”

“圣华中学已升为市重点中学了，你知道吧！市政府为照顾此学校，让圣华先挑选学生，也就是说凡是够圣华上线分，且填了圣华中学的学生都将进入圣华中学。”

“什么?”我为了填满表格，好像填了这所学校，不是吧，我的笔记本电脑。我立刻石化了。

“唉，我也填了呢。”

“真的吗？也就是说咱们三个又要同校了，真是太好了！喂喂，你怎么了。”小芳摇晃着全身僵硬的我，而我的大脑正在故障中，全市最好的学校没了，笔记本没了，没了，没了，什么都没了。

“她大概是石化了，别管她，咱们继续下棋。”我已经开始风化了。

## 五

时间过得真快，这么快就开学了。看着这所学校我真是哭笑不得。喂喂，不是吧，大家怎么都像看外星人似的看着我，果然小芳给我设计的发型很不适合我。赶紧进新班再说。走着走着竟发现自己迷了路。谁来救救我这只迷途的羔羊？

“甄铖！还真是你啊！换了发型变可爱了呢！”该死的，是谁啊？原来是那个不男不女的保镖，他竟然认出我来了，记得最后一次见面距今也有六七个月了吧，况且我又换了发型，不得不佩服他的记忆力。没记错的话他好像叫贾少宇。等等，他刚刚那话什么意思，难道他早就知道我是女的了？到底是什么时候露的馅？他刚刚说了可爱是吧！可爱？真是令人讨厌的字眼。我一把抓下头上的各种头饰。他睁大眼睛不解地看着我，“我刚刚说错话了吗？”

“……你能带我去新高一一班吗？……”

“就在这。”他指着旁边的教室，脑后冒出一大滴汗。

“……”真丢人。

“以后咱们就是同班同学了。”

“什么？”

进了教室等了半天老师还没来，我忽然想起了《火影》里的板擦陷阱，其实我们小时候也这么干过，不过只是砸到过同学而已。嘿嘿，我找到一个盆，将水杯里的水倒了进去，然后把门打开了一点，把盆放上去。同学们都惊讶地看着我，不过没有人来制止，大家都想看好戏。过了一会儿，果然有人推门进来，“哗，嘣！”水都洒在他身上了，一点没剩。更可笑的是盆正好扣在他的头上。“哈哈哈哈，哈哈哈哈”，班里响起了一阵狂笑声。我得意得很。“这是谁干的？”老师气呼呼地问道。“我！”我刚想承认却被人抢先了，循着声音一看，原来发声源的主人是他，贾少宇！我才刚发现原来他这么有气概，能为朋友两肋插刀，这家伙值得称兄道弟。老师一愣，气竟消了，只是淡淡说了一句，“以后别这样了。”然后就走了。什么跟什么嘛，我还以为是劈头大骂呢，没想到……我无语了。

“你还没说谢谢呢！”他忽然对我说道。而我又忽然想起他很能说。

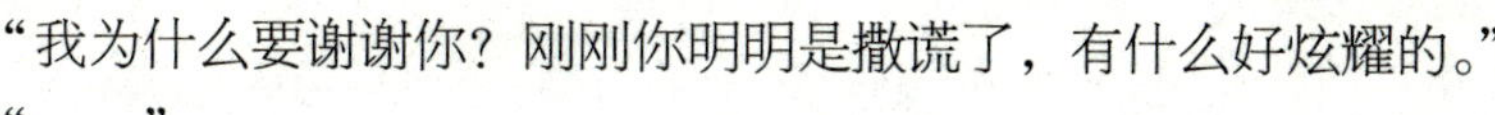

“我为什么要谢谢你？刚刚你明明是撒谎了，有什么好炫耀的。”

“……”

高中生活开始了，我、小芳、倩欣虽到了同一所学校，却终没分到一个班。唉，就这样不温不火地过了好几天。“甄铖，你要加入校广播台吗？”少宇那小子兴冲冲地问我。

“没兴趣。”还真是言简意赅啊！

“这可怎么是好？我已经帮你报了名了。”

“什么？”刚刚干吗问我？“你征求我的意见了吗？怎么能擅作主张。”可恶的家伙。

“没关系的，还有选拔呢？选不上自然就不用参加了。”

“怎么不早说。”

“下午大课间，别忘了去音乐教室参加选拔！”说完就一溜烟跑了。

可恶，真是麻烦啊！我以最差的表现完成了选拔，呵呵，一定不会被选上的，除非那群学生评委眼瞎了。可是有些事情就是这样，有意栽花花不开，无心插柳柳成荫。我竟然很不幸地被选上了。于是每天中午都得颠颠地去播音，我的午饭，哭，不过后来少宇以我为班集体争光，为全校自我牺牲为由天天给我送饭。不过我可是有付钱的。我才不想欠谁的呢！

## 六

某日。我正在看书，被人叫了出去，是位漂亮女生。难道要上演动画片中常有的情节：平庸的女主角被帅气的男生所喜爱，漂亮的女生含着泪求她离开，女主角毅然拒绝。会不会是这样呢？好兴奋啊。是少宇呢？还是贺璘学长？不过不管是谁都无所谓，反正我都没太大兴趣。奇怪，怎么感觉这女生那么面熟啊！让我仔细想想。对了，她不就是我第一次来这学校时在体育馆扶起的那位美女吗？对了，她叫贾小珊来着。难道她是想和我搞同性恋？会不会呢？她那么漂亮，该不会有……由于她一句话也没说，所以我只能这样天马行空般的乱想。“那个……”她终于开口说话了，却依旧低着头。似乎在酝酿着什么，是谁呢？还是为了什么事？快点说吧，“我是，我是为了少宇的事……”我的心咯噔一下，为什么会这么不安呢？这一点也不像我。不过眼前的这位美女竟然哭了。我最怕看见女生哭，平时小芳装哭抽泣几声我都受不了，这回是位美女耶！而且脸上已挂满了“金豆豆”，我慌了神，不知如何是好。“你说吧究竟是要我干什么？只要你不哭了，我什么都愿意做。”

“真的吗?”

“那当然，好孩子从来不撒谎。”

“那好，你签下这份保证书。”说着她递给了我一张已打印好的纸。想都不用想，肯定是叫我以后不要再和少宇说话什么的。我没有看直接就填上了我的大名。反正少宇不理我在先，我也没什么好顾虑的。可为什么签字时手在发抖呢？我把签好字的保证书递给她，很奇怪的是她没有觉得奇怪，一般别人不都会说一句“你怎么不看看就签字呢?”之类的话，可她却什么也没说，管他呢，也许是人家太高兴忘了。

第二天，整个早自习都没看见少宇，直到下了自习课，那家伙才背着书包出现。我心想从今往后我就不能再理会他了。轻轻叹了口气，却听到他高兴地公布着什么消息。“我宣布，从今天起我就是甄铖同学的 BF 了。”什么?

“我不同意！凭什么叫你做我的老大。”我大吼道。

“为什么?”还敢问为什么。

“BF 就是 before 的意思（我还这么认为着），在这里不是可以引申为首领的意思吗？你当我不知道啊!”说完这话全班同学当场呆掉。

“那个，BF 是 boy friend 的意思。”某同学解释道。boy friend？男朋友吗？我想我当时脸色一定很难看。

“那还是不行。”我说得很没力气，我答应过小珊同学的。

“行了，别想抵赖了，连卖身契都签了，还不承认。”说着他拿出一张纸在我眼前晃了晃，奇怪这张纸怎么这么眼熟，不就是小珊让我签的那份保证书吗？怎么会在他手上，而且变成卖身契了。

“你和小珊什么关系?”我怎么有种上当受骗的感觉。

“她是我的双胞胎妹妹啊！全校都知道，怎么，季芳没告诉你吗?”

什么？我怎么没想到呢？他们都姓贾，而且一个叫少宇，一个叫小珊。谁能向我解释一下这到底是怎么回事?

“季芳果然有办法，只是略施小计就……”他看着怒火燃烧的我，不敢接着说下去了。

可恶啊，原来是小芳，这次又被她卖了。我早就应该想到，除了她之外还有谁会知道我的弱点呢？我把手指掰得咯咯作响，这时窗外传来话外音。小芳：我可都是为了你好哟！就算是上回托你的福钓到齐星的回礼吧！

可恶啊！都什么跟什么嘛，这算哪门子的回礼啊？

（作者友情提供密线）

## 七

一周后的周末。

贾家别墅里。

“老哥，你要怎么谢我？我可是帮你把嫂子骗到手的大功臣（大恶人）啊！”小珊双手叉腰，冲着她哥说道。这回又不知她想从少宇这勒索走什么。

“你还想怎么样，我不是也帮你把贺璘学长弄到手了吗？”少宇头也没抬地专心看着甄铖借给他的漫画书，随便敷衍了一句。不时还发出笑声。

“什么嘛，人家好歹也是校园第一大校花，不用你帮忙，我也能凭美貌迷倒学长的。还有，你不是也动机不纯吗？利用你的亲妹妹当诱饵，钓走嫂子身边的对你构成威胁的男人。”

“哈哈哈哈，太好笑了，太好笑了。”他拿起漫画书递给小珊，“你也来看看吧，真是太搞笑了，哈哈。”

果然刚刚他什么也没听见，“真是被嫂子教坏了，那么大了还看漫画，真幼稚。”

“不许说阿铖的坏话，现在班里流行漫画。漫画是没有年限的。这可是阿铖说的。”她嫂子果然是个教唆犯，影响力还真够大的。

“左一个阿铖，右一个阿铖的，真肉麻。”

“我没叫她娘子已经很不错了，况且是她坚持要我这么叫的。”事实上他真的很希望他们能以相公娘子相称，可说什么甄铖也不答应。

“本来我还以为我会比哥先找到真心人呢！”少女难懂的心啊，虽然她已经有贺璘学长了，但她仍无法忘记那位在体育馆搂住她的陌生美少男。淡淡地叹了口气。那人怎么就再也没出现了呢？她拿出手机，看着屏幕上的那张帅气的脸发呆，这是唯一留下的对他的记忆，要是当时没有照下来，怕是现在早就将他忘光了。咦，怎么越看越觉得不对劲呢？

“哥！快把你的钱包给我。”

“我都已经被你诈得身无分文了。”少宇可怜巴巴地说。

“不是那个，你钱包里有嫂子初中时的照片吧！快拿出来。”

“不给，不给，那可是我的宝物。嗷——”武力，果然是解决一切问题最有效的工具。

“什么？”她对比着照片大叫道，“可恶的嫂子，我恨你。”

此时，甄铖家。

“阿嚏，阿嚏。”

“阿铖，怎么了，感冒了吗?”奴隶季芳问道。

“不知道，喂，别借机会偷懒，赶紧干活。那里，那里，还有那里都还脏着呢!”当主人的果然很爽，“因为你设计害我，所以我才这么对你的。你是自找苦吃，所以你只能怪自己。”

“知道了。”真可恶，这人还真小心眼，那么久的事还没忘。更可恶的是齐星那小子长得挺结实的竟然怕文弱的贾少宇。早知，早知，早知她季芳就不要看上那个不中用的，把自己 GF 给别人当奴隶的混蛋了。当时她真是瞎了眼了。还有可恶的贾少宇，过河拆桥，整个一妻管严。

我的兄弟姐妹不会这么可恶吧!

# 惊心动魄的早晨

■ 叶万安

## 一

事情发生得太突然了。从醒来到现在，阿丸的心跳速度就没低于每分钟100次。现在他坐在书声琅琅的教室里，心有余悸地想，这事到底是怎么发生的?

二十五分钟前，阿丸从梦中惊醒，发现天已大亮，顿时脊背一凉，迟到了！他一骨碌翻身起床，迅速穿上校服，同时看见闹钟不知什么时候已定格在了三点二十分五秒。只一分钟后，阿丸已经蹬着他的蓝色喜德盛飞驰在马路上。这时他才从路边的早餐店里的挂钟看到了真正的时间：六点五十七分。离七点还有三分钟，而到学校至少还要八分钟的车程。

人在紧急关头总是能爆发潜能。最后，阿丸还是在三分钟后赶到了——校门口，这时上课铃刚刚敲完，校门正缓缓合起来。校警即将关门抓迟到。然而就在校门还剩一米宽时，阿丸不知从哪来的勇气，一脚猛蹬，径直从校警和值日的领导身边冲了进去。少顷，身后响起了值日领导的吼声，"站住!"

今天值日的领导是刘主任。因为年过六旬的校警是不可能追上来的了。所以刘主任紧紧地追在这个强闯校门的男生车后，不过，阿丸很快就把四十多岁而且满身赘肉的刘主任远远甩在了后面。

这时阿丸离教学楼只有五十米，离高中部车棚仅三十米。阿丸当然不可能现在把车停到车棚，因为一切都在刘主任的视线范围内。于是他一转车把，驶上了旁边的草坪。

身后的刘主任早已气喘吁吁，眼看男生即将逃脱时，却见他进了正有十几个初中生搞清洁的草坪，自是大喜，便朝那些学生吼道："拦住他!"不料这些初生牛犊有三分之一装作没听见，又有三分之一只准备看热闹，剩下三分之一犹豫了一下，似要行动，但被这个一脸凶相的高年级男生一瞪，顿时低下头去，专心扫地。

所以在刘主任大声呵斥那些无辜的初中生时，阿丸已经拐到了教学楼后面的初中部车棚，放好车后还不忘把车上的班别标签撕掉，忐忑不安地回到了教室……

突然，阿丸仿佛想起了什么，他掏了掏口袋，顿时脸色变得铁青——校卡不见了！

上述画面再次飞速地在阿丸脑海里掠过，他终于想起，在冲进草坪的时候，单车磕了草坪边的水泥护栏，也是在那个时候，阿丸的校卡悄悄地从口袋里滑了下来……

阿丸懊恼不已，迟到一直是学校严抓的项目，每迟到一次都要扣文明分五分，检讨一次，这就是阿丸强闯校门的原因。但是，强闯校门的话，至少记大过一次。如果被刘主任捡到了那张校卡，阿丸可就玩完了。不过，当时场面惊心动魄，应该不会有人注意到阿丸的校卡掉了，至少当时离阿丸五十多米的刘主任注意不到……

阿丸顿时把五官拧在一起，装出一副痛苦的样子对同桌说："我去上个大号，老师来了你跟他说一声。"说罢飞奔出教室，径直往教学楼旁的草坪冲去。

## 二

到达草坪时，搞清洁的值日生似乎快完成任务了，大多数人都离开了。阿丸立刻埋下头，背对剩下的几个人，开始在草坪边缘进行地毯式搜寻。

草刚好没过脚踝，掩盖一张校卡绰绰有余。阿丸绕着校卡落下的地方踱来踱去，都快能数清草一共多少根了，却没看见他的校卡！难道已经被刘主任捡到了？

阿丸朝一个值日的男生走去，问："喂，你有没有看到我的校卡？"

男生见他气势汹汹的样子，诚惶诚恐地说："没有……不过，有人捡到了。"

阿丸一把拽住他的衣领："谁？谁捡到了？"

男生显然被吓到了，指着行政楼说："那、那、那个女生，刚才搞卫生捡到的，现在拿去行政楼了。"

失物招领都是把失物交到行政楼的某个领导处，然后由他开广播或者写告示让人认领的。而如果没记错的话，那个领导正是……刘主任！

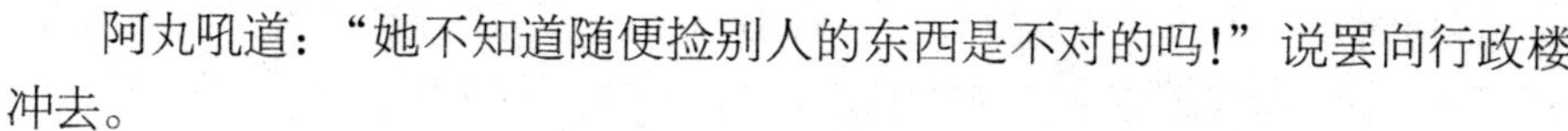

阿丸吼道："她不知道随便捡别人的东西是不对的吗！"说罢向行政楼冲去。

男生很莫名其妙，却认出了这个莫名其妙的男生正是刚才拒抓迟到的人，马上紧紧捂住了自己的嘴巴。

## 三

阿丸找到女生的时候，女生说她已经把校卡交给刘主任了。

阿丸听罢，万念俱灰。

女生又说："不过刘主任不在，我就留了张字条，把校卡放进他那个小箱子里了。"这里的学生都知道，所谓的"小箱子"就在刘主任的办公桌上，平常有学生上交捡到的东西，刘主任都会放到那里，有的很快就会有人认领，有的却永远成了压箱底。

阿丸说："同学，你几班？"

女生："啊？我……初二（5）班。"

阿丸一把夺过女生手中的扫把，说："借我一下，待会儿还你。"一瞬间，阿丸消失在行政楼大门后。

阿丸知道，现在这个时候，行政楼基本没人——只有当日值日领导会特别早到。所以现在拿回校卡而且全身而退也并不是没有可能，更何况女生刚才还说刘主任不在，自己手里还握着扫把，完全可以冒充值日生。

果然，不费吹灰之力，阿丸就找到了刘主任所在的办公室，大门洞开，空无一人。阿丸找到那个纸皮箱子，翻了翻，却没发现自己的校卡。怎么会没有？阿丸最后甚至把整个箱子的东西都倒了出来，里头的失物可真多呀，饭卡、钥匙、人民币，真是琳琅满目，不过阿丸可没空管这些，他只想知道，自己的校卡在哪里！

"嗒嗒嗒"，突然，走廊里传来脚步声，刘主任回来了！阿丸慌忙地把东西一把拨拉进了箱子，再把箱子放回原位，转过身卖力地开始扫地。

果然，脚步在办公室门口停了下来，刘主任出现在门外。看见打扫的学生，刘主任有些惊讶，边走进来边自言自语："我怎么记得这里好像没有学生打扫……"突然，刘主任的手机响了起来，他接通了电话，就开始在那里"嗯嗯啊啊"。

趁这个时候，阿丸转身走出了办公室，撒腿就跑。然而这时刘主任却打完了电话，三五步走出门来，朝阿丸的背影喊道："这位同学，请你等等！"

阿丸僵住了，他只感到自己全身的每个毛孔都在冒着冷汗。他转过身，好不容易让自己的声音听起来没有那么颤抖：“什么事？”

刘主任说：“校报送到校门了，你跟我去帮忙提回来。”

“好吧。”阿丸说道。同时心里长舒一口气。至少目前刘主任还没认出自己来。

## 四

校报是学校社团部制作的，因为学校文印室不提供彩色印刷，所以得拿到校外去印。由于校报是每班三张，所以全校一共也就两沓。两个男人把两沓纸从校门搬到行政楼是绝对足够了。

出校门的时候阿丸故意走在刘主任后面，以免他跟自己搭话。到了校门一切顺利，倒是校警这个糟老头却有意无意地盯着自己！阿丸很“自然”地躲避着校警的目光，接过校报后马上开始跑起来。刘主任看着提着一大摞校报还能健步如飞的男生，眼里露出赞赏的目光的同时哀叹时不我与。

不过走出十来步后，阿丸就快上气不接下气了，后来居然被刘主任超过了自己。他分明听见，刘主任从自己身边经过的时候，轻轻地叹了口气。

把校报运到刘主任办公室，阿丸正要离开，又被刘主任叫住了，说要清点一下数量。刘主任还说，自己数学不好，数字也数不好，所以只好劳烦这位同学了。阿丸本来还打算说这么两大摞肯定够了，但他哪敢在刘主任面前说一个字，只好乖乖坐下来数报纸。

数着数着，刘主任说：“这位同学，你读几年级啦？”

阿丸愣了一下，最后决定说真话：“高二。”

“噢，高二，明年就可以毕业了呢，得好好用功呀。千万不能迟到，迟到是万万不可的……”

天啊，这个男人怎么这么唠叨……阿丸心想，再让他说下去恐怕自己的下一个任务就是去抓早上强闯校门的人了，于是他打断刘主任说：“刘主任，我忘记数到多少了……”

刘主任说：“噢，噢，噢，不好意思，不说了不说了。呵呵，呵呵……”

十分钟过后，阿丸给刘主任报出了数字，刘主任说，那就够了。然后阿丸抓起一旁的扫把，说：“那我先走了。”

“好吧。”刘主任说，“对了对了，等一下。”

阿丸前脚才踏出门口，又转过身来，看着刘主任。

刘主任从口袋里掏出一个东西，说："过来。"

那是阿丸的校卡！

## 五

阿丸走了过去，等待着刘主任变成一只吃人的怪兽，同时心想，这个老男人怎么回事！明明知道了还要整我一通吗！

刘主任看着校卡，说："这个叫潘小丸的男生，把他的校卡弄丢了。不知道你认识他吗?"

在刘主任叫出自己的名字时，阿丸的精神防线几乎崩溃。他心里颤抖着，嘴巴却平静地说："嗯，我认识。"

"喏，带回去给他吧。"刘主任把校卡递给阿丸，说，"本来还打算开广播呢。呵呵，看来校卡也得改革了，至少印上班别。呵呵。"

阿丸伸手去接校卡，心里五味杂陈，突然刘主任的一句话把他周围的空气一下降到了零下八度。

他说："哟，我看这小伙，跟你长得挺像呀。"

一分钟，整整一分钟。阿丸的大脑飞速运转着，在大脑死机之前，阿丸终于把话从牙缝里挤出来："你看，我从来就没留过长发。"

没错，校卡上的"潘小丸"是阿丸三年前的照片，留着齐眉刘海儿，而现在的阿丸却是板寸头。这实在是没办法中的办法了。

刘主任又看了看校卡上的相片，其实他也只是说说罢了，他压根就没想到相片上的人正是眼前这个男生，也根本没有料到，相片上的人恰恰正是早上强闯校门的男生，甚至，他根本没有看见强闯校门的男生的脸。

他说："嗯，这小伙的脸也比你圆点。"

阿丸几乎是夺过了校卡，说："刘主任，快上课了，我走了。"说罢飞快地跑出了办公室。

这时是八点零六分，早读跟早操都已经结束了，太阳炽热且刺眼。

从没有过如此惊心动魄的早晨。

## 六

放学回家的时候，阿丸买了四个崭新的闹钟。

# 那些年，我们一起暗恋过的男孩

■ 暮光倾城

2001年的夏明，笑容阳光而明亮，顶着一张祸害青春美少女的脸，骗过了无数年少无知的小女生。而我这个丑小鸭，也只能伪装着自己暗恋的情绪，假装着和他称兄道弟。那时的我们，十四五岁的年纪。青涩得很，都对爱情充满着向往。而我这样的乖乖女偏偏沦陷在了成绩一塌糊涂、而且还有一些痞子气的夏明手里。

整个初中，我都怀着这样的暗恋情绪。他追女生，我便帮他出主意、写情书，他送女生礼物，总是会很狼心狗肺地问我喜欢什么。而我一直以哥们儿的身份陪着他，看着他身边的女孩换了一个又一个。或许是因为当时太小，对感情也不成熟，只是一份淡淡的好感，却被自己当成了喜欢，所以也没有什么伤心与痛，有的只是淡淡的苦涩。

经常可以听到女生们谈论着关于夏明的话题，话语中满是迷恋与羞涩的表情。于是，那些对夏明怀有暗恋情绪的女生被我一个个地挖掘了出来。然后，她们一个个的依次成了夏明的女友。

可以说我是一个伪装高手，我那么完美无缺地按压着自己的情绪，谁也没有发现我心底的那些秘密。

初中三年就这样在自己的暗恋情绪中匆匆结束，成绩自然也好不到哪里去。于是，躲得远远的，去邻市里上了一所三流高中。虽然和夏明不在一个学校了，但我们的关系依旧是哥们儿情深。他依旧会打电话告诉我，班里哪个女孩儿挺好，依旧会问我该怎么去追女生。

由于初中没听过几节课，高中的知识使我焦头烂额。而每天夏明的电话更是雪上加霜，相当于在我疲乏到伤痕累累的心上撒了一把盐。可对于这样的生活，我只能去习惯。偶尔也会在校园里看到几张似曾相识的面孔，她们也会拉着我一起去讨论夏明，向我吐露她们的暗恋情绪。那个王子般的夏明，他始终是女生中的大众情人，就算没有他的地方，也会遗留着暗恋过他的小女生。我以为我对夏明的暗恋情绪会一直维持下去，直到步入高三，学习任务更加紧张。我的心情也随之步入了低谷，夏明却闲的发霉，依旧会打电话跟我讲他和那些我不知名的女生之间的故事。而我对他也只剩下了敷衍。

而我就在这个时候，遇上了萧然，如同第二个夏明般的萧然。萧然大我两岁，我遇上他的时候，他将要大学毕业，正在忙着实习找工作。毕竟是读过大学的人，而且他比夏明大些。所以即使他和夏明再相似，却也早已过了夏明那样招蜂引蝶的年纪，对于感情也总比夏明多了份成熟和稳重。我的整个高三，是在萧然的一路鼓励和陪伴中走过来的。高考完，我和萧然自然而然地走到了一起。萧然总会在喝多了酒之后，静静地窝在床上给我打电话说：“小小，那个时候的你，真让我心疼。”

读大学的时候，到了外地。也没和别人说自己到了哪儿，自然而然地和所有的朋友失去了联系。那个阳光男孩夏明也早已被我忘得一干二净，似乎以前的一切只是一场梦，而夏明这个人只是我梦中虚幻的男主角而已。

大二的时候，夏明不知道从哪儿得到了我的消息。给我打了电话叙旧，第二天便风尘仆仆地赶到我所在的学校。他见到我的第一句话便是：“小小，我无家可归，没人要我了。”第二句话让我很吃惊，因为他和萧然说了一样的话，他说：“小小，那个时候的你那么弱、那么小，让人看着真心疼。”我笑了，笑得很轻。说，哥们儿，兄弟终于有人要了，你可别没心没肺的来搞破坏了。夏明笑着回答，哥们儿我还担心你没人要，勉强收了你吧。我们依旧如当年般肆无忌惮地开玩笑，谈论着下一个目标是哪个。

大学一毕业，我满怀幸福地嫁给萧然。我和萧然从相识、相知、相恋共五年，虽然中间也有些小吵小闹，但最终还是收获了幸福。结婚的时候，由于以前的朋友也很久没联系过了，也就没通知。

后来在朋友聚会上，不知道一个朋友从哪儿得到的消息说，小小，听说你结婚了？一瞬间，鸦雀无声。所有的目光，都凝聚在我身上，似乎在等着我的验证。而夏明，就坐在我对面，死死地盯着我。我一阵尴尬，不好意思地回答。而后，喧哗声一片，大多是责备声：结婚也不通知我们一声，你也太不够意思了！接着便有人说，是啥样的男人才能入了你的眼呀？想当年，夏明大帅哥都没能拿下你的芳心，等下次聚会，把老公给我们领来瞧瞧。我打着哈哈敷衍过去，静默过去，马上又有人挑起了新的话题，继续嬉闹了起来。

那天夜里，夏明喝得一塌糊涂，嘴里反反复复只念叨着一句话“小小结婚了”。而那天后，人们都很有默契地没提起过那天晚上的事。

三个月后，朋友说夏明要结婚了。我和萧然提及，萧然说，就是你以前暗恋了五年的那个男人？我一瞪眼，你从哪儿听来的？萧然说，你大二的时候他还去找过你。我没好气地说，萧然，你不仅调查我，还监视我！萧然狡猾的一笑，他知道我不会跟他真生气。

夏明的婚礼，我和萧然一块儿去了。他请了不少人，大多都是女的。而且不是暗恋过他的，就是他的旧情人。我们一起笑谈当年，笑谈夏明。那些陈年的暗恋秘密又被重新挖掘了出来，人们笑着说："当年小小可是我们重要的情报人员啊。"接着又有人说，"要想追夏明，那得先把小小搞定，我当年可没少请小小吃饭。"人们一片哄笑。"小小，你跟着夏明可没少赚。"萧然从远处走到我身边，悄悄对我说，"真人不露相，露相非真人。小小，你厉害。难怪以前咱俩吵架时，你每次都像个没事人，把我折磨个半死。原来，你隐藏本领这么强。"我笑着说彼此彼此，我也没少落金豆。

夏明领着新娘走过来的时候，我笑着叫哥们儿、嫂子白头到老哈。新娘脸上挂着幸福的笑容跟我道谢。那天的夏明，被那群暗恋过他的女生捉弄了好久，而我和萧然笑看着那群人玩闹。我悄悄和萧然说，你看，那新娘都乐得傻了。萧然说，跟你说个秘密，咱结婚的那会儿你更傻。

永远也不会有人知道，我曾经暗恋了夏明五年。

# 吾有钥匙开卿门

■ 容绣

我叫林希，还有一个月零五天就是实验中学新高一学生了。本以为这个假期能疯狂地玩一把，可是很悲催的被老妈送去补课班，和同样悲催的死党何暖儿每天挤公交车。

今天下课后我俩没有急着回家，而是去了补课班旁边的“城之光”。“城之光”是这座城市最高档的别墅群，在外面看里面那个富丽堂皇啊。我俩已经商量好久了，就算买不起，去欣赏欣赏也好啊。

平时这里是不让进外人的。不过今天从靠近那里，再到偷偷溜进去一切都很顺利。站在林荫小路上，我不禁感慨，尼玛，要不要这么奢侈啊。

里面真的很漂亮，光是外面的建设就一定花了不少钱。逛了半天，才发现这里大得吓人，竟然迷路了。

正当我迷茫呢，暖儿拉着我兴奋地叫：“希希，你快看。”

前面貌似是一个泳池，旁边还有不少纯白的椅子桌子，上面有同样白的遮阳伞。对于两个累得要死的孩子，这是何等优美的景观啊。

我俩挑了一个座位刚要坐下，就听见后面有人喊：“你们是谁，怎么进来的！”

怀着做贼心虚的心情，我拉着暖儿就准备走。结果被追上来的那个人给拦住了。

我这才看清，刚才喊我们的是一个年龄和我们相仿的少年。看见他的第一感觉就像是森林中的一缕阳光，干净、纯粹，带着潮湿的温暖。

而这个长得很好看的男生正无比邪恶地看着我俩，重复了一遍刚才的话：“说，你们到底是谁，谁放你们进来的。”

“我们……”我刚想解释，他又打断了我的话。

“噢，我知道了。你们一定是小偷，白天来踩点，晚上行动对不对？像你们这种人，有没有羞耻心啊，也难怪，看你们的样子啊……”他一直喋喋不休地说，不听我们解释。我一怒之下，拿起旁边桌子上的一杯水，泼在了他好看的脸上，然后拉着暖儿飞似的跑了。

远远听见他大喊："靠！"真没想到啊，有钱人也骂人啊。

什么东西啊，凭什么说我们是小偷。偷偷进来是我们不对，可他也不能这样侮辱人啊。

我和暖儿都超不爽地各自回家。在单元门前，我翻了半天，钥匙没了，更重要的是拴在钥匙上的小猪也跟着丢了。应该是刚才跑的时候落在那里了，钥匙丢了可以再配，可是那个小猪是陈晓晨送我的，只有一个。看来，明天要再回去找了。

第二天补完课，我让暖儿先走，我一个人又偷偷溜了进去。找了半天，没有找到，怎么办，陈晓晨离开了，我只有那个小猪了，现在它也没了。越想越难受，我干脆坐在一块石头上，双臂抱膝，将头埋在膝盖间，就这样坐了好久。

直到一个熟悉的声音传来："嘿，你是在找这个吗？"

我抬起头，看见昨天那个男生，他眯起双眼看着我，右手伸过来，手中正是我的钥匙。

"给我。"我伸手去拿，可他快一步将手缩回去了。我恨恨地看着他。

"别这样嘛，我们做个交易怎么样。我家保姆回家看孩子去了，我现在饿的饥肠辘辘，你帮我做饭，我就把它还给你怎么样？"

半分钟后——

"成交！"不就是做顿饭吗，老爸老妈经常不在家，如果不会做饭，我早就饿死了。

在去他家的路上我知道了这个男生叫苏河，他爸是什么集团的总裁，他妈是电台的主播，平时两人忙得要死，苏河的起居都是保姆照顾的，最近保姆的孩子生病了，保姆请假回去了。所以苏河就没有人照顾了，以至于连续三天他都是靠吃饼干活下来的。我不禁震惊，问他为什么不出去吃或者叫外卖，他表情很痛苦地看着我，说如果可以，他还会落得这么惨吗。

我想这个富二代八成是被禁足了，而外面的人又不能进来。看来"自己动手，丰衣足食"这句话不是白说的。

到他家后，感慨了一会儿装修的精美我开始做饭。他家厨房很大，确切说他家任何房间都很大。厨房里设施很齐全，打开冰箱，里面也有许多新鲜的食材。

折腾半天后，几道菜上桌了。他很"善良"地邀请我一起吃，其实是让我试试有没有毒他再吃。我看着他慢慢放下筷子，又很优雅地用纸巾擦了

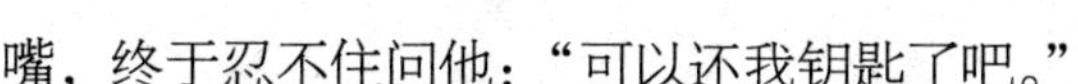

嘴，终于忍不住问他："可以还我钥匙了吧。"

"你急什么，我说你给我做饭我就给你的。"他不紧不慢地说。

"对啊，我已经做了，你都吃了。你不会要耍赖吧！"我有些生气地说。

"怎么可能，我才不是那种人。只是我说的做饭，是一直做到我保姆回来。"

"什么?!"

"对啊，除非你不想要你的钥匙，还有上面那只丑得要死的小猪，你可以不来。"他装得很无辜地说。"那你保姆什么时候回来?"

"最多半个月。"

又是半分钟后——

"成交！"

以后两周每天中午补完课，就去苏河家给他做饭，很奇怪，保安都近视了吗，我每次都很顺利地溜进去。中午我做两份，这样他晚上热热就可以吃了。

渐渐相处我发现，苏河真的是一个很臭屁的人。总是想方设法整我，在我做饭的时候捣乱，或者吃完饭后非要拉着我和他打游戏。也只有吃饭的时候，他会安安静静的，我很喜欢看他吃饭，因为让我想起一个人，那个人也像他这样优雅地吃饭，那个人就是陈晓晨。

"喂，想什么呢?"苏河被我看的不自在，伸手在我眼前晃了晃。

"啊？没，没什么。"我尴尬地转过头。

"我问你啊，那个钥匙其实对你不重要吧，真正重要的，是那个小猪，我说的对吗?"

心思被猜中了，我犹豫了一下，点点头。

"是对你很重要的人送的吗?"他很认真地看着我。

我又点点头。他没再问什么，继续低头吃饭。

两周很快过去了，明天苏河的保姆就回来了。今天是我最后一次来给他做饭，不知道为什么，我竟然没有预期的开心。我做了好几道拿手菜，笑着跟苏河说这是散伙饭。他不爽地看了我一眼，不说话，只是低头吃饭。我也安静地吃饭。

气氛一下子尴尬起来了，过了许久，他说："客厅茶几下的抽屉，里面有你想要的。"

一定是我的小猪，我迅速地跑过去，连带倒了一个椅子也没注意。我打开抽屉，里面放着的正是我的钥匙，小猪也完好无损地挂在上面，钥匙下面是一条丝带，怎么这么眼熟?

我看着钥匙环上用细线缠着的一段丝带，原来它们是一样的。只不过我的因为时间长，已经磨的很旧了。

“眼熟吗?”苏河不知道什么时候已经站在了我的后面。

“你怎么会有?”我疑惑地看着他。

“你还记得很多年前，你在大雨里救回来的小男孩儿吗?”他问我。

当然了，那时候我也才三年级，放学回家发现小区门口有一个小男孩蹲在那里一直哭，我好心地把他带回家，又很热情地做了一顿饭给他，临走时他拿过我的钥匙，剪了一段很好看的丝带，用细线系在了上面。我一直没注意，我竟然带了这么多年。

我笑着点点头，我想我已经猜到了。

“我就是当年那个男孩，那天你将钥匙落在了泳池那儿，我看见那段丝带就认出了你。你知道吗，自从出了那件事后，我爸妈再也不许我一个人出去，所以我一直都没机会去找你，我……”他说话的声音越来越小，到最后我都听不清了。

“你说什么？大点声，我听不清。”我皱着眉头说。

“……”又是很小的声音。

“什么呀!”我急了。

他还在那儿吞吞吐吐，我一急转身假装要走，走到门口他才终于大喊：“我想告诉你，我喜欢你!”

我扑哧一下笑了，回头看见他像孩子一样看着我。

他走过来，将我轻轻拥住，头抵着他的肩膀，很温暖也很舒服。我想我该收获幸福了，这个男生，会给我幸福吧。

坐在泳池旁的椅子上，苏河一直盯着我，我瞪了他一眼，说：“你看什么啊?”

“那个小猪，是谁送你的啊?”

“你问这个做什么?”

“身为你的男朋友，我有权知道。”

“他……是一个我永远不会忘记的人，因为他我懂了很多，但是，我不喜欢他。”我特意将后面四个字加大音量，对面的苏河这才面露放心的表情。

虽然到现在我还是觉得发生的一切很诡异，但是我不得不承认，我很享受这样的结果，享受着一串钥匙带来的幸福。

# 流绪倾城

# 春雨潇潇，温暖小城

■ 闲来逛逛

## 1. 走进大学

九月的阳光依然灿烂。风，马不停蹄地从一道道自然而舒展的风景前走过。

他，眼角眉梢露出青春的痕迹，言谈举止间透着年轻的气息。经过十年的寒窗苦读，他终于接到了大学录取通知书。现在，他已站在了大学门口。望着校门前那写满热情洋溢的话语的拱形气门，望着那插在校园主干道两侧迎风飘舞的一面面彩旗，他百感交集。

背着行李，他随着有些拥挤的人流向前走着。他看到被陪着来报到的人不少。亲友团成员大包小包，手提肩扛的，很有点“护驾亲征”的味道。像他这样单枪匹马，“孤篷万里征”的似乎就少多了。这些他倒没在意。出来读大学就是要锻炼自己，老让大人给遮风挡雨，也不是个办法。自己总要学会独立，总要独当一面，才能闯出一片天地。

“你好！你是来报到的新生吧?”他正想着呢，迎面过来的两名师哥的问话打断了他的思绪。

“对呀。”听到问话，他边点头边答道。

“你是哪个系的？我们来帮你吧。”有些老到的师哥们早已瞧出了这个毛头小伙儿的形单影只，还没等他再说什么，他们已经接过了勒得他肩膀有些生疼的行李，手脚麻利地放在了他们骑着专门用来接新生的三轮车上，感动得他接连说了好几声“谢谢”。

一位师哥用手扶着行李，一位师哥蹬车前行。他本想也上上手，师哥们说：你歇一会儿吧。跟上趟儿，别走散了就行。路上，两位师哥问了一下他从哪儿来什么的一些基本情况，给他介绍了一下报到的流程。在车站，学校安排了好多辆车在那儿接站。一进校门，又遇到了这么热心的“向导”，他的心里感到亲切而又温暖。

到了报到的地方，办完手续后，两位师哥帮他把行李直接送到了宿舍里。新生宿舍在四楼。两位师哥抬着有点沉的行李，额头上都冒出了汗。放好了行李，还没等他说声谢谢，他们就又风风火火地去接别的新生了。

宿舍里已经来了两个同学，他们都是父母陪着来的。其中一个同学的父母还没走，他的妈妈正在给儿子铺床单。宿舍里放着三张床，都是上下铺，可以住六名同学。老师已经在床铺和衣橱上把名字贴好了。和屋里的人打过招呼之后，找到了贴着自己名字的床铺，他把行李放到了上面。稍微歇了一下，他便把带来的东西分放在了床铺上和衣橱里，让它们“各就各位”。

同宿舍的同学都陆续“到岗”了。他们大多操着一口流利的方言，说的话南腔北调。但从他们脸上洋溢着的笑容来看，他们的话语都充满了欣喜和友好。有些方言，他确实是使劲去听了，可还是听不懂。感觉他们说话的语速很快，就像飞奔着的过山车，一个劲地向前跑，上一句还没搞明白，下一句已疾驰而来。这让他感慨中国可真大，连方言都有那么多味道，那么多色彩。

这期间，有学生会的同学来统计了大家穿的衣服的尺寸、鞋子的号码。说是准备给大家领军装用。或许是学生会的那位同学说这事的时候说得快了点，被一位同学误听成了领“金装”用，结果惹得大家好一阵大笑。

## 2. 两份食粮

到中午了，同学们都下楼吃饭去了。找出刚刚办好的饭卡，他也快步下了楼。很快就来到了餐厅。

餐厅里就餐的人很多，但秩序井然。售饭窗口的上方，有广告一般图文并茂的提示，告诉大家这个窗口卖什么，价格是多少。那么多的花样，那么多的口味，看得他眼花缭乱。而“谁知盘中餐，粒粒皆辛苦”的温馨提示，让他想起了临行前父母那句“吃好，但不能浪费”的嘱咐。

轮到他了，他要了一份白菜。因为他看到在长长的菜单中，只有这份菜最便宜。要是在家里，父母说不定连这都舍不得吃。他又打上了两个馒头，一碗稀饭，找了个空地儿，便狼吞虎咽起来。也许是太饿了，一眨眼的工夫，他便把这些都风卷残云般地一扫而光。一上午光顾着忙活了，这肚子难免也就受了点委屈。现在这辘辘饥肠得到了“抚慰”，便“偃旗息鼓”，不再生事了。

吃饱了饭，出了餐厅。在回来的路上，有好几个超市。他并没打算进去买什么东西，因为来的时候，怕这儿东西贵，父母和他早已把日常生活用品置备得一应俱全。可考虑到日后买东西方便，他便进去转了转。超市里有什么好吃的、好玩的，他并不怎么感兴趣。倒是和超市比邻而居的那几家并不太起眼的小书店，让他驻足许久。在书店里，他看到了在高中时一直想读却因为时间关系而一直没能读的书。他把书拿在手中，轻轻翻动书页，感觉就像遇到了老朋友一样。他喜欢图书中那些闪耀着智慧光彩的文字，喜欢闻那沁人心脾的清新的墨香。

在书店读了一会儿书，他便回到了宿舍。同宿舍的同学告诉他说，系学生会的同学通知大家待会儿到楼下领军装。军训将从明天开始。听了同学的话，他心里挺激动，同时又有些忐忑。激动的是自己也很快就能像一名军人一样穿上一身绿军装了，这可是他从小就梦寐以求的。不安的是自己能否经受住考验，顺利通过军训这一关呢？他还没来得及多想，不一会儿就有邻宿舍的同班同学来喊他们下去领军装了。“好嘞，这就去。”他们几个边答应着，边三步并作两步地下了楼。

辅导员和几个学生会的同学已经等在那儿了。他们这些初出茅庐的新生有秩序地排好队，领上了透着青春气息的军装。回到宿舍里，他们便都把军装换上了。很合身，感觉很棒。雄赳赳，气昂昂，英姿飒爽。穿着这军装，大家看上去个个都刚健挺拔了许多，显得特别有精神。来自城里的张小城穿好军装，在宿舍里来回走了几趟之后，啪地向大家行了个军礼。那严肃的神态，那庄重的表情，看起来还真是像模像样的。看大家注意力都集中到他这儿来了，他又趁机“喀喀喀”地踢了几个正步，让大家连拍巴掌带吆喝地齐声叫起好来。“叶迎春穿上军装后也特有型。”张小城瞅着迎春突然来了这么一句。迎春听了，不好意思地说：“大家穿上军装后都显得既帅气又神气。”其他几名舍员接上说：“就是嘛。咱们宿舍的小伙儿个个都是一等一地酷毙了，帅呆了。”说完，宿舍里就是一阵大笑。

## 3. 首次班会

晚饭后，大家便一起去教室开班会。宿舍楼离教学楼不是很远，很快就到了。按照事先发的通知上说的，他们找到了开班会的教室。教室里已经来了不少同学，他们兴奋地说着、笑着。进教室后，他们几个人找了空位儿坐了下来，很快也加入到了这热烈的交流之中。

四十二名同学全到齐了，大家都期盼着班主任的出场。大家都在想：班

主任长什么样子呢？是个小年轻还是个元老级人物呢？会不会像过去的班主任那样，是“总理”班里一切事情的“全都管”呢？在班主任的领导下，未来的大学生活会是什么样子呢？就在大家的种种猜想中，门被轻轻地推开了，从外面进来了一个看上去比同学们大不了多少的年轻人。

不用问，他就是大家未来一段时间里的班主任。不知谁喊了一声：“班主任来了。”教室里立刻就安静了下来。大家的目光齐刷刷地落到了他身上。年轻人稳步走上了讲台，站好后，先面带微笑地环视了教室一周，看了一下同学们，然后满意地点了点头。“大家好！我叫李井然。我是你们的班主任。欢迎大家来这里读书。”刚说了这么几句，大家已热烈地鼓起掌来。为了尽快熟悉、认识同学们，李老师拿着花名册点了一遍名。之后，便言归正传。

“大学是一个磨炼意志、培养能力的地方。它给每个人都提供了全面发展、健康成长的舞台。大家在这里可以尽情地吸收养分，展示才华，争取早日成为栋梁之材。”这娓娓道来的一番话说得同学们热血沸腾，不约而同地报以一阵热烈的掌声。

“来到这个班里，每名同学就都是这个班的一分子了。在今后的日子里，大家要互相关心，互相帮助。同时，要多为班级建设添砖加瓦。只要大家齐心协力，咱们班就一定能成为一个朝气蓬勃、团结向上的优秀班集体。”短短几句话，推心置腹，慷慨激昂，激起的又是一阵热烈的掌声。

为了交流方便，他还告诉了同学们他的联系方式，包括电话号码、电子邮箱，还有QQ号码。后来上课时，任课老师们也都留下了自己的联系方式。这让老师和同学们的距离一下子就拉近了。因为大多数同学离家比较远，有的甚至在千里之外，难免形单影只。现在，有事可以随时和老师交流、沟通，就能感受到家中亲人一般的温暖和关爱。

这次班会上，李老师还给大家介绍了学校和系里的情况，谈到了在大学里应该怎么学习，怎样培养能力的问题。“在大学里，要学会自我管理，做到自立自强。要学会有计划、高效率地去做事。通过努力，要争取把自己打造成一个有学识、有修养、素质高、能力强的大学生。”听了班主任的一席话，“来大学里干什么”这个问题的答案在大家的头脑里更加清晰起来。每个人对自己的大学生活都充满了信心和期待。

而第二天的开学典礼，系领导、教师代表、学生代表先后发言，让他们对“来大学里干什么”这个问题有了更深刻的认识。他们对未来的信心更足了。

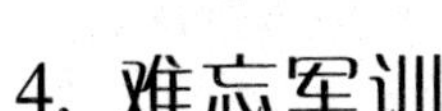

# 4. 难忘军训

当回到宿舍时，已经有一位师哥在等着教他们整理内务了。师哥先向他们简单说了一下要求，然后就指导他们叠军被。这叠军被，看起来容易，做起来难。虽然每个人都尽力叠，可叠出来后怎么看也都鼓鼓囊囊的，离有角有棱的要求还差得远。

有个同学叠了好几次，可叠出来的被子还是像散了架似的。师哥鼓励他说：“甭着急。只要方法对了，不怕叠不好。”为了让大家尽快掌握要领，他便拿了一床最厚的被子给大家做示范。只见他先把被子铺开，弄平整了，从一边折起一块儿。然后握紧拳头，用胳膊使劲压着被面，像重重的碾子一样向左右推压，压好一边后，再折起另一边儿去这样推压。随后分别折起两头，手、臂并用，被子就被叠成了“豆腐块儿”形状。整个过程，干净利索，一气呵成。他们看了齐声叫好。

尽管昨天忙到很晚，可他们几个还是起了个大早。不一会儿，班里的同学就在楼下按昨晚开班会时说好的地方聚齐了。班主任和教官来了，说大家被编入了一连。

一声哨响过后，他们便向操场进发，开始军训。白天在操场上练，晚上整理内务或组织学习校规校纪。有时，晚自习时间，教官也领着大家在操场上“加班加点”。教官都这么甘于奉献，同学们便也毫无怨言。

最初的军训内容是四面转法，齐步、踏步、行进与立定等，比较简单。加之中间休息时穿插上拉歌比赛，大家都还吃得消。后来练踢正步，就难一些了。教官先让他们练习分解动作。得每个动作都要做得齐刷刷。由于动作不一致，他们全连曾被罚抬起左腿站立十五分钟。汗珠子噼里啪啦往下掉，汗水把军装都溻透了。但为了集体的荣誉，同学们没有一个“倒下”的。

有的同学或许由于紧张，手会朝腿抬起的方向甩，成了“顺拐”。平时，这样做绝对会觉得很别扭。可此时那几个同学竟没觉出来。每每被眼尖的教官发现，他们便被罚金鸡独立。之后，是教官一遍遍耐心的纠正。功夫不负有心人。这个难度最大的动作，最终还是被他们拿下来了。

各个连队单独训练几天之后，教官们便带他们到一块宽敞的地方比武，看哪个连队训练得好。每次比武，他们总能让自己的教官脸上露出满意的微笑。

经过近二十天的军训，军训进入了最后阶段。大家的脸都晒得黑黑的，都快成非洲黑人了。可每个人心里都挺满足。因为这段时间，大家团结协作，并肩战斗，过得挺充实。

第二天清晨，大家整理好内务后在教官带领下来到了运动场上。大家个个精神抖擞，英姿飒爽。轮到自己时，按照事先训练好的，全连进入场地后先齐步走，等走到主席台前时再喊口号踢正步。大家目光炯炯，全神贯注，正步踢得整齐有力，口号喊得响彻云霄。由于表现优秀，最终一连获得了优胜连队的称号。“耶!”当大家听到结果的时候，高兴地欢呼起来，班主任“咔嚓”一下子按动相机快门，抢到了这精彩的一瞬，为他们的大学军训留下了这让人难忘的一刻。

## 5. 班委竞选

军训结束后，晚上开班会选班委。班主任让大家先到讲台上做竞选演讲，然后由同学们投票。这下子张小城变得活跃了，冲身旁的几个同学小声说：“兄弟姐妹们，记着投我一票。”在高中时叶迎春就担任过班长、体育委员，他也想参选，好为班里多出点力。于是，他便在纸上简单地列了一下想说的内容，准备演讲。其他同学也在忙着准备演讲材料。这事重在参与。

很快，演讲开始了。大家自告奋勇地登台演讲，陈说自己竞选成功后的打算。上台者中不乏资历颇深的高手。尤其是那个叫于潇潇的同学，从初中到高中，没有一年不当班干部。细说起来，中学六年，她把所有的职位几乎都干了个遍。难怪在过去只蹭了一下班干部的边儿的张小城心怀忐忑地四处拉选票呢。要不然，他恐怕没戏。本不想再参加竞选，想在大学里多抽出点时间来学习的叶迎春，也被大家的热情所感染，最后一个上台进行了演讲。毕竟高中时曾当过体育委员和班长，他凭自己的真诚和实力打动了大家。其实，军训期间为班里的事跑前跑后，顾全大局的良好表现，就已让这个朴实厚道的农村男孩为大家所看好。

计票了。一名同学唱票，两名同学监票，五名同学在黑板上写票。目的是保证整个竞选过程公平、公正、公开，做到“阳光选举”。“叶迎春、于潇潇、柳青青、张小城……”随着唱票人响亮的唱票声，大家的目光齐刷刷地都投到了黑板上。大家的心都跳得厉害。一开始，张小城的票还领先了一段时间。这时，他有些得意地朝他旁边的同学做了个鬼脸，随后用手指了指黑板上自己的名字，并伸出了大拇指，意思是说：“瞧，我很棒吧!”

随着写票的同学在“正”字上落下最后一笔，得票数有了分晓。“叶迎春42票、于潇潇40票、柳青青36票、张小城30票……”班主任公布了计票结果。因为要选出4位班委，张小城名列第四，刚好入围。“好险！差点就跌到圈外去了。还好，总算进去了。”班主任让他们四个人到前面来，征求他们的意见，看他们自己觉得比较适合干哪个职务。张小城嘴快，说：“我爱运动，就来个文体委员吧。”就这一句，惹得大家都笑了。于潇潇说：“班长一职，我看叶迎春当很合适。他有人缘，做事稳，大家很拥戴。”班主任点了点头。柳青青说：“咱班的团支书，非潇潇莫属。她做事细致周到，有耐心，和叶迎春组合，是黄金搭档。”张小城说：“说得好！有了黄金搭档，咱们班的工作一定能干得很棒。”至于宣传组织委员一职，大家一致同意由柳青青担任。柳青青很愉快地接受了任命。分好工后，班主任当场向全班同学宣布了竞选结果。他希望四名当选的同学在今后要身先士卒，发挥模范带头作用，把班里的各项工作带起来。同时，他也希望全班同学勤奋学习，团结向上，写好大学生活的每一页。

## 6. 精彩课堂

开始上课了。各位老师相继登场亮相。

大学上课和中学上课很不一样。在大学里，上课地点是不固定的。这节课在这座楼的这间教室里上，下一节课有可能需要跑到另一座楼的另一间教室里上。“我的地盘听我的”的说法，已成为历史。这对习惯了长时间拥有对一个座位的使用权的新生来说，适应起来需要一定的时间。当然，更大的不同在于学习方式也发生了很大的改变。老师由牵着学生鼻子走的人，变成了适时给予学生点拨的“导游”。学生成了学习的主体。

讲课时，有的老师古今中外，广征博引。有的老师条分缕析，细致入微。他们知识渊博，见解独到。静静地听着他们的精彩讲解，大家觉得收获颇多。他们为人谦逊，平易近人。聆听他们的谆谆教诲，如沐春风，受益匪浅。叶迎春觉得听过课以后，视野开阔了很多，很过瘾。连张小城这个爱动不爱静的“活跃分子”也被吸引到课堂上来了。“老师们的课就像磁铁，太吸引人啦。”张小城感慨道。

有时，老师也会“抛出”一些问题让大家讨论。在这时，你尽管各抒己见，畅所欲言。发表你的观点时，不必拘泥于条条框框。讨论中，老师们最欢迎敢于创新的同学。一件事情，允许有不同的声音。只要你言之有理，能自圆其说。课堂上，老师也只是参与讨论的其中一员，一名做了好事不留名

的向导。可以说真正地做到了“百花齐放，百家争鸣”。这个时候，“氧原子”张小城的表现总是抢眼得很，不光想法多，而且脑袋反应快，人送雅号“快嘴张”。每逢这时，叶迎春一般不会急于发言，他的想法往往是经过了深思熟虑，而且是有理有据，一语中的的那种。而于潇潇看问题时的独辟蹊径，柳青青口中不时“蹦出”的妙言隽语，也是“新”人耳目，“爽”人心情。

在一次次的平等讨论中，在一次次唇枪舌剑的激烈交锋中，同学们得到了实实在在的锻炼。“尽信书不如无书”，“相信真理，不迷信权威”，成为大家嘴边常常冒出的话。大学课堂上的宽松氛围，让活跃的思想碰撞出了智慧的火花。美丽的大学校园为同学们的健康成长搭建起了一个宽广的舞台。

在学习上，老师们循循善诱。在生活中，老师们的关心又无微不至。在大学里，老师们没有一点架子，平易近人得让人惊讶。读中学时，见到老师有的同学紧张得都不知道说什么好。在这里，老师们那亲切的微笑，那暖人心窝的话语，让大家立即放下了那思想上的包袱。他们如兄长，似父母，帮大家化解了许多生活中的难题。十年树木，百年树人。他们在用行动影响着大家。他们的一言一行就像润物细无声的春雨，滋润着每个人的心田。

这些，班里的每个人都深深地感受到了。就在那一间间窗明几净的教室里，就在这美丽的大学校园里，大家学会了读书，学会了做人。

## 7. 芬芳书香

图书馆是读书人最喜欢光顾的地方。它就静静地立在教学楼北边。图书馆门前那一级一级升高的台阶，就像在告诉人们：书籍是人类进步的阶梯。图书馆的颜色是古朴庄重的砖红色。远远望去，给人一种端庄安静的感觉。读书，可以使人充实。图书馆也就成了叶迎春和同学们“充电”“淘宝”的好去处。

从图书馆一层向上爬的时候，叶迎春常常会想起那两句诗：欲穷千里目，更上一层楼。其实，每个对理想孜孜以求的学子，想穷尽的不仅是自然美景，其实还有那人生的风景啊。

图书馆里的书是很多的。文史哲、数理化、书报杂志、电子音像。它毫不吝惜地把最精彩的内容呈现给了读者。这些凝聚了人类智慧的精神产品，明亮了一个个学子的眼睛，滋润了一名名读者的心田。最初这里还是闭架借阅。告诉老师你想借什么书，老师去书架上找到后再借给你。每本书的借还

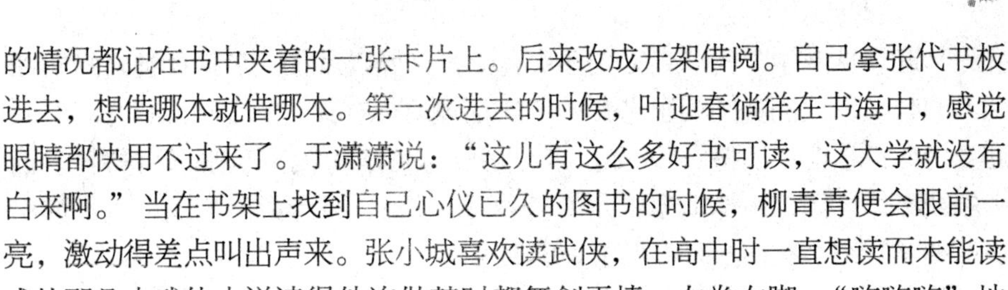

的情况都记在书中夹着的一张卡片上。后来改成开架借阅。自己拿张代书板进去，想借哪本就借哪本。第一次进去的时候，叶迎春徜徉在书海中，感觉眼睛都快用不过来了。于潇潇说："这儿有这么多好书可读，这大学就没有白来啊。"当在书架上找到自己心仪已久的图书的时候，柳青青便会眼前一亮，激动得差点叫出声来。张小城喜欢读武侠，在高中时一直想读而未能读成的那几本武侠小说读得他连做梦时都舞剑弄棒，左拳右脚，"嗨嗨嗨"地乱咋呼。

借书数量是有限制的。学生每次最多只能借三本书。当看到好书却因已借满不能再借时，叶迎春便或站或蹲地在那儿看上老半天，直到感觉腿有点发酸发麻为止。后来情况有了改变。为了满足同学们的需求，图书管理员在一排排书架旁边专门留出了空地儿，放上了桌椅。不想借出去看的书，可以在这儿一饱眼福。

在书架中间来来回回"寻宝"的时候，如果意外地与一本心仪已久的好书相遇，那时那刻的心情真的是难以用言语来表达。可谓"众里寻她千百度，蓦然回首，"你却默默卧在这一处。这样的书自然是要借上，回去再好好地品味一番了。读好书，赏美文，"如行山阴道上，令人目不暇接"。叶迎春和不少同学都曾有过这样的感受。

开架借阅，自选图书，这既免去了图书馆工作人员拿着同学们抄着书名的纸条在书架间找书的奔波之苦，又给同学们提供了博览群书、开阔视野的机会，可谓一举两得。

叶迎春觉得，能读到一本本好书，是大学生活中一件很让人快乐的事。读书，为自己的人生打开了一个宽广的世界。

如果不在图书馆里读书，叶迎春便去湖边或者是教学楼西边的那片被命名为"学林"的杨树林里读书。特别是每天早晨或是春日的上午，这些地方更是炙手可热的学习佳地。

## 8. 课余生活

**社团秀**

大学里，有很多社团。每年新生开学后，各个社团便大张旗鼓地展开纳新活动。文学社、话剧社、相声社、剪纸协会、舞蹈协会……纳新宣传材料，在海报栏里贴得密密麻麻，层层叠叠。只要你有爱好，在这里几乎都能找到同道。

叶迎春从中学时就一直比较喜欢看话剧，所以就加入了话剧社。短短两个月的时间，他们就排演了老舍的名剧话剧《茶馆》，公演后大获好评。叶迎春扮演王掌柜，演得惟妙惟肖。老师说："迎春是个演话剧的好材料"。而由剧社集体创作，由他担当主角的《春暖花开》，因为故事生动感人，演员表演细腻到位，在演出时赢得了全场喝彩。

虽然大家都是利用课余时间排练，但是出于对话剧表演的热爱，每次排练大家都能很快地入戏。所以大家就有了更多的时间做多方面的尝试。原创、改编、旧剧新演，国内名剧、国外经典话剧，都在他们的精心打造下，搬上了校园舞台，有两部戏还捧回全国大奖。

张小城参加了轮滑协会，这和他的性格恰好吻合。他喜欢自由自在的快节奏。拐弯抹角，翻转腾挪，他那让人目不暇接、眼花缭乱的动作，赚足了观众的掌声。从滑起来歪歪扭扭，时不时地摔摔跌跌，到滑行自如，出神入化，其中的甘苦，只有经历过了才知道。通过这些，张小城对"不经历风雨，怎么见彩虹？没有人能随随便便成功"的道理，有了更深刻的体会。

**篮球迷**

"传球，传球！"还没到篮球场，大老远你就能听到这喊声。此刻，阳光洒满校园，篮球场上的他们也激战正酣。下午下课后，只要有时间，叶迎春和班里的男生便到篮球场上活动活动。

下午下课铃一响，大家便十万火急般地赶回宿舍，干净利索地换好运动服，带上球，直奔篮球场。要知道，这个时候的篮球场是很抢手的。

数人，分组，开球，这一切都进行得快捷流畅。很快，一场激情飞扬的比赛便开场了。双方队员前冲后突，左右挪移，灵活得像一条条在水中畅游的鱼。防守的盯得紧，拿球的跑得急。叶迎春步伐稳健，张小城快如闪电……一个有一个的绝活，一个有一个的特点。叶迎春的三步上篮，张小城的跳起扣篮为人称道，让几个技艺不精者佩服得五体投地，啧啧赞叹。

关键时刻，叶迎春那极具杀伤力的出手必进的功夫，能让对方冒出一身冷汗。虽然他身材并不多么高大魁梧，但他一锤定音的撒手锏着实让人不敢小看。

当然，这样的较量，分数并不重要，输赢只在其次。因为大家主要是为了活动活动筋骨，宗旨是比赛第二，友谊第一。有时，或许是双方都打得太过投入，也有队员受伤的时候。看到有人摔倒了，即使裁判不吹哨子，大家也会立即停下比赛看一下倒地队员的情况。如果伤得不重，简单处理一下，继续比赛。如果伤得较重，大家就给他悉心的照顾。过不了几天，他就又能

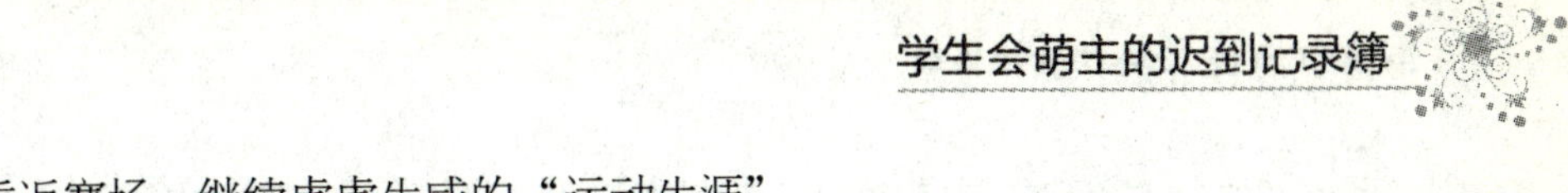


重返赛场，继续虎虎生威的“运动生涯”。

打篮球，让大家学会了默契配合，学会了团结协作。打篮球，让大家的友情更深。

## 9. 晚间故事

与白天篮球场上的生龙活虎相比，晚自习后宿舍里的同学们，则多了几分安静。吼过几嗓子之后，大家便静静地看书，看累了，便一人来上一段在心中收藏了很久的故事。在这飞着不太标准的普通话，不经意间还冒出几句方言土语的宿舍里，精彩的故事一直不断。

这时候，叶迎春还是以他一贯的沉稳风格，不紧不慢地讲着他那带着山村气息的故事。叶迎春出生在一个偏僻的小山村里。在那里生活了十几年的他，对那里印象很深。

“过去，我们那儿的山都荒着。除了七零八落的几棵松树，满山遍野都是硬邦邦、冷冰冰的石头疙瘩。住的，是用石头摞起来的矮矮的石头屋。走的，是石头碰石头的弯弯山路。吃水要到十几里外的山下去挑。要想买件新衣服，那得翻山越岭跑到城里去。”听叶迎春讲到这里，大家心里都沉甸甸地，知道了山里人的不易。

“为了告别这艰难的生活，乡里动员大家承包荒山，种植果树。一开始，大家都不愿意，认为这寸草不生的地方能有啥折腾头？几个村干部一合计，便带头承包了两座荒山。为了种好树，他们东挪西借凑了些钱，又贷了些款，打了两眼井。几年下来，你猜怎么着？核桃、栗子、柿子、苹果……全在这里长起来了。因为山里水好、空气好，产的山货是无污染的绿色产品，很受人们的青睐。

“在他们的带动下，大家绿化荒山的热情高涨。连一些出去打工的人也回来承包了荒山种果树。只有几年的工夫，光秃秃的山岭就全都换上了绿装。为了帮助山里发展林果经济，上级拨付了扶持资金，村民们又自己捐了一些，把路修通了。过去无人问津的穷山沟变成了聚宝盆。听说村里计划还要进一步加大开发力度，搞乡村生态旅游呢。”

听叶迎春讲着，大家都特别兴奋，似乎那片可以让无数人施展才华的广阔天地就在眼前。

“通过努力，我走出了大山。毕业后，我还要回到那里，为家乡的建设添砖加瓦。”听他说完，大家对叶迎春的佩服又增了几分。

张小城的父亲经商，走南闯北，他的故事也就常在商海里来来回回。商人讲究实际，耳濡目染，张小城也受了不少影响。他从不幻想馅饼会从天而降。他的目标是毕业之后像父亲一样去打拼，靠自己的努力去闯出一片天地。

和父亲一样，张小城很善于表达。他讲起话来就像滔滔江水，想截也截不住。只要他一讲，时间也气得要死。因为听父亲讲了不少在外面闯荡时遇到的事，再加上他的倾情演绎，让大家都听入了迷，只恨时光过得太快，踮着脚般地飞逝。但他又总是擅长在扣人心弦处打住，还忘不了来上一句：要知后事如何，请听下回分解。以至于大家都觉得他天生就是说书的料，所以他就多了个雅号：铁嘴张。

每每听过风味不同的故事后，大家都感觉有好多地方启人思考、发人深省。这短短的晚间故事会，让每个人对生活都有了更深的体会。难怪大家经常觉得时间的步子迈得太快，没说的故事只好留待日后再讲。

## 10. 那段时光

刚开始时，由于来自不同的地方，曾在不同的环境中生活，这些个性各异的小伙子在生活中也曾有一些小摩擦，但事后都“云开雾散”了。不同的性格不但没有妨碍他们团结合作，反而因其具有互补性，而使他们更加团结。

由陌生到熟悉，由好朋友到情同手足，同学们互相关心，互相帮助，让每一个人都感受到了集体的温暖。

张小城清楚地记得他来到大学后第一次过生日的情景。那几天，因为父亲做生意不太顺利，他心情不太好。生日到了，可他却没有心情去想今年怎么去庆贺。而且他发现舍友们也没有什么特别的表现，似乎没有人去关心这件事。他的心情有些低落，就像空中那飘浮不定的云。

那一天上完晚自习后，他像往常一样在操场上跑了两圈，就回宿舍了。照往常，全宿舍的成员是都会来操场上锻炼锻炼的。也不知怎么的，今天那几个人全不见了，也不知他们几个都跑到哪儿去了。边走边想，张小城的心里乱乱的。

他一个人“噔噔噔”地跑上楼来，宿舍里黑着灯。就在他要拿钥匙开锁的时候，门开了，灯亮了。还没等他回过神来，不知谁已经把一个生日帽戴到了他的头上。舍友们分列两厢，拍着手，一起唱起了《祝你生日快乐》。

作为“寿星”，他要吹灭生日蛋糕上的蜡烛。就在那一刻，他的眼泪夺眶而出。

其实，张小城这几天的情绪低落早就引起了大家的注意。当张小城告诉了大家家中的情况后，大家一方面安慰张小城不要太伤心，另一方面又积极帮他想办法。“不经历风雨，怎么见彩虹？没有人能随随便便成功”。在宿舍常被唱起的这首歌，激励着大家走过泥泞，走向成功。

能有机会在校园里读书是快乐的。能与一群有才华的同龄人聚在一起度过自己的青春时光是幸福的。叶迎春、张小城他们和千千万万的在校大学生一样，怀揣梦想，来到大学。为了梦想，在校园里的每一天，他们都在用辛勤的汗水浇灌着梦想之树，希望能早一天成为栋梁。

为了能多读些书，他们成了图书馆的常客。为了能把学过的东西掌握扎实，他们在自习室里狠下苦功。在校园里的许多地方，都留下了他们孜孜不倦勤奋学习的身影。

每天，他们都把时间安排得井井有条。生活也因充实而变得生动。在学校里提素质，强能力，毕业后才会有更多的机会。

大学生活中有许多情景让人难忘。运动会接力比赛中的默契配合；生病时，同学们给予的无微不至的照顾；为了挣点学费，大家不怕辛苦的“倾巢出动”……他们在茁壮地成长，在不断地向着自己的目标迈进。

细细想来，在成长的路上，温暖他们心田的，是那无私的阳光；滋润他们心田的，是那“润物细无声”的潇潇春雨。

# 学生会和玛尼妹

■ 余显斌

一

我不喜欢玛尼，真的。因此，每次喊她，我故意喊：“蚂蚁，蚂蚁。”她听了，很快活地答应，脸上，是一片阳光般的欢笑。

同学们都笑起来，前仰后合。

她笑得更快活了，傻傻的。

她的眼睛很亮，十四五岁了，却不沾染一点世俗的灰尘，脸儿黑黑的，带着两片特有的高原红，和我们这座小城的人相比截然不同。

是的，她来自遥远的西藏，到这儿来读书。

和我们相比，她什么也不懂，很傻，很笨，不会吃麦当劳，不会吃肯德基，甚至不会吹泡泡糖，唯一的长处，是会唱歌。高兴了，扯开嗓门，唱道：“天地什么时候开创？高原什么时候有了牛羊？爱情的哈达为什么随风飘扬？”

对了，她还懂得一点，恋爱。

我能感觉到，她爱上了我，没事时，总是“梅加梅加”地叫，叫得全班都知道了，继而全校园都知道了，以至于有些同学见了我，也捏着嗓子喊：“梅加，我……爱你。”

我正在竞选学生会主席，如果学校知道这事，我的学生会主席，是一定会让她给“梅加”掉的。

所以，对她，我唯一的办法，就是竭力疏远。

二

张鸿这小子耳朵很尖，老鼠一样，不知他从哪儿打听到，玛尼来时，老师问她想坐哪儿。正好，老师在改作业，改到我的，她眼睛一亮，手指一点，道：“我就跟他坐，梅加，好可爱的名字。”

我的心中，更加对玛尼不高兴起来，原来，这个高原来的女孩子是有备而来，一定是先打听好了的，冲着本帅哥来的。

对一心不放在学习上，却早早陷入恋爱中的玛尼，我有一点不屑。

但是，玛尼一点也看不出来，仍然一天到晚地喊："梅加梅加!"好像只知道世界上有一个梅加似的。我不想答应她，做出皱眉冥思苦想状，她见了，说："梅加，你皱眉的样子太酷了。"

张鸿在旁边听了，忙接口道："是啊，简直迷死人了。"学着她的腔调，然后很坏很坏地笑了，她也缺心少肺地笑了。

气得我脸红红的，无话可说。

她一点儿也没感觉出来，说："梅加，我一定要送你一条哈达，你围上，脸红红的，一定很帅气。"

我回过头，张鸿吐吐舌头，做个鬼脸微笑。

我再也受不了了，冷下脸，对着玛尼喊：

"别整天梅加梅加地喊，好不好啊?"她愣住了，许久，疑惑道："名字就是让人喊的啊，经常让别人喊，才幸福啊。"

看样子，这女孩从高原来，孤独坏了，才有这么个奇怪的奢望。我无奈，只有求她："你每天少喊两句梅加行吗?"她亮亮的眼睛望着我，傻傻地问："为什么啊?"

## 三

玛尼虽然一般汉话会说，但遇见成语，就大眼瞪小眼了。一次，她看到一个成语"一见钟情"，问我汉语中这个成语是什么意思。为了让她出丑，我故意说，那是说两人友情很深。她很感激地笑笑。

那一次作文布置好，她就将那个成语随手用上了。

下午，我被老师叫去。老师坐在椅子上，拿着作文本，语重心长地说："学生在校，应好好学习。一个个还是孩子啊，千万不敢早早分心，浪费大好青春。"

我摸不着头脑，傻呆呆地望着老师。老师见了，以为我装糊涂，生气了，单刀直入，道："这次，你竞选学生会主席，很有希望，为什么恋爱呢?"

我慌了神，忙问："我和谁恋爱？别信啊，那些同学是造谣。"

老师打开一本作文，玛尼写的，指着让我看，上面有一句话："我和梅加一见钟情。”我见了，手足无措，只有鼻尖冒汗。

老师很不满，眼光从眼镜上边射过来，望着我。

## 四

那天下午，玛尼到了座位，手伸进抽屉，拿出一个纸包，愣了一下。她不知道是什么，慢慢打开，突然一声惊叫，扔在地上。里面，是条死蚯蚓。

大家都跑过来，见了，纷纷猜测，这是哪个缺德鬼啊，这样做。

我也跟着喊，这是谁这么缺德啊？心里，却暗暗发笑。

下午，我特意上了一会儿网，给“我爱梅加”留了一段恫吓的话：把心放干净点，再爱梅加，我会给你送一条毒蛇。然后，还做了个恐吓的嘴脸。

我的恫吓，果然取得了效果，玛尼不再张口梅加闭口梅加了。但是，明显地，她明亮的眼睛里，阳光退去，漾满了孤独，还有忧伤。

## 五

我们学校有一座楼，建了十层，上面都是图书室、阅览室什么的。玛尼站在第十层楼顶，望着远方，风儿吹着她的头发，夕阳把她照得红红的，成为一帧剪影。

我忙给保卫处打了电话，然后，和张鸿急急忙忙向楼上跑去。校园里，响起了叫喊声、劝阻声，不一会儿，有警车呜呜地叫着飞进校园。

我气喘吁吁，奔上十楼楼顶。

她看见我，扭过头，脸上有泪，很晶莹，如露珠一般。

不过，面对操场上人群拥挤、警车奔驰的情景，以及我和张鸿气喘吁吁的样子，她感到大惑不解，睁大了眼睛问：

“下面是怎么啦？发生了什么事？”

我松了口气说：“玛尼，你想开点，我们还小，应该读书。”

她连连点头，很懂事的样子。

我又告诉她，我之所以不爱她，是我们都还小，不应该陷入恋爱中，从而荒废学业，耽搁青春。

她傻了眼，呆了呆，突然，嘎嘎地笑起来，笑得我莫名其妙。

## 六

玛尼因为上楼顶，受到了学校批评。那天，她很难受，不理解地问我：“为什么不许上那座楼顶呢?”

对于从雪山上来的玛尼，我没法讲清城里人的想法，我说：“你上去，也看不见老家啊。”

她说，能看见，站在那儿，她能听到梅加的叫声，能看见格桑花儿开满山坡，能看到爷爷奶奶的微笑。她说得很认真很认真，那纯真的样子，像初来时一样，干净如一片阳光。

面对这样洁净的微笑，有时，我感觉到，和玛尼相比，十五六岁的我们过于成熟了，心里洇入了太多太多的杂质。只有玛尼，心里干净得如一朵雪花。

几天后，我生病请了假，再回来时，身边座位空了。

玛尼走了。

玛尼走时，给我留了一张纸条：我要回家，看爷爷奶奶，看梅加和格桑花。你什么时候有空来了，我会带着梅加，陪你看格桑花。

我的泪珠滑了下来。张鸿在旁边，眼圈也红了。

格桑花，听玛尼说，是一种单瓣的，很美很洁净的花儿。

我很想问玛尼，它的洁净胜过你的眼睛吗？可是，我还没来得及问呢。

我的眼前，又出现一个女孩，在蓝天白云下唱着歌；她的身边，是一只少一条腿的叫作梅加的狗；脚下的草地上，盛开着一种冰花一样洁净的花儿——格桑花。

# 我路过海的时候海不说话

■ 龟心似贱

我路过山的时候山不说话，我路过海的时候海不说话。我路过你的时候你叫住我，给了我一场此生最绚烂的烟花。

一

五月，初夏明媚天。我特地把自己拾掇得花枝招展，黑白条罗纹半袖，水粉裙外加中跟鱼嘴鞋，没画眼影，只擦了点透明唇膏，对着镜子文明地感叹了一句：真清纯。

各位想想，一只狼忽然披上羊皮，目的是什么?

答曰：往下看。

我特地装纯是为了跟霍志民去看郎朗钢琴演奏会。有钱人都喜欢附庸风雅，对我来说音乐厅再怎么富丽堂皇也不值得从口袋掏出一千多大元买票进来。不过，霍志民的票是别人送的，正好两张，他女朋友出差，用他的话说，就当废物利用，你陪我看好了。

我当时挺仗义地就答应了，事后回想才觉得有点不对劲——霍志民说的废物，到底指的是票还是我?

没工夫想太多，走进演奏厅刚坐定，表演就开始了。看着霍志民人模狗样一本正经我也不好放肆，假装欣赏地撑着眼皮盯着。也不知道过了多久，感觉两眼昏花神志不清再死撑铁定崩溃的时候，霍志民忽然凑过来在我耳边小声说了句：“困了你就靠过来吧!”说着，伸出拳头敲了敲自己的肩膀。

我回给他一记贤淑微笑：“不用了。”脑袋却不听使唤朝着他肩膀砸了过去，一睡不起。

醒来的时候，已经坐在他的路虎上了，我急忙解释：“不是我听不懂演奏会，是我一接触高品位的东西就忍不住想在梦里一起沉醉……”霍志民似乎不为所动，似笑非笑地转过头问我：“你家在哪儿?”

我说了大致方向，他认真操控方向盘。侧脸跟正脸一样英挺，暗色西装优雅庄重，但没有压迫感，这样的人应该有很多女孩死命扑过来吧。

“好了，就是这里！”我开口提醒，他停车，却并没有要我下车的意思，转过脸问我：“小朋友，你接近我，到底有什么目的？”

被说中了心事，我有点儿意外。不过，表面上却像个训练有素的特工，面不改色：“你英俊潇洒、事业有成、风趣幽默，要是哪个女生不喜欢你，她绝对是瞎了。”

霍志民不傻，听出我在胡诌，不以为然，只是轻轻一笑，对我说：“既然你不说，我也不逼你了。但是，以后找我就直接跟秘书报名字，不要乱讲什么奥巴马跟小布什要来我们公司参观访问！”

我装傻，不点头也不摇头。从容不迫地走下车跟他道别，没有露出一点不自在的破绽。

## 二

白色路虎带着几许不易觉察的嚣张，迅速跟视线告别。我没有上楼，直接蹬掉脚上难受的鞋子坐在楼梯口。十点半的大街看上去很不冷静，五彩霓虹咄咄逼人，不时会有一群年轻的男男女女笑闹着穿梭，看得我有一点怀念，自己叛逆的从前。

叛逆，虽然这个词已经俗到极点，我却还是喜欢得一塌糊涂。回想起来，自己也不知道那时是怎么了，狂躁、烦闷，看谁都不顺眼，抽烟喝酒无师自通，耳朵穿了六个孔。见了父母打呵欠，跟老师摆臭脸，被冠上“三中太妹”头衔时竟是不知羞耻地骄傲满面。后来干脆连逃学都没人管，整天跟着一帮校外结交的乱党闲晃，生活迷茫无趣，人生漫无目标。

如果不是丁澈，可能这样的人生轨迹会一直持续。

一个刚毕业的实习老师，本应该老老实实待满半年滚蛋，却偏要多管闲事，在第一天上课，就喝住迟到的我，严厉开口：“这位同学，没人告诉你迟到了要先报告吗？”

教室里忽然变得静悄悄，感觉所有人都抬起头集中精神地望着讲台，而此刻我才注意到，屋子里站着一个陌生的实习老师。

白净、瘦高，怎么看都是一个温润斯文的大男孩，走在街上不会引人注意的那种。黑色细框眼镜遮蔽了眼神的锋芒，整个人显得平和细致，不带半分张扬。

这样的人，没理由让我服气，站在原地跟他对峙，甩出一句只有那个年纪才觉得很牛的台词："你谁啊，我爸都不管我，你多什么事?"

他果然被噎到，愣了一下才反应过来，涨红了脸开口说："我是你老师，当然要管你，先到门口站一会儿。"

罚站?他大概还不太清楚自己的能力范围，我对此嗤之以鼻，拎着书包准备出走，却被他一把抓住，大声问我要去哪里?

有些反感地回头，恰好撞见他认真执着的眼睛，透着坚决的光。皱着眉头冲他说你管不着，却无法挣脱他紧抓的手臂。再看他，神色得意，似乎在说，你走不掉的。

好半天，我止住了挣扎，他似乎笃定了自己会胜利，开口说："不管从前是谁对你不负责，但我既然来了，就不准你缺课。"

很久以后我才明白自己当时为什么会败下阵来，关于那时的自己，无非是一个不愿意听话的小孩，需要关心需要指引。而丁澈，他坚决的态度，是一场变相的鼓励，将我野草般荒芜的青春，浇灌出一缕希望。

那天，我变得很乖，稳当当坐在椅子上，再没有走掉的念头。丁澈在讲台上讲代数，密密麻麻的算式被他写得格外服帖，偶尔会别有深意地看我一眼，似乎在说：我管定你了。

## 三

丁澈果真是管定我了。接下来的日子，他像是故意跟我作对似的，总在我即将生出躁动情绪时就将其扼杀在摇篮当中。

从没有见过这样认真的实习老师，上课走神了点名提醒、迟到了要罚站、逃课的话更惨，他会满世界寻找，直到把我从人群里揪出来。这辈子最糗的经历，就是在台球厅里被他用空白的作业本砸头，惹得所有人冲我哈哈大笑，却没一个人站出来主持公道。他们风凉地开口说：是老师耶，怎么好帮你?

因为是老师吗?所以在放学后总要叮嘱我不要玩太晚，按时回家。

所以会委婉地批评，上学时最好不要化妆。

所以会在体育课上强拉着我跟大家一起玩篮球。

所以会在家访时看到我家空荡荡的三室一厅，笑容有一点尴尬。

我家比较特殊，父母一南一北忙碌着事业，很少有机会聚在一起。他们爱我，恨不得把全世界最好的一切都给我，只是要附送太多的寂寞。

丁澈喝着我倒给他的柠檬水，微笑着打趣说：“想不到，你一个人，把自己照顾得很不错。”

算是夸奖吗？我附和着笑，忽然喜欢这种感觉。黄昏的客厅里，阳光温和地从落地窗投射进来，映到心底。年轻如哥哥般的大男孩在对面，边说边笑。房子不再是房子，它成了一个有血有肉的家。

于是我忽然变得有点可怜，几乎是带着乞求的腔调冲他说了句：“丁老师，留下来陪我吃晚饭吧!”

可能是不忍拒绝可怜的我，也或者是觉得自己老师的身份并没什么避讳……反正那天他短暂犹豫过后笑着冲我点头答应，惹得我欢呼雀跃跑去厨房煮面。三包康师傅卧两个鸡蛋，配半只盐水肠，装了满满两大碗端到桌子上，我跟丁澈稀里哗啦吃个精光。从来没有这么一顿饭，让我觉得无比可口却舍不得吃完。

送走丁澈的时候，我下楼送他到车站，上车之前，他笑着冲我说：“下次，我请你吃蛋炒饭吧，我很拿手的哦!”

我刚准备点头，就见401好死不死地开过来，丁澈忙不迭地挤了上去。在车窗外冲他招手，刚刚还满溢的喜悦一下子转换为伤感，一个人走回家的时候，竟然满脑子都在想念。

想他的声音，他的微笑，他眼镜后面明亮的眼睛。

那一夜，失眠，却因为思念一个人，变得甜蜜。

## 四

后来，再去上学，变得听话了许多。试着认真听课，按时上下学完成作业，轻易不逃课，也很少晚上出去玩。

只是，更多的时候，还是寂寞。

在班级里，没有朋友的生活是很难过的。即使有一个关心自己的老师，却不可能把每天的苦闷都百分百地依赖。丁澈似乎很了解我的孤单，他尽可能地提问我，邀请我加入集体活动。但很多时候，一个老师不能仅靠热忱就能帮助他的学生解决什么。但我还是很感激，是他，让我每天早起上学有了意义，让我慢慢萌发起考上大学的信心，让我有了好好生活的动力。

班里的女生早有自己的小圈子，她们骨子里的安分守己，不愿意跟我扯到一起。也罢，我对朋友的要求是仗义跟奋不顾身，她们永远达不到。卷入一场群殴事件，是我身不由己。以前一起玩的姐姐被人围攻，这个时候做缩头乌龟只能等着被唾弃。我站在姐姐旁边，做好了随时出手的准备，却在战事拉开时被四个人堵在墙角，眼看着要吃亏。是丁澈不知道怎么突然冒出来，挡在我前面让我先走，自己被人围起来。我傻乎乎地跑掉，手里掐着电话却忘了报警，只能躲在角落里听着远处的厮打声渐渐息弱，最后完全散场。

丁澈伤得不重，但也不算轻。那些人不知道他是老师，只当是我同伙，所以疯了一样地抓伤了他的脸。丁澈只能躲，不能攻，理所当然被抓得很狼狈。我远远地站着，好半天不敢走过去，直到他有气无力指着我喊了句："还不去给我买止痛药！"

我如梦方醒，急忙跑进药店，出来的时候看见他已经站在门口，目光如炬，惹得我连看都不敢看。

跟他到附近公园找椅子坐下，我始终低着头不说话，丁澈也不说。拖到冰冻可乐都融化，我终于忍不住，轻轻地说了句，对不起。

似乎一直在等我这句话，丁澈的脸上浮现出满意的微笑，配合他有点惨不忍睹的脸，添加了我的愧疚，眼泪终于应景地落下，我重复着那一句道歉：对不起，对不起，对不起……

对不起我没有听话，对不起我前一分钟还不觉得自己有错，对不起我真的不希望受伤害的是你……

丁澈的胳膊搭在我肩膀上，声音平缓如河："如果你需要朋友，那你就要用心去找，用真诚去结交。不是一定非要打架时站在他旁边，才是真的对他好。"

眼泪再次吧嗒吧嗒，有一瞬间的情不自禁，我扑到他怀里，像个后知后觉的孩子。在丁澈以前，从没有一个人真正地关心我，了解我的生活，也没有人费尽心思，只为了引导我走一条健康的路。

突如其来的拥抱让他无措了片刻，许久，他才温和地拍打我的后背，安慰说："傻丫头，别哭了。答应老师，跟那些人断了，好好生活。"

我在他怀里，把头点得狠狠的，却心有不甘。丁澈，难道你对我所有的关注，依然只是披挂一个老师的身份？

什么时候，你才是丁澈，不是丁老师呢？

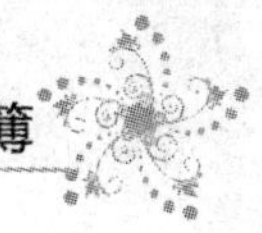



# 五

我真的学乖了，主动跟同学示好，学会亲切有礼貌。所有人都觉察到我的变化，却不知道，这下定决心的改变对我来说，是为了丁澈。

仅仅，是为了他。

那些异想天开一厢情愿以“我想”开头的句子。

我想他能留下，一直做一个负责的高中老师，表面上木讷呆板，骨子里却执着而坚持。

我想我能留下，一直做一个叛逆的高中女生，每当心有迷惘，便由他来指引方向。

我想他能在每天黄昏都坐在我家阳台，侧对着阳光吃我煮的面。

我想我能克制住自己的躁动、不安分，不再做出任何会让他操心的事。

我想他终于有一天，能看到我眼底的依恋，并且不会吓到走远……

心里住着一个憧憬，日子在煎熬与期待中变得漫长又短暂，眼看着六个月的实习期接近尾声，我忧心忡忡要不要跟他把心里话说明白。

但这表白却没有到来，实习期满，丁澈并没有离开。他因为表现出色留校，整个教室欢腾一片。

别人欢迎他留下，是因为他年轻。而我，只是因为他是他。

当时还以为，是命运终于开始偏向我这个努力学会积极的小孩，却不知道，我满心欢喜的一切，不过是一场华丽的想象。

丁澈是有女朋友的。

与此相近的句子：他女朋友是个非常漂亮的空姐、他为了她选择了这座北方城市。

或许是他们的聚少离多的习惯，才让我有了想入非非的空间。熟识了三个月，才看到他们手挽手的画面，恨不得让全世界把自己屏蔽，什么都看不见。印象中的幸福，像是长了巨大的灰色翅膀，扑腾着阴暗的气息飞走了，迅速而彻底，一点回旋的余地都不留。

把自己锁在房间里听摇滚乐，不管邻居有多生气抗议，就是不理会。躺在沙发上，笑自己是个傻瓜。忽然间所有的信念与期待都崩塌，甚至很想回到从前的荒废蹉跎，生活虽然杂乱无章不知所措，却至少不会像现在这样，心痛到失去知觉。

才明白，自己对丁澈的爱戴，已经高过了所有。

## 六

认识霍志民，是在知道丁澈有女友之后。

那段时间，我一直恍恍惚惚，放学回家走着走着晃到了非人行马路，好在霍志民刹车及时才没有酿成大祸。这种事换成别人早就大发雷霆，但他却好脾气，温和地打开车窗冲我揶揄：“小朋友，这里可不是购物街可以闲逛哦！正确的行走路线是要到人行道去！”

我一动不动站在原地，看着他拉风的白色路虎，忽然很不讲理地冲他说了句：“这车我没坐过，你载我好了。”

霍志民露出一脸讶异，冲我说：“小妹妹，你走在路中间不会就是想搭车吧！”

不管他会不会生气，我干脆走过去，说：“反正你不载我，我就站在你前面。”

画面僵持了几秒，直到后面响起堵塞车辆不耐烦的喇叭声，霍志民终于露出一副“服了你”的表情，冲我说了句：“上来吧！”

我就很听话地上了车，一坐定就陷入沉思，刚才的蛮不讲理像是另有其人。旁边的霍志民一直在问我家在哪里，抱怨从“拜托你快讲我还有事”到最后“好啦好啦，碰见你算我倒霉，你不说话我就一直开车溜下去……”

就算他把我当成了精神病也毫不过分，哪有一个人的行动前后这么不连贯？不过，我还是在霍志民即将到达忍耐极限的时候说出了想要到达的地点，就算是良心大发，放他一条生路。

下车的时候很有礼貌，挥挥手冲他说了句：“路虎先生再见！”他立刻露出一副无奈到要死的表情，接着从口袋里掏出一张名片。

霍志民。一听就是个有钱人的名字。我笑着跟他说，我叫乔灿，有机会再见。

## 七

其实，故意把自己弄得失魂落魄，只是想不通，爱情最后是不是都会变成毒药，把美好的人生变得消沉。

从前神采飞扬的丁澈，忽然变得沉默寡言。辗转听说，他跟女友分分合合，空姐总是接二连三地幻想能跟头等舱的有钱人在一起，却总是触礁，只好一次次回来依靠死心塌地的他。

这样的丁澈，是我所不熟悉的。没有积极的灵魂，没有对未来的笃定，眼神荒芜空洞，里面只有看不到明天。

事情越发糟糕地演变，最后竟然发展到，我在九点钟的酒吧看他喝到烂醉，最后一步一步把他扯回家。

酒精的热度被冷风一吹，惹得他不停狂吐。我看着眼前这个让我摆脱困惑却救不了自己的人，恨死了所谓的爱情，凭什么把一个好人，变成这样。

忍着心酸帮他清洗邋遢的 T 恤，却还是委屈。爱着她的他，爱着他的我。同样的难过，我了解他的，他却不了解我的。

前者是她至少还知道你的痴心，后者是你连我喜欢你都不知道。

隔天在学校见他，似乎根本不记得之前发生了什么，我几次鼓起勇气想要对他说些什么，却看着他对着手机里存储的信息傻笑后明白，有些人可能并没有哪里好，但我就是替代不了。

## 八

我去找霍志民，他名片上有电话，是秘书接的，没有预约，随口胡诌南斯拉夫大使前来参观，请霍总下来接见。两分钟后，他回电话给我，张口就问：“小鬼，你有什么事?”

我说：“我没事，就是想看看你在忙什么?”

听得出来他被我搅得很无奈，哈拉几句没什么重点，只好要我等在楼下，他带我吃冰激凌。

还能纵容我，至少说明他对我的到来并不反感。看着他一身公装步履款款走过来，真有点企业小开的派头。我假装顽皮，靠在他旁边摆脑残 POSE 用手机拍下来，惹得他眉头紧皱，不耐烦地嘟哝：这孩子咋这么闹啊!

面对面坐在冷饮厅，在冰激凌上来之前，我面不改色地跟他开口说：“霍志民，我喜欢你，我们在一起吧!”

皱眉头似乎成了他的招牌动作，他不可置信地看着我，说：“小朋友，你开什么玩笑?”

我继续一本正经：“我没有开玩笑，我知道你有个很漂亮的女朋友，很淑女那种。如果你喜欢，我也可以的。”两份榛果冰激凌端上来了，霍志民不为所动，目光深不可测地看着我，问：“说吧，你到底什么来头? 是对手公司派的奸细还是什么?”

"你想多了。"挖了一大口奶油，我说，"除了我自己，还没人请得动我给谁卖命。"

尽管我说得信誓旦旦，可霍志民还是一副打死也不相信我喜欢他的样子。不过，他也没有正人君子般地跟我划清界限就是了，每次在我前去纠缠的时候他都会喂猪一样带我吃东西打发我，又或者他会在无聊时找我听音乐会看电影。然后每次都要强调一次："不要多想哦，带你玩只是把你当妹妹。"

而我的回答是："放心吧，我会多想的。"

## 九

霍志民的女朋友叫许末微，是个空姐。

没错，她也是丁澈的女朋友。

这个漂亮到让人自卑的女人，立志要嫁给有钱人，却又不肯在成功之前放弃一个愿意永远守护在她左右的人。

有一种人，不管她的行为有多不堪、遭唾弃，也无法阻止有些人一直深爱着她们。

丁澈的情绪越来越差，甚至影响到工作，忘记备课，忘记组织班会，整天心神不宁，被校长叫去谈话几次，回来以后更加低落，最后只好请假，休息调整。

我知道，是许末微的缘故。她下定决心要跟霍志民在一起，一切也都进展顺利。或许这一次失去，将会是丁澈的永远。

我找到他家，屋子里灰蒙蒙一片，丁澈没精神招呼我，颓然地坐在沙发上自言自语般，侃侃而谈他跟许末微的从前。

他从初中开始喜欢她，足足十二年，从未间断。

从青春期到开始懂事，他所有关于未来的构想都跟她有关。每一次，她离开，回来，再离开，再回来。兜兜转转，以为总有一天会等到永远。但她却太过爱惜美丽，执意要用浮华来匹配。

他说，他终于爱到痛了累了，却不知道如何清醒自救，只得无能为力地沉沦。他说当初他看到漫无目的的我，似乎看到了在爱情里找不到方向的自己。所以，他毫不犹豫地冲过来，一次又一次地带我走出迷茫与不安，最终迷途知返。

只可惜，爱情有时候比青春要复杂得多，他带着我战胜了青春，却胜不过自己的爱情。

其实我很想说，丁澈，其实我跟你一样，我也胜不过跟你有关的爱情。你比我幸运，关于恋爱的痛，你可以大大方方地说出来。而我，却连喜欢你都不敢说，只能看着你煎熬无助的时候，重蹈你覆辙。

可是，如果命中注定我们都爱错，那我宁愿以最笨拙的方式，来换你一个完整。

# 十

把手机里跟霍志民的合照洗出来，挑出里面看上去最暧昧的，装进信封。带在身上跑去他家，在他叽叽歪歪打开门的时候递过去说："做个交易怎么样?"

霍志民疑惑不已地打开信封，看到照片以后不屑一顾："电视剧把小孩都教坏了，你拿这么几张清汤寡水的照片，要勒索我什么?"

我扑哧笑了，把照片拿回来重新看看，附和他说："也对，想勒索你应该拿裸照。"

他有点无奈地开口问我："说吧，有什么事?"

我的事说出来可能会吓他一跳，又或者会被当成玩笑。所以，我尽量拿捏着严肃与玩笑之间的表情，对他说："我想要你帮我——跟许末微分手。"

出乎我意料的，是霍志民一本正经的表情，他说："你接近我，好像是这个目的。"

"希望你相信，这个目的对你没坏处。"这个我可以保证，像许末微那种人，除了丁澈，不会让任何人觉得幸福。

虽然，之前我接近霍志民，是带着几分故意。可是到后来，却发现他人很不错。没有那种富家子弟的天生优越，举手投足贵气不假，却也亲切温和，丝毫没有盛气凌人。

他跟丁澈一样，天性里夹杂着一股善良。偶尔会在一个不经意间，发现他看我的眼神里，带着兄长般的慈祥。

是的兄长，我愿意承认他的温柔、他的宠溺，都只是把我当一个妹妹。

沉默了许久，霍志民的口气满是探究，他问："那么，对你的好处是什么?"

"你会知道的，但我现在还不想说。"我耸耸肩，表示很抱歉。

我知道，利用霍志民对我的纵容很卑鄙。可是，若一开始就打定主意要这么做，此时再愧疚就太虚伪了。

或者我可以安慰自己说，他本来就知道许末微是贪图物质跟他在一起，他不过是闲来无事跟她玩玩。像他这种年轻有为的商业精英，应该还是有点智商的！

只不过，有些事自己做，跟别人的要求，是两回事。霍志民的犹豫在我看来更像是揣测，只是他怎么也找不到答案，最后只能败下阵来，答应我。

找一个温馨的地方，说许多刻薄的话，然后被她甩一巴掌，从此一刀两断。

这是我的要求。

在赴约之前，他半开玩笑地看着我，说："这么小就学这么残忍，长大了肯定连吃人都不吐骨头。"

我不为所动，随口回他："那你小心被吃。"

## 十一

进入高考备战的第二周，丁澈终于回到学校，神采奕奕。大家都在传说，丁老师要结婚了。

是真的，珠宝店里面，许末微在刁钻地挑选钻戒，丁澈始终微笑着陪在旁边。站在门外远远看着这画面，让我笑着感叹自己功德圆满。

霍志民过来，胳膊伸过来揽走我。我答应过他，甩掉许末微就拿自己代替他女朋友，他却摇头说不要，他不喜欢老牛吃嫩草，当哥哥还差不多。

我知道，他这么说，无非是给我一个大方的开脱。至少从接近他到现在，我都没有喜欢他。

很多事一知半解，他只好问我："你怎么确定，许末微被我甩了，就一定会回去找丁澈？"

"她只能找丁澈。半年前她被诊断出罹患系统性红斑狼疮，上月已经离职。你是最后一个能让她做富太梦的人，如果不能跟你在一起，她就只有丁澈。"仔细想，我好像的确很残忍，硬生生逼得许末微梦想破碎。

霍志民有些发愣，甚至有些结巴："红斑狼疮……丁澈知道吗？"

怎么会不知道。只是，知道怎样，不知道又怎样？他的梦想不会变，他的信仰一直是她。所以，我费尽力气，只为了能让丁澈完全彻底地守护她。

可是，我很想知道，丁澈，在你眼里，我到底算什么？

一个曾顶撞过你的叛逆少女。

一个被你驯服学乖的问题学生。

一个仰慕你，想要一直被你管教的倔强女孩。

一个喜欢你，却从未走漏过半点风声的傻瓜。

我可以成全你，用所有我不喜欢的手段。这些你都不需要知道，你只要幸福就好。

连霍志民都说，乔灿，我钦佩你对爱情的投入与纯粹，却不会把你当榜样。

我笑着冲他说，或许，这成全别人的勇气与决心，连我自己，都不会再有第二次。

后来的后来，看《神雕侠侣》的时候总爱乱想，一心痴迷小龙女的杨过，对郭襄，究竟有没有过半点喜欢之情?

努力思考，分析他对她的感情，是怜悯、是疼惜、是呵护……却终究，都不是爱。

可怜郭襄，却把一生都陷了进去。但她的心，是不悔的吧!

看着丁澈牵着许末微的手走进教堂，我的心，也没有后悔过。

再后来，我参加高考，成绩一般，爸妈商量着送我出国。丁澈听到以后很支持，他说多去见见世面也好，会遇到很多新鲜的人和事。

## 十二

我整装出发。

路过山、路过海，路过世人千千万，却再没有找出一个人，与你相似。

多年以后却一直心存感激，年少时曾那样惊心动魄的，爱过你。

爱过你……

# 风华是一指流沙，苍老是一段年华

■ 草根情感

我和德敏，还有老江三个人手搭着肩膀站在平南大桥的中间，像天真无邪的孩子一样，看着滚滚的大江水一波又一波地汹涌而去，就像我们的青春一大段一大段在时光里老去。在我们的背后奔驰着一辆辆汽车，在我们的脚下驶过一轮轮冒着青烟的船，在我们的头顶上有着浓烈的紫和绒暖的黄铺满整个天际。云朵大团，繁芜似花，重重叠叠迤逦漾开，有白色飞鸟伸展羽翼，从三万英尺的高空倾直滑翔而下，掠起路旁葱郁树梢。轮船冒着的缕缕白烟，就像第一线阳光一样，略过天际，然后又晶莹万分地倾泻下来。

我总是爱蹲下来看地上时光的痕迹，像一行一行蚂蚁，穿越我的记忆，然后我就会觉得我可以去当琼瑶剧主角了，因为我的眼泪又掉下来。而且那眼泪，是有声音的，落在掌心的时候会发出啪啪的声音。

如果时光可以回到我们一起青春的那些年，回到我们依旧留恋的那座城市，回到我们一起有过的高中，那么我们是不是就可以一直是一个少年！

寂静淡漠的平南大桥中间站着三个九十度仰视少年，整个天幕正落英缤纷，美好得就似一场仙境。

那一年，我们青春。

那一年，我们高二。

一

在四季如春的南方，有一条清澈见底的河流，自北向南，常年流淌着甘甜清冽的河水，养育着一代又一代祖祖辈辈生活在江河两岸的人民，江边上有座不大不小的平南大桥，桥的一头通向一座正在勃勃发展的县城，那就是我的家乡。

我、德敏、老江是在这里土生土长的少年，是在一座高中里混在一起的哥们儿。那一年，当别人正在为期末会考废寝忘食的时候，我们正在肆意挥霍着年少的岁月，就像我中考的时候，别人背着单词睡着时，而我却用被子盖着头偷偷地用手机上网聊天，凌晨两点了都没有睡意，第二天就无精打采地拖着疲惫的身体走去考场。现在回想，那时可能是因为年少，总在过去了才懂得珍惜，而我们却没有去珍惜，留给青春的，总是那么多的任性和伤害。

每次下课，我、德敏还有老江总喜欢走出走廊外面，什么也不说，任阳光洒在我们身上，我们在看着落寞得没有飞鸟飞过的痕迹的天空。老江和我一样，特别的喜欢夜空，也许因为每座城市都有迷路的星星，等待仰望天空的孩子将它认领，我和他都一直的在寻找属于我们的那一颗星星，我想，这个时候，它正在闪烁着耀眼夺目的光芒。

有那么一段时间，我站在走廊上就会经常陷入一种奇怪的思绪里。我无言地抬头看着厚重的天空的云朵，看不出伤口，也没有任何欢喜。看得眼睛发酸，最终颓然低下了头。闭上眼睛，眼睛痛得要流泪。而当我开始写某些文字之前，我都要仰望天空，产生一种空荡荡的感觉，然后，用文字去充实它的欲望。我看着天空，写下喜欢的文字。

每次看到我这样，德敏和老江就会唠唠叨叨地说很多废话让我感到开心。老江说他不喜欢少年这个词语，他讨厌一切与文艺范儿沾边的东西，也不喜欢煽情的话，然后他就会伸出修长的手指弹了下我的太阳穴说，男人嘛，就该是夸父，就该是爷们儿，成天忧伤啊、寂寞啊、四十五度角仰望啊的成什么样子，丢爷们儿的脸！

然后我就是直直地看着他，带着藐视的态度鄙视他，他就会低着头，阳光在他眉眼间跳跃，最后他只能冲着我笑。

老江那样的笑容，像被白雪勾勒出无比温暖的线条，让我即使是在很多年以后想起时仍能觉得安心。我终究不会忘记他的脸。就像心底永远印着曾经的光景，挥之不去、逃不掉。

## 二

永记得那些日子，我们都很晚才睡觉，每晚都握着手机上网，每次到了凌晨一点的时候手机从手上突然掉下，然后就闭上眼睛呼呼地睡去，因为已经困得连手机都懒得捡起来了。

到第二天一大早上课，眼睛就困得像睁不开一样。于是就把书本叠得高高的放在书桌前面，然后就开始补充睡眠。每次都是德敏帮看水，老师来了就拼命地用书本戳我们的背，然后我们就会马上坐得端端正正，眼睛瞪得比金鱼的还要大。

有一次，上语文课，我和德敏没有趴在书桌上睡觉，只有老江一个人睡得像头死猪一样，我想，他睡得那么死，别人把他抬去丢到大江里他还不知道。后来老师来了，我见德敏叫不醒他，就揉了一下他的头发说，老师叫你回答问题了。

这时，他特别醒目地握着语文书站了起来。窗外的阳光反射进来，落在他金黄色的头发和大眼睛长睫毛上，如同一棵雨后水淋淋的卷心菜，神清气爽。当全班同学和老师不解地看着他的时候，他才知道我骗了他。

老师双手抱胸，有点愤怒地问他站起来干吗。

老江顿时脑袋像开窍了，毫无害怕地说："我觉得这一课有一段写得特别的动人，所以我给大伙儿念念！"

然后他就开始吧啦啦地读了起来。

结果他被罚站了一节课。因为那节语文课已经教到 18 课了，他居然读 15 课的。

他没有怪我，他眉眼平淡的脸，黄色长发柔软垂下，唇角倔强，带着一丝凉薄意味。

那时，老江每次回到宿舍就会跑去厕所里面抽很多很多的烟，每次都把烟头丢满一地，然后又用水冲进管道里面。他抽烟的样子很神气，吐着烟圈，微微地眯起眼睛，眉心拧着一丝一缕的柔软和脆弱。开始的时候每周一包烟，后来每周两包、三包……烟，似乎成为了他不可缺失的精神支柱。

德敏却每天偷偷地在上课的时候看着巴掌大的那种爱情小说看得入神，似乎流连忘返于美好的爱情里。他还偷偷地告诉我，他暗恋高一的一个女孩，很久了。而到了晚上回到宿舍，就穿上我那件红色的前面有着灰太狼图像的衬衫到处溜达，然后还要我教他一句台词，看着他性感的嘴唇带着邪笑，高挺的鼻梁，我说："你是一头披着狼皮的羊！"

他们各自有自己的生活方式。而当他们都陶醉在生活里时，我就开始在我的 QQ 空间上面写着一个个平淡的字儿，我开始想要用最美好的文字来承载自己最珍贵的东西，或青春或人或事。

那个时候，老江说的最多的一句话就是，小宝，你说人为什么会活这样久，真是把一切都要耗干了一样的久。

我摇了摇头，我说青春不会太长。

## 三

后来，德敏鼓足了勇气对我和老江说，元旦放假的时候一定向那个高一的女生表白。

我说真好，表白的时候我和老江在旁边给你加油。

德敏听了很不开心地说不要我去。

我郁闷了。我说我不会抢你的，再说我不会喜欢人家。

德敏滑稽地说，我知道你不会喜欢人家，但我怕她看到你喜欢上你而不喜欢我。

……

我很无语，悲也悲也。

那个女孩在美术班学习，我和老江常常在自修的时候旷课陪德敏在美术班的窗户外看那个女孩。女孩每次看到我们，就会害羞地把头扭到一边，然后用笔直的头发遮住了脸颊。

元旦那天，德敏真的表白了。他背着一个黑色的背包，走到那个女孩的面前，笑眯眯地说了很多后，就看到那个女孩一脸尴尬地推开了他，然后落荒而逃。我和老江站在他们后面 20 多米的地方看着看着就笑了，我知道德敏表白失败了，以后又少了一个女性朋友。

然后，德敏走回到我们的身旁。那一个无比熟悉的十字街口，德敏强颜欢笑向我们挥手，脸上的表情却如泪水瞬间涌上心头，覆水难收。他说，失败了！失恋了！

我和老江并没有说什么，一直听着他唠唠叨叨。

到了晚上的时候，我、老江和德敏拿着满满的几瓶啤酒往平南大桥走去，我和老江走在后面，老江不停地抽烟，弹飞的烟头一坨又一坨。

坐在平南大桥边的河堤上，一辆辆车缓缓地开过，车灯无比的耀眼，像能把平静的水面穿破。德敏一杯一杯地把自己灌醉。最后他哭了，那时候……感觉世界都安静了。然后泪滴就真的坠下一颗。

晶莹的，闪耀着灯光的润泽，从光洁脸颊无声滑过，落在他明黄衬衣的衣领上，如透明水彩薄薄晕开。

看着他那么的难过，我在想，是不是有一些人，他们赤脚在你生命中走过，即使只有你爱过，眉眼带笑，不短暂，也不漫长。却足以让你体会幸福，领略痛楚，然后回忆起来就荒芜一生。

老江一只手拿着烟、一只手握着一瓶啤酒，不慢不急地喝着。而我喝完了我的，我一手夺过德敏手里的那瓶喝了起来，我显得前所未有的镇定和温顺，仿佛喝的是一杯沉淀已久的白水，干净透明，却也再不热烈。

那晚的河堤上有灯光，有不痛不痒悄悄流去的江水，有风。有流云旖旎的如墨的黑色。还有不停呐喊的德敏和眉梢飞扬的老江，还有一个安静的我。

后来，我们都在网吧通宵。之后我们就拖着疲惫不堪的身体回家，钻到床上倒头就睡。那时我们已经完全颠倒了原来的生活。时间长了也会觉得一种莫名的空虚，会感到惶恐与不安，但找不到理由。

那个元旦和后来一大段的日子里，那段日子，德敏一个人关在屋子里，披头散发地坐在地板上流泪。

## 四

后来，老江，因为被抓去蹲监狱而退学了。

那时候学校没有严捉同学们的头发，而不像初中的时候盖过眼眉的，盖过耳朵的都要剪掉。上了高中，老江把头发染得很黄，像秋天里刚刚掉落的树叶。

有一次，进校门口的时候因为头发黄而守门的校警把他拦住，要求他出示胸卡才给进去。当时老江一肚子火问，怎么别人进去不用胸卡，我进去就要，你这不是针对我吗。

校警也不服气地说，你要是没有胸卡你就不要进去，否则我就叫派出所来拉你。

老江无奈，把胸卡甩到了他的面前，眼神充满了愤怒，像不要命的野性。

然后校警挥了挥手说，走吧。一副流氓的样子都不像学生。

老江刚走几步，听到了就停了下来说，你不要让我在街上见到你，看我不打断你的腿。说完后无比英勇地离开了。

校警却在他的背影下囔叨叨地骂个不停。

直到那晚，当我和德敏快要走到那个校警每晚回家都走过的街角的时候，我看见前面停着一辆摩托车，当我近了的时候车灯突然射出一道刺眼的光，我和德敏停住了脚步，我看见那里站着两个头发老长还染得五颜六色的不良青年，脸上狰狞得恶心，其中一个是老江，还有一个是他哥。他哥是当地有名的小混混，胳膊上的肌肉隔着上衣凸现出来，让我觉得他哥无比英勇。那次，是他最后一次好好端详英勇无比的哥。

很晚的时候，校警真的从那条街踏着自行车经过。老江看到他后，就带着他哥冲了出去，两个人狠狠地把校警按倒在地，然后就不停的拳打脚踢。直到那个校警趴在地上只能翻身而站不起来才停了手。然后就用石头把他的自行车砸烂了。

我和德敏没有去拦他们，老江做出了那时我们不敢不能做的事，也许那些才叫被我们尽情挥霍过的迷迷糊糊的青春。

第二天，警车就直接去了他家。原来那个校警死不了，而是受了伤。

他哥为了不让老江坐那么久的牢，所以他承认他是主谋，而老江仅仅只是被判了几个月。警车来的时候老江正在和他哥喝酒，喝了很多很多。老江说他看见他哥眼里流出了泪水，他从他哥的眼里看出了他哥在县城里混得风光无限。可这一次，无限风光的不再是哥了。他再也不能用皮鞋重重地去踹别人了，也不再能抄着家伙教训别人了。他即将在监狱里受尽别人的殴打，忍受别人的凌辱。

站在警车前，老江的汗水从脸颊流到了脚下，又被火辣辣的太阳蒸干。他重重地拍了一下我的肩膀说，等我出来，我们再去平南大桥上喝酒。

然后，老江又走到德敏的面前拍了一下他的肩膀说：高三了，加油！

最后，我笑着跟他挥手，泪湿了眼眸。

## 五

老江进了监狱后，我晚上偶尔会失眠。反复拿着手机播放着忧伤的乐曲，然后第二天整个人像吸了鸦片一样憔悴。那段属于忧伤的日子，我还是一个人去操场，我想是时候冷静思考一下，就像成群的鸟叽叽喳喳之后也会有形单影只的静静聆听。我也终于明白，原来心中那份空虚只不过是一种不安分的青春所带来的心悸罢了，我们碌碌无为的青春，除了挥霍其实还需要奋斗。

我在学校里正在虚度时光，每天不听课，都在写着这些碎碎叨叨的文字，想问，我的青春在哪里？

老江退学两周后，我也退学了，没有任何理由，我只想补回青春里少了奋斗的岁月，我要找回属于我的青春。

那一年，我高二。

## 六

在那座县城里唯一的客运中心车站，每辆车都像魔鬼一样吼着要离开，雨水顺着我的脸，一直流到我的胸膛。德敏拉住我的行李说不要走，我骂他没出息，我要他好好照顾自己，好好地学习，以后要考一个好大学，我们还说好了要一起去接老江出狱。然后我头也不回地走上班车。

夏天过去了，我也走了。

## 七

不知道时间过去了多久。

我对德敏说，我回来了。我们去接老江。

然后，在灰色的车站里，我突然又看见德敏。他站在熙熙攘攘的人群里对我笑，依然是那样美好。我笑着走过去什么也没有说，紧紧地拥抱了起来。

后来，老江出狱了。

见到他的时候，我像是遇到晴天霹雳，大脑瞬间短路般的疼痛，嘴唇不停地抽搐着，风吹过我的眼睛，如珍珠般晶莹的液体不断地自眼角滑落到夜间刚下完雨的街道上，时不时可以闻到尘土的气息。他瘦了很多，黑了很多，头发被剪短了，再也不是黄毛了。

然后我们三个人抱成了一团。

那天我和德敏，还有老江三个人手搭着肩膀站在平南大桥的中间，像天真无邪的孩子一样，看着滚滚的大江水一波又一波地汹涌而去，就像我们的青春一大段一大段在时光里老去。在我们的背后奔驰着一辆辆汽车，在我们的脚下驶过一轮轮冒着青烟的船，在我们的头顶上有着浓烈的紫和绒暖的黄铺满整个天际。云朵大团，繁芜似花，重重叠叠迤逦漾开，有白色飞鸟伸展羽翼，从三万英尺的高空倾直滑翔而下，掠起路旁葱郁树梢。轮船冒着的缕缕白烟，就像第一线阳光一样，略过天际，然后又晶莹万分地倾泻下来。寂静淡漠的平南大桥中间站着三个九十度仰视少年，整个天幕正落英缤纷，美好得就似一场仙境。

我忍着一点一点凝聚起来的眼泪扶起老江和德敏的手放在我的肩膀上，心紧紧在空气里缓慢移动。

桥上的车来车往里，我又看到了那年我们一起挥霍的青春岁月，原来，一江的东流水并没有载去我们的青春。

# 红颜，瘦了江南

■ 沐沐汐

他们说，只有在对的时光里才可以遇见最美好的人。而你，是我在最美好的时间里，遇见的最对的人。

无忧无虑的天真烂漫总是很短暂的，当我们都逐渐地长大了，身处在摩肩接踵的城市，蓦然回首才会感觉貌合神离的那个人，以前从未深深在意过的人，却是自己回忆起来最多的，就如同当我们走出校园，没有了彼此，才会发觉原来我们曾经相爱过，只是那时浑然不知。

## 1. 如梦伊始的岁月

与别人不同，我不喜欢放假的日子，终于在我百般煎熬下迎来了开学，相比较家里总是我一个人的情况下，在校园的时光才是我最喜欢的。这一天阳光格外的好，走在枫叶似火的小道上，拖着沉重的行李进入校园，却已经顾不上看校园的变化，我恨不得长一双翅膀飞到我所在的五楼寝室，然而幻想总归是不切实际的。努力地把行李搬回寝室，收拾好一切的时候，晚自习的预备铃声就已经开始响起了，所以我又得马不停蹄地开始冲向教学楼。

真是紧张的一天呀，当我到达课桌的下一秒，晚自习的铃声刚好正式响起，我看着一向西装革履的班主任，迈着蹒跚的步伐走进教室，依然那么笔挺地站在讲台上对我们说着同学们好。除了课间活动还让我兴奋的事情是学校的晚自习课，我们的晚自习分为三节，每节四十分钟，然而只有第一节有老师讲课，后两节由班长负责大家复习功课，我们可以自己选择复习的地方，只要不是离教室很远便可以。

不言而喻我是喜欢后两节自习课的，我喜欢搬着自己的椅子坐在教室楼道的走廊里，借着教室窗户斜射出来的光线，静静地看书，或者在比较疲惫的时候，戴上耳机听自己喜欢的歌曲。课间休息时蓝熙跑到我跟前，心花怒放地问我明天要不要去校门口迎接新生，我毅然地选择了不去，最后蓝熙充

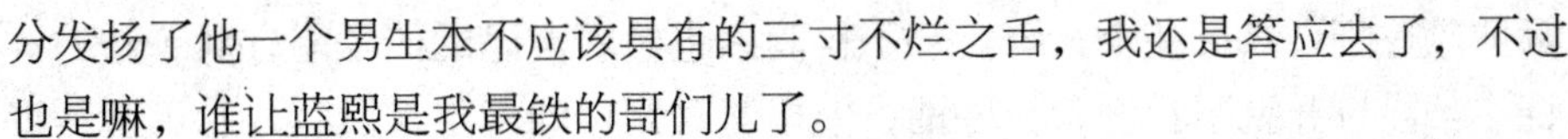

分发扬了他一个男生本不应该具有的三寸不烂之舌，我还是答应去了，不过也是嘛，谁让蓝熙是我最铁的哥们儿了。

第二天在班主任的准许下，我跟蓝熙分为一组浩浩荡荡地来到了校门前，原来真的好多人唉。看着那么多的新生和叔叔阿姨，再回首系着红丝带的自己突然觉得语无伦次，看着蓝熙接了一个新生就奔寝室楼了，我突然觉得这种与新生素未谋面就似曾相识的事情，我还是做不来的。犹豫了片刻，正当我想要寻机溜走之时，一个新生站在了我面前，很客气地问道："学长，请问公寓楼往哪边走?"

抬头注视着她的时候，只看到她一个人拖着一个大大的行李箱，还提着一个挎包。我问她："难道你一个人来学校的吗？没有家长陪同?""是的。学长，你还没告诉我公寓楼在哪边。"一瞬间我感觉自己头顶飞过了三只小鸟，小鸟让我不受控制地说了句："那你跟着我走吧。"这时她响亮地说了声谢谢学长，我才发觉自己不知道什么时候已经提上了她的行李箱。路上遇见了蓝熙，却见蓝熙跟她很能谈得来，什么客气的话都让他问了一个遍，比如路上累吗？比如对学校的第一印象还好吧。最后我还是临阵脱逃了，在蓝熙跟着我把新生送到公寓楼时我就借机溜走了，只留蓝熙在那里讲解。

## 2. 无法滞留的时光

有人说秋天是一个萧瑟的季节，会让人感到一种莫名的悲伤和凄凉，而我却是喜欢秋天的，我一直觉得秋天是我生命中的向往，无论是在白天还是在夜晚，一个人的时候总是给我一种心旷神怡的感觉，会让我清楚地认识到自己的状态。这天下午我终于摆脱了蓝熙，一个人坐在草坪上体会这久违的心旷神怡，片刻后我发现对面一个女孩像是在向我微笑，当脑海里条件反射的闪过每一个熟悉的脸庞时，我问自己我认识她吗……

她走过来略带羞涩地说："谢谢学长那天的帮忙，还没告诉你我的名字，我叫苏昱瑾。请问怎样称呼学长?"想着自己那天就接了她一个新生，便从刚才的纠结中感到了无限的豁然开朗。我大言不惭地说："没关系，那是我们该做的事情，也是义务之内。我叫楚暮然。"和她聊了几句，原来同是计算机专业的。与她道别后，我来到教室开始晚自习。

第二节自习，我又搬着自己的椅子来到教室后门处的走廊，像往日一样坐在可以有光斜射出来的地方，开始温习功课，总是有那么些问题，需要反复的琢磨才能识透，而老师也总是没有那么大把的时间去教我们识透，所谓师傅领进门，修行在个人呀。却不料蓝熙也搬着自己的椅子坐在我旁边，连课本都没打开就跟我说着一些话，他指着对面楼的三层告诉我，那天我帮助的女孩就在那个班级，还又说了一遍那个女孩的名字。

为了不打扰蓝熙的谈兴，我没告诉他我已经知道她的名字叫苏昱瑾，不过确切地说，我之前还真是不知道她就在我们对面楼的三层，我们却刚好在四层，也就是我每次自习都能不经意看到的教室，但是以前却从未仔细看过，哪怕是教室的门牌号，现在我知道它是一年级25班。后来蓝熙无缘故地说："你要相信我们会和她成为朋友。她看起来很不错，不是吗？"然后蓝熙就回到自己的位置上去了，而我在想是与不是。

我还是想起了她的样子，她看起来不是很漂亮的那种，但只是抬头看她的那一瞬间，我会觉得自己很温暖。那么安静的样子，显得很淡然自若，虽然没有别样的皓齿明眸，却也能一直吸引着我的瞳孔，我无法让自己有所偏离，就像是一片湖泊似的明净澈底，却在我心里激起了阵阵涟漪。

几天后，蓝熙叫我一起去食堂吃饭，忽然想起以前我们虽然总是一起耍闹贫嘴，也是在教室或者寝室时吧。等我走到食堂时，我有点不相信自己的眼睛，蓝熙和苏昱瑾冲着我挥手，那么宽绰的食堂人来人往，我刹那间像是有了幻觉，我只觉得像是只有他们两个的存在，别样的晃眼。蓝熙就这样真的让我们三个成为了好朋友，很能谈得来的那种，我和蓝熙磨嘴，苏昱瑾便在一旁嬉笑，那样的日子很美好，天空也开始蔚蓝。

或许真的如同蓝熙说过的吧，她看起来真的很不错，后来的日子当我坐在走廊复习的时候，便不能那么认真，我总是会无法控制的去注视对楼的三层，很多次我都不知道自己在看着什么，因为她上课的时候我是无法看到的，而我还是看了又看，就好像迎合着她的笑脸，正如同人们说的一些向往吧，因为我知道她就在那里，所以我不能控制地一直执着地看着那里，或者更像是一种守护。

## 3. 魂牵梦绕的曾经

时间开始变得紧张，原来一年的时间就在我们吵着炎热的无法承受时过去了，在寒冷的雪花降落时我们也无法冷静的觉醒。只有到了来年的秋天，到了又一届新生到来，我们才发觉自己在学校的时光，开始一天天的减少。这一年我们没有更多的时间去迎接新生了，也没有剩余的时间去学校的各处散心，都开始忙着猛攻自己的专业，要清醒地知道，只是这一学期的时间，

我们就要各奔东西，散之天涯。

好几个星期，我跟蓝熙都是认真地听讲师的课程，自习时间更是坐在微机室来度过的，一同翻着同样的课本，操作着同一小节的课程，然后互相讲解，最后再做几遍操作，争取让自己熟练。很充实的日子偶尔却像是少了一些东西，我无法说出那种感觉，就像蓝熙也说，他觉得我们太过于紧张，从而少了一些欢笑，那些天真的笑，从内心深处独到而来的。

那天的自习课蓝熙忽然说晚上有事情，便没了他的踪影，我像往常一样搬着椅子坐在走廊里，而不同的是我没有拿课本，我拿着 MP3 一首首的选择歌曲，最后选择了《天使的翅膀》单曲循环。而后我看到自己意想不到的事情，苏昱瑾和蓝熙站在对楼的三层向我挥手，我放好东西出来的时候，他们已经到了楼下，然后我也风驰电掣地跑到楼下。

走到跟前时，我看到蓝熙手里提着紫色的蛋糕盒子。蓝熙一向给自己都买蓝色的物品，这次肯定不是他的生日，难不成是苏昱瑾的生日？蓝熙也太不地道了，我连礼物都没准备。在我绞尽脑汁想该怎样委婉地跟苏昱瑾说生日快乐时，她却从背包里拿出一个木制的小盒，对我说着生日快乐，那种微笑，让我久久不得平静。原来是我自己的生日，却忘到了九霄云外。

我们坐在草坪上，蓝熙和苏昱瑾给蛋糕插蜡烛，开着罐装可乐。我拿着苏昱瑾送给我的水晶杯不亦乐乎，当许愿的时候我忽然觉得很伤感，一种就要别离的酸楚，我一直想是否这将是我们三个最后的时光，双手合十我在心里默念，我默念有生之年能再多几次相见，如此时一样的相见，像未曾离开过。路灯下的我们显得很迷离，肆无忌惮的笑中掺杂着一丝的难过，就这样我们笑着笑着，最后都哭了，没有丝毫的尴尬。

或许是我们都知道似水的流年总是留不住太多美好的东西，就如同流年让我们三个彼此相遇，直至相识，到后来的相惜，只是最后不能给我们相互依偎。所以在我们都还在的时候，可以望见彼此眼眸的时候，痛快地为彼此宣泄一下吧，就算流泪就算心痛，就算有再多的不甘与再多说不完的话，都深深地含在眼角的泪光中，闪烁着这相遇的日子中无法掩饰的不舍和无尽的眷恋。

那一晚的很多话，一直在荡漾，一直在回响。

“楚暮然，蛋糕就当是我送你的礼物了，主要是因为害怕送了你可以怀念的礼物的话，你以后还会想起我。哥们儿最怕被人怀念了，那感觉很难受。你只要记得苏昱瑾就好了，有些事情你还是不知道，那么多次都是我把你忘到了脑袋后面，而昱瑾总是让我叫着你，每一次都是如此，就连同你今天的生日。”

“为什么一直都没有告诉过我？而选择最后却又说出来。”

“如果你懂得，就请原谅我。我以为在一起久了，无论是我们俩中的谁，都可以给她依赖，可最后我发现自己错了。所以我害怕被你记起，我害怕离开以后的日子，你想着我们之间的美好，而我背负着这些未曾告诉过你的话，我会心里有愧。现在就算你不原谅，至少我坦白了最信任我的哥们儿了吧。”

“我一直以为她和你，所以我一直都很小心翼翼。现在我不怨你，也无所难过，或许你这么做是对的，不然我们的关系会在中途就僵硬了，我很感谢现在的我们还是很温馨。最后你要记得，我们无论以后身处何方，相离多远，都不会忘记。”

我看到蓝熙眼眸中依然在泛着泪光，哽咽着说其实他也不会忘记。其实这个世界上，很多东西很脆弱，感情亦是如此，不能触碰的时候也有很多，一旦不小心擦到裂痕处，就会破碎，支离不堪，像是碎了一地的玻璃，你越想要捡回，就越会伤痛，所以请让自己来维持彼此最美好的时候。

## 4. 无法释怀的回忆

毕业倒计时的黑板报，让我始终带着不安的心态，很多个自习课我都坐在走廊里看书，然后在课间休息看着苏昱瑾做着她自己的事情，一切都还是很安静，很祥和。蓝熙经常拽着我去找苏昱瑾，然后就借故离开了，我明白他的意思，只是我不想彼此难过，就如同我之前说过的，我怕彼此会支离破碎，我怕对苏昱瑾而言终究不能是一个归宿。

快要离开学校的时候，苏昱瑾送我一条素白色的围巾，在她拿出来的那一刻，我知道我的眼圈一定红了，我说我会舍不得戴，她说不舍得是应该的，因为全世界就只有这么一条，从现在到以后都是。我说你再也不会给别人织了吗？她说一种感觉只能给一个人，当那个人没了，就算再有人来，那种感觉却也没了，所以就封存了曾经最美好的事情。

蓝熙比我离开校园得早，他说想看到我和苏昱瑾去送他，让他最后看到的是我和苏昱瑾的身影，仅仅只有我和苏昱瑾。如他说的那样，我和苏昱瑾去送了他，昱瑾还哭了，蓝熙趴在火车窗外一直向我们挥手，直至他的样子模糊不清，我像是还听到他上车时说的话，世界上最珍贵的事情，不是曾经，也不是未来，而是把握现在。

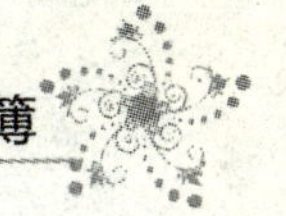

最后我也没能如蓝熙所愿，我没有怎样去对苏昱瑾表白，甚至没有流露出一丝的爱意。我在想如若以后还可以相遇，可以给我们在一起的机会，我会勇敢一些，至少会把她留在身边，而现在一无所有的我，即将离开这唯一一可以把我们拉近一点的学校的我，只有这样做，原谅吧，原谅这个世界给的所有不该的相爱。

我去了南方，走的时候我没有告诉苏昱瑾，可是在火车刚开动的时候，我看到奔跑着的苏昱瑾，她喊着楚暮然我会恨你的，会恨你这样的离开。她的样子让我很难过，心里像是刀绞一般的疼痛，如若不用别离，如若我们都在这里，我会做得比现在好，我只想给你一个负责任的结果。我忘了是怎样的勇气，我对苏昱瑾喊了最后一句话，我会等你毕业，到时候你来找我，我们会比以前都好。

日子开始变得平淡，平静总会让人多一些思念，没有力气去把握眼前的日子，我的思维和记忆都留在了那个离开的地方，留在了那一句我等你毕业，只是苏昱瑾却没有和我联系过，或许她真的恨我了。蓝熙说原来社会上真的很拥挤，连喘气都需要找个空子，不然空气都会变得混浊。他没告诉我苏昱瑾的消息，他说我会知道的。

相隔一年后的秋天，我置身在黄昏的景色中，那么通红的落日，没有一点刺眼，我可以静静地看着它落下，后来我低着头看着自己拉长的影子，自言自语地说她不会来找你了。在霓虹灯闪烁的夜晚，我接到蓝熙的电话，他说一辈子中最幸福的事情莫过于可以跟自己喜欢的人在一起，他说苏昱瑾前个星期就到了我在的城市。

那天在一片片落叶中下起了大雨，我披着衣服奔跑在雨中，眼前的身影让我忘记了大雨的存在。像是三年前一样，对面一个女孩打着透明的白色雨伞向我微笑，那微笑使我不能再动摇，我想可以给我一个永恒，就那样静静地看着她。直到心脏剧烈的跳动，我知道她叫苏昱瑾。

她说她是来给她的杯子找伴的，原来她送我的杯子其实是两个在一起的，她给了我一个，现在她拿着和我一样的透明杯子，哭得不成样子。我第一次抱了她，在淅沥而下的大雨中，我说谢谢你，让我的杯子和我都不再孤单了，我感受到了彼此的力量，像是要融为一体一般。

我记得苏昱瑾送我水晶杯的时候，我问她为什么送我这么精致而又小巧的杯子。她说刚好在给我选礼物时看见，觉得很漂亮就送给我了。后来我就认为那个杯子就是这样简单，直到现在，一年之久，我忽然在昱瑾的信息中懂得，她送的杯子，是想和我一辈子那样，她认为那是她最精致美好的日子。

# 半世繁华

# 抱歉，没听到爱来的声音

■竹话

我是在高一的时候爱上索离的。那时候的他酷酷的、帅帅的，是篮球场上驰骋的战士，打起架来几乎无人能敌，很多女生花痴般追捧着他，我也是花痴之一。当然，我自认为自己也不差，学霸一样的成绩，花一样的容颜，后面还跟随一大帮爱慕者，我和他岂不是天造地设的一对？唯一美中不足的是他不喜欢我，我却疯了一般爱着他。

我的爱萌芽于篮球场，真正靠近却始于他为我打的那场架，虽然当时他都不知道我是谁。

那天我因为要出黑板报自己一个人回家，在一个无人的路口遇到一群染着红头发和黄头发，嘴里叼着烟头，穿着乞丐服的地痞，当时我被吓蒙了，都没想到要掉头逃跑。就在这时索离恰好路过便停了下来，双臂环抱邪邪地对他们说："兄弟们，卖哥个面子，她是我同学，放她过去吧？"谁知那群人竟不理睬，并围了上来，索离见阵仗不对，便对着我喊："掉头跑，裂帛在后面，带着她一起走！"说完抄起一根木棍便上前开打，尽管他真的很能打，但对方人实在太多，一时他也难以脱身。

我依旧傻站在那里，幸亏裂帛赶到，看到眼前情景，失声惊呼一声："索离！"那声音直到今日仿佛还在耳畔，那样悲怆却不失柔媚，索离一分神便重重挨了一棍倒在地上！裂帛又大声喊："你们快住手！我哥是裂豹，你们如果再打，我哥绝对会让你们生不如死的！"那群人听了果然住了手，各个面露惧色，我这才回过神来，冲上前去看索离，无奈裂帛先到，她跪在索离身边，托着他的头一边哭一边急切地问他感觉怎么样，索离无比冰冷地对她说："我死活不要你管！"裂帛一听哭得更加厉害，看到他身上多处受伤，鲜血不停地往外流，便又对着那一群人吼道："还不快送医院！"

于是那群人中蹿出一个人，慌慌张张跑去大路打车，索离上了车后，我也跟着他们到了医院，在整个过程中我都是麻木的，无意识的，这就是我爱慕的索离，我无数次幻想着会怎样和他相遇，怎么相识，怎么相知，却万万没想到我们的初次相遇，还会夹杂另一个女孩。

等到索离伤口包扎好了之后裂帛似乎才注意到我。

她气势汹汹地问我："你是谁？你是索离什么人？你跟着来干吗？"

我被她那大小姐的气势伤到了，气愤难当，正不知道怎么回答，索离替我答道："她是我女朋友！你是我什么人？你来干吗？"裂帛顿时气得脸色铁青，扬起手便给了我一巴掌，我哪里受过这等委屈，想我桐锦也是堂堂大小姐，从小到大家长老师都恨不得把我供起来，更有一大批追慕者前赴后继，哪里就能够吞得下这口气，便扬手也给了她一巴掌。

我虽然不知道他们之间发生了什么，但索离对裂帛的爱是显而易见的，虽然现在他在伤害她，估计索离见裂帛挨打了，心里早疼得恨死我了，但现在又不好袒护她，便大声呵斥道："够了！都住手！"又对我说，"你怎么这个样子，哪有一点我索离女朋友的样子！"我虽生气，但更多的是心痛，本想反驳说谁是你女朋友，但私心作怪，我喜欢索离又想气气裂帛，便不作声，裂帛见我们这样，气得转身就走，边走边对索离说："索离，总有一天你会后悔的！"

裂帛走了以后，病房里只剩下我和索离，我本想谢谢他救我，谁知他竟冷冰冰地对我说："你为什么还不走，还要打了我再走吗？"我的肺都要被气炸了，心更像被戳了一刀一般，眼泪不争气地往下落，失控之下我扬手狠狠给了他一巴掌，然后忍痛转身扬长离去。

回到家里之后，我躲在房间里，用被子蒙住头哭了很久，冷静下来之后，又觉得对不起索离，怎么说索离也救了我，因为我才受了伤，我却仅仅因为一时气愤还给了他一巴掌，越想越觉得自己过分了，辗转反侧睡不着，最后索性穿衣起床在书桌前给他写信。

缘分就是这么开始的，如果那一天他没从那个路口经过，如果他并没打算出手相救，如果他没有在和裂帛闹分手，总之，无论缺少哪个条件我都不可能靠近他，说不定我的爱慕之情便会随着时光的流逝渐渐消失，找到我爱的并且爱我的人，平平淡淡过一辈子。所以我无比相信缘分，以至于后来每当看到他为裂帛撕心裂肺的时候，我都在安慰自己，那些都是暂时的，最终他会和我在一起。我一遍又一遍地把这个观点告诉萧蔷，萧蔷总是对我一顿臭骂，骂我傻，骂我痴，当我被她骂哭了的时候她也陪着我一起哭，只是她从不肯说一句支持我的话。每当这个时候，萧蔷的哥哥萧杨总是默默地陪着我们，直到我们闹完了，他总结一句："好了，我们终于可以去吃饭了。"

索离被打的第二天，我在学校里第一次和他说话。至今我还记得当时的情景，我在路上遇见他，他装作不认识我躲开，我偏偏挡住他的去路，他见我如此，便停下来饶有兴趣地打量着我，问我：“你想干什么？”

我对他说：“谢谢你昨天救我，还有，昨天我不应该打你，对不起。”

“你也不应该打裂帛！”他冷冷地说。

“她应该打我吗？”我也冷冷地问。

他冷哼一声说道：“那你打算怎么谢我？”

“你说怎么谢？”我也假装很牛掰，与他对峙着。

“我看你长得还不错，那今天晚上你就假装是我的女朋友陪我去吃顿饭，衣服我给你准备，自己要化妆，越妖艳越好，晚上六点在校门口等我。”说完走回教室。

我气得脸色铁青。

不过下午放学后我还是找借口让萧蔷和萧杨先回家，自己跑到校门口等他。当时我很害怕，我不知道会发生什么，但又怀着忐忑的兴奋，我知道我自己天性中的不安分因子又在作怪了，我厌倦了平淡如水的生活，渴望波澜壮阔，何况，我爱他。

我穿上索离给我的玫红色吊带裙，脸上化了淡淡的妆，镜子中的人便像换了一个，不敢说倾国倾城，也足以闭月羞花了。

我走出来时，索离看着我的目光中满是惊艳，我走到他身边他有些尴尬，也没说什么便让我上了车。

到了君越饭店，我跟着他坐电梯到了 9 楼，进去之后便看到一大桌人，有昨天打了索离的几个人，裂帛也在场，坐在裂帛旁边的男子眉眼和裂帛酷似，看来便是裂帛的哥哥裂豹了。看到我们进去，除裂帛、裂豹外大部分人起身打招呼，裂帛怨毒地扫了我们一眼，嘴角噙着冰冷的笑，裂豹满面含笑让坐。坐下之后一群人的目光都集中在我身上，我心里发虚，手心不停冒汗，身子有些发抖。索离伸出手握住我的手，我冰冷的手几乎被他烫到，脸迅速红得像个苹果，我一再告诉自己不要这么不争气，还是忍不住脸红心跳。但还是有效果的，心里不觉得虚了，充实了，手也不抖了，只是心跳的频率太高了。

他微笑着向桌上的人介绍我，我微笑着配合着他，裂帛“啪”的一声将筷子一摔，转身出去。裂豹假意赔笑着责怪妹妹，桌上随即有人奉承。

桌上轮番敬酒，都说些大家都是一家人，昨天实在是误会，不要放在心上等话，有人让我喝酒，索离便帮我挡掉，我都数不清他究竟喝了多少杯，但只觉得他面不改色，像个无底洞一般。索离每帮我挡一杯，我感觉到裂帛的恨便增加一分，到最后我都不敢看她那双妩媚的眼睛。

散了局之后，索离仍面不改色，进退自如地与他们周旋着道别，最后我们终于坐进出租车里，出租车发动之后，刚开出两分钟转个弯之后索离便坚决让司机停车，司机不耐烦地停了下来，索离打开车门冲出去，蹲在路边便开始狂吐不止。我赶忙过去给他递纸巾递水，帮他拍后背，过了一分钟，司机催起来，他便站起来往车里走，我扶着他坐进出租车。

“你家在哪儿？我先送你回家。”他的语气依旧理智而清冷。

“你醉成这个样子，先送你回去，我自己回家。”

“你怎么这么多废话？”

我看在他替我挡了那么多酒的分上不和他计较，跟司机报了我家地址。

车子在离小区还有五百米的地方我便下了车，我怕熟人看见。下车之后，出租车便载着索离离开，我当时也不知哪根筋搭错了，又随即叫了一辆出租车跟着索离，打电话回家撒谎说有事在同学家不回去了，爸妈一定要知道在谁那里，只得说是在萧蔷家里，免不了又打电话让萧蔷帮我圆谎，说我其实在冷月家里，总之为了一个谎言又编了无数的谎言，最后萧蔷总算勉强相信。

索离在一个路口下了车，我也赶忙下车追上去。

他看到我，先是吃惊，也没说什么，横竖由我去。

到了他的家门口，他就自个儿进去了，也不管我，我自己进去不好，在门外耗着也不好，最后不知哪根神经又搭错了，就一脚踏了进去。

怪不得他那么淡定，原来他家只有他一个人。他进去之后便打开电视机，随便放在哪个频道上，便整个人倒在沙发上，看起来异常虚弱苍白，我在他对面坐下来，他让我给他倒一杯水，我在客厅转了一圈找到了饮水机，给他倒了杯热水。

“你家人都哪里去了？”我试探问他，本没指望他会回答，他竟开始跟我说话，估计他真的太醉了，他叫我裂帛，我生气地给他纠正说我叫桐锦，他便叫我桐锦，可是过一会儿他又叫我裂帛，我默默地看着他，突然想哭，便大哭起来，他有点慌，坐起来安慰我说：“不要哭，有我在你什么都不用怕，裂帛，不要哭。”我听着，更加难过，他要过来抱我，我一把把他推回去，他便摔倒在沙发上起不来了。不多一会儿他便沉沉睡去。

原来，他父母都外出打工了，平时有爷爷奶奶照料，只是不住在一起。他爱裂帛，只是因为他觉得裂帛跟他在一起不会幸福，所以才对她冷漠，远离她，那么我呢？我就是一个道具吗？

我颓然坐在他的对面看着他，浓浓的剑眉，明亮的星目，薄薄的嘴唇。曾几何时，体育课上我看到他在球场上打球，挺拔的身姿，流畅的动作，曾一遍又一遍地幻想着有一天能够和他这样近距离四目相对，如今终于成真了，心却那么痛，他醉了酒叫裂帛，梦里也叫裂帛，在他心里我只配做裂帛的挡箭牌！

我轻轻握住他的手，放在我的脸上，泪无声，流不尽。

我就这样坐了整整一夜。

第二天，我搜遍了整个厨房，只找到四个鸡蛋，似乎是什么预兆，像是预示着我爱上他只有死路一条！我帮他煮了两个白煮蛋，煎了两个鸡蛋，烧了开水，便趁爸妈没起床之前回家了，赶紧换下衣服，吃了早餐去上学。

从那以后，很久很久我都没见过索离，我知道他不喜欢我，我不想让他觉得我那么下贱地缠着他。但是我已经变了，我已经回不到原有的状态了，我经常莫名其妙地流泪，莫名其妙地发呆，莫名其妙地希冀着什么，甚至一再催眠自己，逼着自己相信我和他是有缘的，结局必然会是好的，只是时间的问题，但是他却从没像我期待的那样突然出现在我的面前。

光荣榜上再也找不到我的名字了。萧蔷经常哭着骂我，我都已经麻木了。

一天，裂帛突然出现在我们班，我看到她又紧张却又有些兴奋，她出现，索离也会出现吗？我真的疯了。

然而索离没有出现，裂帛找的是萧蔷，这时我才知道萧蔷竟然找了一帮人把索离打了，没等裂帛动手，我竟然先动手打了萧蔷一个耳光，萧蔷眼睛里的火若能放出来，估计又会烧成一片火焰山，我颤抖着看着萧蔷，一个劲地说对不起，对不起，萧蔷依旧怒视着我，我发疯了般跑出去，下楼梯时摔倒了，滚了大概100来个阶梯，最后头撞在台阶上昏迷了过去。

不知道过了多久，我朦朦胧胧醒过来，头痛欲裂，眼前恍惚一片白色，等到能看清楚时，首先看到的是萧杨的脸，他看着我，红着眼圈对我微笑，让我感觉到格外温暖，接着我看到了萧蔷，眼睛肿肿的，接着看到的是爸妈，妈妈握着我的手，偷偷抹着眼泪，爸爸摸了摸我的额头，我又把病房看了一遍，没有看到索离，萧杨看到我搜寻的眼神，悄悄出去了。

又不知睡了多久，朦胧中听到有人说话，竟像索离的声音，我努力睁开眼睛，看到萧杨坐在床沿上，双手捧着脸，索离坐在我的对面。

我看着他，努力地看着他，却只是一个劲地掉眼泪，竟一个字也说不出来，索离低低地叹了口气，对我说："你好好养病，相信我，一切都会过去的，一切都会好起来的。”我点了点头还是一个劲地掉眼泪。

“伯母快回来了，你该走了。”萧杨对索离说，索离看了看我，我闭上眼睛，转过脸去，再转过来索离便已经走了，我能做什么？我只会掉眼泪！

萧杨坐到我跟前，轻轻抚着我的头发，依旧对着我红着眼圈笑，我看着他，哭得更凶，萧杨轻轻将我拥入怀中，有阳光的味道，对，就是阳光的味道。

不久，我出院了，出院那天萧杨和萧蔷依旧都过来接我，他们谁都不提索离，不提裂帛。

回到学校，我慢慢开始恢复，萧杨每天帮我补习功课，我的成绩慢慢追了上来，我又开始和萧蔷一起逛街一起淘宝，一起到处去找好吃的，生活渐渐开始恢复原来的面貌。

一天，我坐在萧杨的自行车后座上，张开双臂，大声唱着春天在哪里呀，春天在哪里？萧杨骑着自行车，随着我的歌声左摇右摆，感觉像是要摔倒了一样，我被吓了一跳，双手不自觉地搂住他的腰，意识到的时候我被自己的动作吓了一跳，顿时脸红心跳、忐忑不安，想拿开又显得自己心里真有什么，承认了似的，不拿开吧，也太无耻了吧？到底是拿开还是不拿开？我正纠结着，萧杨猛然加速，我又情不自禁地搂得更紧了一点，到底要不要拿开啊？我还没决定，车便停了下来，我愣愣地坐在车上还没反应过来，“怎么？还没抱够吗？”我终于缓过神来，一看，已经到了我家门口了，我尴尬地赶忙松开手，再见也没说，便逃跑似的跌跌撞撞地跑回家了，背后传来萧杨爽朗的笑声。

萧蔷是我最好的朋友，从小学便是，萧杨是萧蔷的双胞胎哥哥，从小我们三个从幼儿园便一直在一起玩，一直在一起，直到现在，12 年，萧杨一直默默地站在我身边。

有一天，我和萧杨走在路上，索离和裂帛迎面走来，我能清楚地感觉到我的身体顿时僵硬了。裂帛不屑地斜睨了我一眼，索离拉着裂帛的手，看到我，身形一顿，眼中有不忍，但仍继续往前走，快要擦肩而过的时候，萧杨突然握住了我的手，他握着我的手一直这样走着，走过一座又一座房子，走过一个又一个路口，最后在街心我们停下，我看着他，眼泪又簌簌往下落，他轻轻地把我拥入怀中，我闭上眼睛靠在他的肩膀上，温暖的胸膛，节奏失衡的心跳……任路边无数行人来来往往。

一年、两年，我以为我好了，我以为我已经忘记了，我以为一切都过去了，我以为我再也不用为索离心碎了，怎奈命中有此劫，如何躲得过？

高二暑假，爸爸开着车载着我从乡下爷爷家回来，那天的夕阳格外美丽，天边像是火一般烧了起来，我无比欣喜地欣赏着晚霞，怀里抱着准备送给萧蔷的花篮子，还有送给萧杨的一盆鸢尾花，想着待会儿见到他们，把礼物送给他们他们会有多么开心，不自禁笑了起来。

突然，刺耳的刹车声打断了我的思绪，爸爸猛打方向盘险些把我甩出去，但还是撞到了一辆山地车，车上的人随之倒地，爸爸赶忙下车，我也跟着下去，只见地上早已一大摊血迹，待我看清楚倒下去的人时，手中的花篮和鸢尾跌落在地上，花盆破碎的声音异常尖锐刺耳，爸爸赶忙打了120，不久救护车就赶到了，我是被爸爸拉进救护车的，那一刻我的魂魄像是离开了我，站在高处看着眼前的一切，邪恶地笑着。

倒在血泊中的是索离，他穿着一身牛仔装，黑色的残破的墨镜躺在他的身边，血还在慢慢沁出来。

我和爸爸在手术室门口等了整整三个小时，每一秒都如此漫长。爸爸不停地抽着烟，我的魂魄还没有附体。

最后，医生推开手术室的门，告诉我们他暂时脱离危险，我们可以进去看看他了。

我推开门进去，走到他的床前，看到他脸色苍白，身上插满了管子，氧气罩罩住了半张脸，整个人躺在病床上显得无比弱小、孱弱，像一只受伤的小猫，安静地沉睡着。我坐在他的病床前，轻轻握着他的手。

爸爸在他的随身物品中没有找到任何人的联系方式，我只装不认识他，什么也没说，我不想在这种时候见到裂帛。

晚上10点他才醒过来，他睁开眼睛看到是我，又疲惫地闭上眼睛。

我问他要给谁打电话，他说谁都不用打，他自己可以，也不用我们照顾，横竖有护士，付医药费就可以了。我听着他的话，眼圈忍不住红了。

那几天我一直照顾着他。白天端茶送水，晚上怕爸爸看出什么，先回家，等爸妈睡下再偷偷跑出来，凌晨再偷偷跑回去，来回折腾了几天，便满脸憔悴，爸妈都以为我被吓坏了。

这件事我没告诉萧蔷，更没告诉萧杨，他们都以为我还没回来。

半个月之后，索离坚持要出院，我和爸妈将他送回家中，第二天便开学了。

开学第一天，萧杨对我说晚上六点在“水晶宫”等我，说要给我接风洗尘，他总是那么毫无条件地相信我。

下午，我带着鸡汤去了索离家，拎着鸡汤敲了半天门也没有人出来开门，问了周围的邻居也都说今天没见到他，我只好把鸡汤放在门口。赶到“水晶宫”的时候已经六点一刻，到了那里我有点吃惊，本以为只是一家普通的餐厅，没想到那般精致、高贵、典雅，进去之后真像到了水晶宫！

我略觉忐忑地走进去，早有穿着整洁衣裙的服务员过来接待，我走到萧杨定的房间里，只见满满坐了一桌的人，应该都是萧杨的朋友，有我认识的，也有我不认识的，萧蔷赶紧过来一边把我拉到萧杨身边坐下，一边抱怨我为什么来得这么迟？害的一大桌的人都在等我，萧杨一直在旁边说来了就好，来了就好。

我坐好之后，萧杨便让服务员开始上菜。然后萧杨先介绍了我，又将在座的每个人给我介绍一遍，我一一打了招呼，饭局气氛很欢快，大家都在聊学校的趣事，偶尔调侃调侃萧杨，偶尔调侃调侃萧杨和我，我一直在微笑着回应着，但萧杨心情特别好，又多喝了几杯，脸通红通红，直红到脖子。

过了一会儿，萧杨说要出去一下，便离席走了出去，我因赶得太急，出了很多汗，便也出去要到卫生间整理整理，刚走到转角，萧杨看到我，一把将我拉到角落，霸道地将我搂在怀里，我闻到一股浓烈的酒味，萧杨已经吻了上来，那样狠，那样急，吻得我像溺水了一般无法呼吸，我用力推开一点他又凑了上来，紧紧按住我的手臂，我没办法，只好用尽全力一脚踩到他的脚上，他倒吸一口冷气，没有叫出声，终于松开了我，我又一巴掌狠狠掴在他的脸上，“啪”的一声巨响，顿时我只感觉整只手臂都麻了，萧杨彻底清醒了。

萧杨呆呆地凝视着我，眼睛一眨不眨，泪水慢慢在眼眶中汇聚，终于漫溢出来，在脸颊上留下一条亮晶晶的泪痕，我也呆呆地看着他，屈辱和歉疚一起涌上心头，眼泪似开闸的河流一般倾泻而下，萧杨慢慢走上来，轻声对我说：“对不起，是我喝多了，冒犯了。”我说不出话来，依旧泣不成声，萧杨想要过来抱抱我，又怕我生气不敢上前，在我们都不知该怎么收场的时候，萧蔷终于找到了我们，看到我们这样也大概猜出来几分，便赶紧带我去卫生间，又让萧杨赶快收拾一下进去，一桌人都等着呢！

到了卫生间，我将脸浸在冰冷的水里，半天抬起头来依旧有泪痕，萧蔷在背后看着我，对我说：“你也别怪我哥，我都误以为你们可以发展到那一步了，我哥为了你……”说到这里便说不下去，“反正今天晚上来的都是我哥最好的哥们儿，你别让他下不来台就好。”我不停地点头，其实我也觉得特别对不起萧杨，如果半个月前没有再次遇到索离，现在的我会怎样呢？我究竟想要怎样？我究竟该怎么办？萧杨对我如此，我怎可伤害他？

我让萧蔷先回去打个圆场，过了一会儿，我渐渐平静下来，整理了头发和衣裙走出来，抬头便看到了索离和裂帛站在前面灯下聊天。我当时恨不得立即躲到地缝里去，心里伤心难过到了极点，无奈他们早已看到了我，躲不过，只好硬着头皮假装不认识过去。

裂帛依旧一副高高在上一脸不屑的样子，索离只微笑着看着裂帛，我终于走了过去，刚走过他们又看到萧杨站在转角处，我便僵在那里，萧杨朝我走了过来。

就在此时，我突然看到有一个一身黑衣，戴着墨镜的人举起尖刀冲着索离跑去，当下我来不及细想，条件反射般地转过身、张开双臂挡住索离，然而此时我却看着索离挡住裂帛的背影，那一瞬，心疼得窒息。可是没有疼痛，也没有被刀砍到的感觉，我猛然转过身，却看到萧杨躺在地上，旁边有一束血红的玫瑰花散落在地上，花瓣铺落在他的身上，花与血分不清楚。

萧蔷早已哭着扑到他的身边，人越来越多，越来越多，我却听不到任何声音，眼前越来越模糊，越来越模糊，慢慢倒了下去。

# 我并不是你想象中的那个男生

■ 猫鼬斩

一

林时蒹从学校回到家，第一件事就是跑去厨房看，有时候冰箱里有昨天剩下来的食材，番茄、绿叶蔬菜和冰冻的肉。他会小心翼翼地把番茄切成块，蔬菜洗干净，冰冻的肉泡在凉水里解冻。因为妈妈上班很辛苦，所以这些力所能及的事，林时蒹每天都会自觉去做。

阳台上还挂着早上晾晒出去的衣服，林时蒹一件件地收回来，最后紧紧抱着一大团衣物走进客厅整理。夏天还没逃离这个海边小镇，阳光附在棉布上暖暖的，有股异常好闻的味道。

林时蒹是个细心的男生，能把很多事情处理得井井有条。

他十七岁，头发剪得短短的，总穿黑色的帆布鞋搭配青白色的校服。因为发色过淡的缘故，常常被同学们嬉笑，“你是不是染了淡棕色学动漫人物啊？”林时蒹只是笑笑，他的眉眼如同夜空中的月牙，皎洁以及刚刚好的亮度和温度。

六点十五分，林时蒹在房间里做作业，作业不算太多，他很快就解决完了。于是打开笔记本电脑逛了一会儿论坛，那是某本青春杂志的论坛，里面有很多爱看小说爱写小说的学生，他们聚集在一起讨论迷恋的作者和小说。论坛冰冷的深蓝底色，却散发出奇妙的灼热的气息。

他沉浸在论坛的话题里，有时候会抑制不住内心的冲动去回复别人的帖子。但在他听到铁门发出“砰”的一声后，立刻关闭了论坛的页面，随后站起身来迎接从外面回来的妈妈。“你作业做好了吗？”妈妈总会问这句。“做好了。”“在学校里和同学处得怎样？”“挺好的啊。我和任何人都能交朋友，他们都愿意找我聊天。”

“这样啊……真是乖。”妈妈看到叠得整整齐齐的衣服后，高兴地笑起来。然后男生推着妈妈进厨房，“妈，你赶快做晚饭吧，我饿了。”带些撒娇

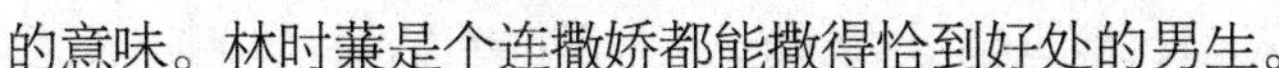

的意味。林时蒹是个连撒娇都能撒得恰到好处的男生。

“好好好，我这就去做。”“爸爸晚上又不回来吃吗?”林时蒹问。“是啊，单位太忙了，又加班。”“……”林时蒹有些失落，但他没再说些什么，他无声地走进自己的房间；笔记本电脑似乎在吐出一股股热浪，房间里很闷热，他点了几下鼠标，百无聊赖地关了电脑。

没错，只要妈妈一回家，林时蒹就不会逛论坛，因为他是妈妈的乖儿子，做功课和家务才是正事，逛论坛是在浪费时间，浪费时间从某种意义上来说可是犯罪……做妈妈的有一套一套的理论，它们如同沉重的沙石和犀利的风，劈头盖脸地席卷过来。林时蒹争辩不过她，只好放弃。

## 二

林时蒹的成绩挺优秀，总在班级前十名，但他和几个尖子生不一样，不会竭尽全力地把所有时间都花在功课上。有时候接到妈妈“要加班”的电话，他会在放学后去操场打篮球。别看林时蒹个子不算高，看起来弱不禁风，但他够灵活，弹跳力又好……所有男生都愿意和他搭档。他们亲切地喊：“小蒹，把球传给我。”“小蒹，给我作掩护!”“小蒹，等下一起去喝杯冻可乐吧!”

小蒹这个昵称，林耐蒹并不算太喜欢，因为听起来太文艺，像个女生的名字。但是他的抗议无效，所有伙伴都喜欢喊他小蒹，所以他也默默地承认了这个昵称。

除了和男孩子的关系很好，女生们也都愿意来找林时蒹说话。他总是来者不拒，温柔地笑，女生们问一些不懂的问题，他都会很耐心地教导她们。

“你的校服真干净啊。”有女生夸赞。女生们总是会对那些干净的男生多一些关注。而林时蒹确实满足了她们内心所有的幻想，他头发短短的，梳理得很顺滑，指甲也剪得短短的，衣服上从来没有酱油渍和奶茶渍，即使是黑色的帆布鞋，也总是刷得近乎一尘不染。

这些都是妈妈的功劳啊，他心想。

星期六的时候，林时蒹会去参加妈妈给报的钢琴班，林时蒹不喜欢钢琴，他坐在凳子上感觉很压抑、很难受，他喜欢的是动感的舞曲，钢琴的音色让他觉得世界是灰色和忧郁的。但他不敢和妈妈说“不”，因为他怕她会生气，怕她的脸上会凭空多出几道皱纹。

他一直扮演着这些角色：妈妈的乖儿子，同学喜欢倾诉的对象，老师眼中的好学生……十七岁以前，他也觉得这样挺好，学生就该这样，听话，乖巧。但是突然有一天，他不想这样了。

那是因为，他遇见了栗岩。在学校里他从未见到过这样的女生。

栗岩总是在双休日的时候四处打工，照理说中学生是不应该打工的，因为功课那么紧张，双休日不是应该用来复习和放松的吗……

第六次在日式餐厅里遇见栗岩，林时蒹再也忍不住了，他跑过去问对方："你为什么要打工啊?""你是……""我是你隔壁班的。""啊是吗? 我打工是为了挣零花钱啊，还有就是……你不知道打工可以增强交际能力吗?""难道你父母不给你零花钱?"

"他们会给。但是我不会要，我只会自己挣钱买喜欢的东西。"栗岩喜欢买外文书和绒线玩偶，林时蒹不止一次地在街角的那个文艺书店看到她的身影。她轻声地对书店店员说："你们这里的点心真是美味啊! 我以后会常来的。"和平日里表情严肃镇定的栗岩不一样，此刻的她笑靥如花，是那种再普通不过的高中女生。

这真是个个性独特又奇怪的女生。她似一株还没绽放出艳丽花朵的植物，沾染着早晨的露珠，野蛮、青春而颇为成熟的样子总惹人遐想。

照理说，餐厅是不能雇用未成年人的，但栗岩和餐厅老板很熟，那个中年大叔也知道栗岩的想法，他很鼓励她，所以偷偷给了她机会。

林时蒹突然很想认识这样的女生，她和别人不一样，但是他又不敢亲自对她说："我们做个朋友吧。"他怕她会误解自己。

最后他想，既然说不出口，那就写信给她吧。他不想发短消息给她，因为那显得肤浅和随意。他要在洁白的信纸上好好地写自己对她的钦佩和欣赏。他是真心实意地想和栗岩做朋友。

## 三

林时蒹花了三个晚上写完那封信，他从抽屉里找了一个绿色的信封，小心翼翼地把信纸塞进去。他突然有些紧张了，于是，他失眠了。人生中的第一次失眠。

早上六点半，他昏昏沉沉地出门去，居然忘记了带那封信。那封信静悄悄地躺在抽屉里，林时蒹不知道因为自己的失魂落魄，会导致家里的一场轩然大波。

晚上放学后，林时蒹没有按时回家，他先去操场跑了几圈。回到家后发

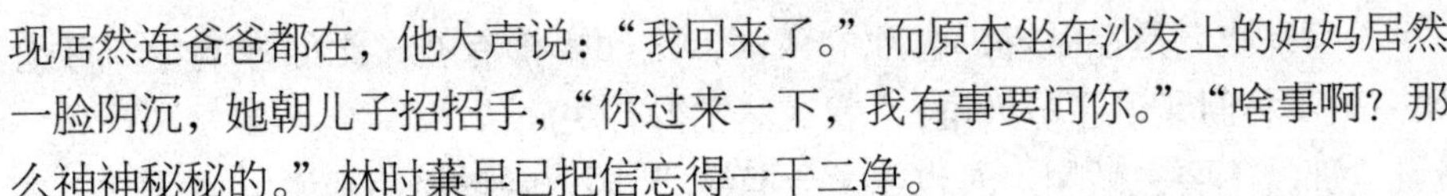


现居然连爸爸都在，他大声说："我回来了。"而原本坐在沙发上的妈妈居然一脸阴沉，她朝儿子招招手，"你过来一下，我有事要问你。""啥事啊？那么神神秘秘的。"林时蒹早已把信忘得一干二净。

等到妈妈把绿色信封扔到他眼前时，他才想起来有这么一回事。

"这是什么?""这是写给同学的信。""是写给女同学的吧?"

"是啊……"林时蒹说着把信封拿过来看，原本被胶水封住的封口已经被拆了，很明显妈妈已经看过信的内容，他一下子有点不高兴起来，"你为什么偷看我的信。"

"什么叫偷看，你是我儿子，我是光明正大地看。幸好我看了，不然还不知道你早恋了呢!"

"不是早恋!"林时蒹有些着急，他慌张地辩解，"我只是很欣赏她。"那晚林时蒹和妈妈争辩了很久，妈妈始终不相信他说的话，最后居然掉下无能为力的眼泪。林时蒹看不懂也不明白大人的世界。他说："反正我是会把信交给她的!"

而做妈妈的也着急起来，仿佛在一夜之间，自己的儿子长大了，有了自己的想法，不再什么事情都听自己的，他如同一节火车车厢，正慢慢地偏离自己事先设好的轨道，驶向未知的区域。

"老林！你看看你儿子！这么不听话！你们两个都不让我省心!"而爸爸跑进房间后只是笑笑说，"通个信而已，你那么夸张干吗！这信我看过，没什么啊!"

"你们男人都是迟钝的动物，当然什么都看不出来！收到信的女生可不会那么想。"妈妈的声音越喊越响，屋子里的灯光似乎被震动了一下，瑟瑟发抖，原本聚集在周围的小飞虫"嗡"的一声弹开了。

## 四

林时蒹还是把信递给了栗岩。栗岩并不像妈妈想象的那样理解错误，也没有像自己想的那样一口回绝。她很大方地接过信说："谢谢，你是那个常来我们餐厅的家伙吧?"林时蒹点点头。

阳台上站满了围观的男生女生，似乎在等待着一场告白的好戏，谁也不知道里面写的只是"你好，我知道你很厉害，给很多杂志写稿，所以想认识……"。后来，栗岩问他："这有什么好羡慕的呢？做自己喜欢做的事情，其实挺简单的。"

“可是我老是在做妈妈喜欢的事情，比如彬彬有礼，比如弹钢琴，再比如……”林时蒹说了一大堆，“我突然觉得有些痛苦。”

“那就不要去做啊。人也要学会拒绝。”栗岩轻描淡写地说。

做妈妈的很快知道了儿子还是背着自己把信给了女生，她决定破罐子破摔，来到学校和女生交涉。她准备说“你不要阻挡了我儿子的清华之路”。但其实栗岩也是成绩很好的学生。她并不比林时蒹差。

在操场上，林时蒹及时拦截住暴走的妈妈，此刻的她像一头气势汹汹的公牛，仿佛所有想要抢走她儿子的，让她儿子醒悟过来翅膀变硬的，都是敌人！她要一角顶翻所有对手，甚至是整个世界。她想让儿子按照自己设定的路线完美地走下去。

林时蒹没有和妈妈争辩，他采用了栗岩教给他的办法。

他只是给了妈妈一个大大的拥抱。妈妈似乎愣了一下。

过了许久，林时蒹说话了：“妈妈，我不是不爱你了。”

——我不应该有些事情不和你商量，但是，钢琴我真的不喜欢，我不想浪费时间在这上面。考试成绩我也不可能永远考班级前五名，我不是学习机器。以后我自己的衣服要自己买，我也会去打工挣钱，我知道钱难赚，所以不会只买贵的，而是选择合适的。说到底我不是你想象中的那个男生，不能符合你年轻时候的设想，我不可能完美无缺，所以对不起，妈妈。

“果然如你爸爸所说的，你真的是长大了啊。”做妈妈的又一次泪流满面。但这次不一样，不是无能为力，而是激动的热泪。她抱紧了儿子的后背，那里似乎没有想象的那么柔弱。

她说：“以后洗菜和收衣服还是要做的。还有，在我面前大大方方地逛论坛吧。”

“啊？你知道？”这回轮到林时蒹惊讶了，“你同意我？为什么？”

“因为……我也不是你想象中的那个妈妈啊。”

# 到哪儿我都会找到你

■ 超级痴情迷

在一个平凡普通的学校，一个很有特色的音乐班，转来了一个刚刚从初中毕业的女孩，那女孩长得很美，有优雅的气质，魔鬼般的身材，有着很大的吸引力，因为这个原因她“一夜成名”了。

第二天，她的追求者已经可以绕着学校八百米的操场围一圈了。情书、鲜花在那瞬间变的一钱不值，像洪水般向她涌来，每次下课便有很多人跟她搭讪，但每一位搭讪者最后换来的结局都是被她的那些追求者“群殴”。

但对于这些女孩一点都不在乎，她觉得高中是人生最重要的阶段，没必要把时间花费在这种事上。她不想谈恋爱，她只想努力学习，考个好大学，将来回报父母。但她太单纯，想得太简单了，缘分来的时候谁也挡不住，谁也抗拒不了。就在开学不久的某一天，班主任领来了刚从某校转来的一个男生，班主任在讲台上对着同学大声道：“我来宣布一件事，这位新来的同学将要和大家同度高中这艰苦而有意义的三年，希望三年后你们能一起考入理想的大学，为学校争光。”

学生从这位男生进门的那一刻起目光就集中到了他的身上，一听说这是班里转来的新同学，同学都在小声议论着。

班上的男生看到很多女生都痴痴地望着讲台上那个帅得不能再帅的男生，心中是一阵感慨：“为什么他长得这么帅，老天你太不公平了，让我们以后怎么在音乐班混啊。”

这位男生走到讲台上对着下面一脸呆相的女生报以一个迷死人的微笑，用他那极富磁性的声音道：“大家好，我叫黄少俊，希望大家以后多多关照。”说完少俊站到了一旁，等着老师安排座位。

班主任看着少俊和蔼地道：“少俊同学，以后你就是音乐班这个大家庭中的一员了，希望你能够很快适应我们这个大家庭，和班里的同学共同努力为音乐班争取更多光荣。”说完班主任指向全班唯一的一个空位说道：“那个座位上的同学因病退学了，你的眼睛如果不近视的话，你就坐到那个座位上吧，如果近视的话我再给你调调座位。”

“我不近视的，坐那里就行了。”说完少俊慢慢地走向了那个座位，座位旁边的一缕目光紧张地看着缓缓走近的少俊，少俊的目光也恰好投向那里。就这样四道目光在空间中相交，一张精妙绝伦的面容出现在了少俊的视线中，而那缕目光一刹那就收了回去，少俊的心头一震，好清纯优雅的女孩，音乐班不愧是人才聚集的地方啊！

在少俊往座位走的同时，班里所有的男生的目光也转移到了那里，少俊每往前迈一步，班上的男生的心就痛一下，那是他们平日里梦寐以求的座位，那个座位的旁边就坐着他们心中的神，不，是整个学校男生心目中的神啊。但少俊可没管别人是怎么想的，走过去后便神情坦然地坐在了那里。

当少俊看到那些男生那异样的目光时，嘴角泛起了一丝的冷笑，然后头转向了那位令人炫目的同桌，轻声地道：“把你的课本借给我看看，随便哪本都可以。”

这个女孩并没有看向少俊，只是随手将正在看的英语书递了过去，但女孩那清澈如水的眸子里却闪现出了一丝异样的波动。

“谢谢。”少俊接过书认真地看了起来，没再理会周围那几十道足以杀死人的目光。

没过多久铃声便响了，早自习结束了，少俊合上了书看着书皮上的名字道：“何小盈，这个名字很好听，我喜欢。”说完把书递了过去。

正当小盈刚要拿回课本的时候，耳边响起了少俊的声音。

“小盈同学，你好，我叫黄少俊，你也可以叫我少俊，以后我就是你的同桌了，请多关照。”说完便把手伸了过去等着小盈来握手。

小盈眼睛不由自主地看向了少俊，少俊嘴角挂着一丝优雅的微笑，也看向了小盈，四道目光再次相交，小盈马上又把头转了过去，那羊脂玉般的脸颊上出现了一抹的嫣红。少俊都看着呆住了，正当少俊发愣的时候，后边就有一只手搭在了少俊的肩膀上，少俊回头一看是坐在他后边的一个瘦瘦的男生，长相跟某笑星有点相似。

“兄弟，别那样盯着我们的女神啊，小心犯众怒啊。”这个男生打趣地道。

“不过我发现我们的女神看你的眼神有些不对呀。”这个男生随即贴着少俊的耳朵小声道。

“是吗？我可没感觉到有什么不对劲的，很多女生看到我都是这种眼神。”少俊开玩笑地道。

“我叫李小伟，我想请教你个问题，你一定如实地回答哦。”小伟认真地说。

“你是不是整过容啊，不然咋能这么帅啊，告诉兄弟哪儿整的，我也去整一个。”说完一脸的期待地看着少俊。

“就我这个长相来说，现在的科学技术还整不出来。”少俊刚说完就听到同桌的小盈“扑哧”一声笑了出来，小伟睁大了一双眼，张着嘴发愣地盯着小盈，少俊看他的口水都快流出来了，就赶紧推了他一下，道：“哥们儿，注意形象啊，我和小盈可不想被你的口水冲走啊！”

小伟的同桌，那个一直没说话的男生抬起了头无奈地说：“大哥，我基本天天都在抗洪，与口水的洪流搏斗三年多了啊，从初中抗洪到了现在了啊。”说完三个人便不约而同地笑了起来。

小盈白了一眼正在说笑的三个人继续看她的书，心情却没有了往日的平静，一个模糊的人影老是在脑海中出现，从看到少俊的第一眼起心里就有了一种说不出的感觉，当老师让少俊坐到她身边时，一向心静如水的她心中莫名的发慌，呼吸也微微有些不均匀，从初中到现在有无数的男生追求她，她都没有今天这种微妙的感觉，“我这是怎么了，我这是怎么了？”小盈的内心不停地质问着自己。

就在少俊还在听着小伟滔滔不绝地讲述学校的趣闻时，一个男生走到了少俊的桌前，看着里边的小盈，道：“小盈，今天中午我想请你吃饭，希望你不要拒绝我。”

少俊仔细打量这个男生，一米七五的个头，长相虽说不上帅哥，但也对得起观众，戴了副金丝眼镜显得文质彬彬。

“我带午饭了呢，不麻烦你了，赵雄同学。”小盈抬起头皱了皱眉头淡淡地道。

“小盈，我想和你聊聊，你应该知道我心里是怎么想的。”赵雄用近似乞求的语气道。

“如果是学习上的问题，我们现在就可以讨论，别的就不要说了。”小盈低下了头看着自己的笔记冷冷地道。

赵雄的脸变得有点阴沉，没再说什么，转身经过少俊的身边，对着他说：“不想死就离她远点。”说完便向门口走去。

但少俊并不理睬他，转过身对着小盈，用全班人人都能听得到的声音说：“小盈，我想和你共进午餐，可以吗？”

少俊说完后，那些正准备出去吃饭的同学，包括刚走到门口的赵雄都停下脚步，用一种惊讶的目光看向少俊和小盈，就连后边的小伟都是一脸的不可思议。小盈听到少俊的话后心头一颤，虽然没有抬头但能感觉到周围同学的目光，自己的脸越来越烫，心跳也在加速，心里已经将少俊咒骂了无数次，心想：我该怎么办？就像拒绝别的男生一样拒绝他，自己却又狠不下心，接受他的邀请？可才认识一个上午就和他出去吃饭，同学们会怎么说。拒绝过无数男生的小盈第一次尝到了左右为难的滋味。

少俊含情脉脉地看着小盈，柔声道："认识时间的长短并不重要，重要的是自己的感觉，我第一眼看到你就喜欢上你了，我的感觉不会欺骗你，也不会欺骗我。"

小盈的心乱了，彻底的乱了，两只手紧紧地握在一起，不敢抬头看少俊，红润的双唇微微的张了几下却没有说出话来，少俊看到小盈没有说话后，耸了耸肩自嘲地笑了笑，转过身来对着小伟道："闭门羹的滋味我也尝过了，咱们也该去吃饭了。"说完就向教室外边走去，当走到教室门口的时候，赵雄拦住了少俊，威胁地道："黄少俊，最好离小盈远一点，否则你会付出代价，你会后悔的。"

"就凭你，还不配让我后悔！"少俊冷冷地道，用一只手把赵雄拦着的胳膊推开，走了出去，后面的小伟和他的同桌也紧跟着出去。

赵雄用怨恨的目光看着少俊的背影，暗骂道："黄少俊，敢跟本少爷抢人，本少爷玩死你。"

小盈抬起头看着少俊出去，内心深处却有一种说不出的失落感。

过了几天后，少俊不知道从哪个小道打听到消息，过几天便是小盈的生日，便准备给她个 Surprise！

到了小盈生日那晚，少俊在学校的小卖部找到了小盈，便拉着她的手向教学楼楼顶跑去，本来小盈想拒绝的，但很好奇少俊在搞什么花样，便随他去了。

当小盈走到楼顶的时候，眼前的景象让她很惊讶，在楼顶的中间有一个很大的圈，有红红绿绿的小灯光，有很多种颜色的鲜花，围成了一个"520"的形状，中间还有一个心字样的蛋糕，当小盈看到这些后完全呆住了：好美！

就在她发愣的时候，少俊拿出了一把吉他，弹着曲子唱着生日歌："祝你生日快乐，祝你生日快乐……"

小盈看到这些后，热泪盈眶，真的很感动。从小到大，她的生日都是自己一个人过的，过的很简单、很乏味，所以今天，她真的好感动、好幸福！

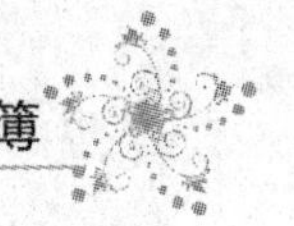



当少俊看到小盈掉下眼泪后，便放下吉他，走过去对着小盈说："小盈，怎么了，不舒服吗？"小盈还是控制不了自己，眼泪还是不断地往下流，抬头看着少俊说："少俊，谢谢，我今天真的很开心，谢谢你。"

少俊向前走了一步，双手抱住了小盈："傻瓜，你开心就好了呀！"

就这样，他们成了全校最幸福最令人羡慕的一对，两个人整天黏在一起，形影不离，一起吃饭、逛街、聊天，每天玩得很开心，很幸福，少俊很喜欢守在小盈的身旁，很喜欢陪着她，每次在一起的时候少俊总是陪在她的身边，每次在一起的时候少俊总是会把头埋在小盈的肩上，因为小盈的身上总有一股香味，让他很迷恋，少俊曾问过她："是不是洒过香水的？"小盈回答说："这个是女孩子本身的一种味道，每个女孩都有一种专属于自己的味道。"而小盈也很喜欢守在少俊的身边，陪他聊天，了解他的过去。

就这样，他们每天都在一起，过得很幸福、很快乐，正当他们以为可以幸福生活下来的时候，一场不幸的事故打碎他们的梦……

在某一天的夜晚，少俊一个人走在街上，因为小盈家里有点事回家了，少俊一个人在学校无聊，所以就出来逛逛，散散心。当他走到一个黑暗的小巷的时候，少俊忽然察觉到了有点不对劲，刚想走的时候，可已经晚了，一把西瓜刀从他的背后劈来，接着又有一只脚踢在了他的身上，把少俊踢倒在地上。顿时，鲜血不断地往外流。把少俊的白衣衫染成了红色。

少俊咬着牙根，忍住了背后传来的疼痛，转过头后，一张熟悉的面孔出现在他的视线中，身后还有五六个陌生的面孔，估计都是他的朋友。

"赵雄，怎么会是你，你想怎么样？"少俊吃惊道。

"哈哈，黄少俊，敢跟本少爷抢妞，简直是找死，跟我斗，你还差得远呢！"赵雄凶狠狠地道。

"那你想怎么样？"少俊冰冷地对他道。

"我想怎么样？呵呵，当你开始接近小盈的时候，你应该能想到今天的结局，我想怎么样？问你自己吧！"说完赵雄和他身后的那几个朋友一拥而上，又对着少俊拳打脚踢。

由于下手太重的原因，把少俊打晕了过去，当赵雄的一个朋友见少俊晕过去后，便拦住了赵雄和其他人，对着赵雄道："雄哥，别打了，再打就出人命了，快走吧，再不走就来不及了！"

当赵雄听到后，又狠狠地往少俊身上踩了一脚才肯罢休，收拾东西后跟着他的朋友逃跑了。

第二天，少俊被送到了医院，背后缝了几十针，现在还在昏迷当中，当小盈赶到医院时，看到少俊躺在病床的时候便伤心地哭了起来，少俊的爸妈看见她这样便安慰她，劝她回去上课，可小盈执意不肯，一直从早上守到了下午，可能是太累的原因，小盈便在床边睡着了。

第二天早上，少俊醒来了，看见身旁睡着的小盈后便轻轻地去抚摸小盈的脸蛋，刚碰到小盈的脸时，小盈就被惊醒了，当小盈看到少俊醒来后，激动地对他说："小俊，你醒了？"

"盈，让你担心了，对不起了。"

"没事，你醒了就好，到底是谁下的手，怎么下手这么重，你是不是惹到什么人啦？"

"没有啊，没事的，估计是打错人了，别担心，没事的。"

其实少俊并不想隐瞒小盈的，但怕她担心，又怕她冲动去找赵雄，这样对她更不利啦。所以他还是选择了隐瞒。就这样，两个人在病房里聊了一个上午，你一言我一语的，整个病房都充满了笑声和幸福的味道。后来因为老师打电话叫小盈回去上课的原因，所以下午的时候，小盈便回去上课了，但每次放学后，小盈都会跑来医院照顾少俊，陪他聊天。就这样，持续了一个星期，但一个星期过后，小盈再也没出现在少俊的面前。"可能是功课重，没时间的原因吧！"少俊自我安慰道。

又过一个星期后，少俊已经康复了很多，但小盈还是没有一次出现在少俊的面前，少俊便开始焦虑起来，担心道："不会是出什么事了吧？"

一个月后，少俊出院了，回到学校后，少俊便疯狂地寻找小盈，但小盈好像害怕见到他，总在躲避他，像是怕见到仇人似的。但在某一天的夜晚，少俊终于在学校的小树林里找到了小盈，看到小盈躲在一棵树旁哭泣，少俊看到后便走过去抱住小盈，对她说："傻瓜，怎么了，怎么最近老在躲我，是不是我做错什么了，告诉我，我可以改，别这样，好吗？这样让我很伤心、难受的？"

"没什么，少俊，我们分手吧！"小盈擦干眼泪回道。

"为什么？傻瓜，是不是发生什么事了，告诉我，不管发生什么事，都有我在，有我帮你面对，告诉我，好吗？"少俊乞求道。

"因为……"

小盈不想对少俊隐瞒什么，觉得有点对不起少俊，觉得说出来比较好点，于是，便把真相告诉了他。

原来就在少俊住院的期间，小盈从其他同学那里知道了真相，她去找了赵雄，但赵雄极力否认。小盈觉得必须给赵雄一点教训，于是选择了报警，谁知道事情闹大了，小盈的父母知道小盈居然在学校里谈恋爱，非常生气，于是决定让小盈转学。

还有两天，小盈就要转学去其他学校了。

当少俊听小盈说完后，一把抱住她说："我不接近你了，你不要走了行不行?"

小盈泪如雨下："不行，所有手续都办好了。"

小盈说完就拿着书包跑了，她今天回来是拿书包的，当然其实真正的目的是见少俊最后一面。

她跑到了学校门口，没有见到少俊追出来，她忽然很伤心地回头。

这时候，她听到了学校的喇叭响了起来："傻瓜，别担心我。你到哪儿，我都会找到你的。"

小盈哭了。

# 故事里的故事，有太多意外

■ 锦瑟

我们一直以为自己是故事中的主角，可以尽情地挥洒激情。然而，却不知在尘世中的我们渺若微尘，如何去抗衡命运、改写人生？经历过繁华悲伤的过程，一曲终了，谢了幕，才发现从头至尾，我们不过是故事里的故事。你是他故事里的不可或缺，我是你故事里的独一无二，只是我们并不在一个故事里演绎，仅是故事里的故事。

## 1. 故事中的意外

大三的舒雅一直认为自己大学四年会平静无波地度过，不参加任何比赛，不抛头露面；成绩一般，不突出不挂科，不会被辅导员关注或训话；长相普通，穿着简单，不会引得男生喜欢。毕业回家，找一份稳定的、薪酬符合的工作，陪在爸妈身边孝顺二老。或许会去相亲，遇到一个可以托付终身的男子，结婚生子。一生就这样没有起伏，在安稳中细数时光。然而，世事总是事与愿违，与你所设想的不一样，打破你的计划。程晨就是舒雅的意外，一段故事中的意外。

舒雅平静安宁的大学生活因程晨的闯入变的动荡不安。首先，自认平淡到扔在人群便被淹没的自己如何博得经管系第一大系草的追求，并且还是一种追不到手不罢休的态势。

本来以为身处中文系的自己会和程晨是八竿子打不到的距离，但命运之神似乎早已安排好相遇，只待时机成熟。

初识程晨，也仅仅是通过室友们评议的“本校十大帅哥”活动中程晨位列榜首才记住这个有点雅痞的人，当时并没有想到他会扰乱自己生命里的所有设想和计划。

一次舒雅因为看一本书忘记时间，从图书馆出来的时候想到寝室的门已经快要关闭了，所以选了一条隐蔽的小道。这条小路位置偏僻，是情侣约会的绝佳地界，原先的路灯也被砸坏的只剩下两只发着微弱的光，因此舒雅从此处快速经过时并没有看到树荫后面的人，直到一个响亮的击打声和伴随而来的哭泣声才让舒雅意识到，又一对鸳鸯要解散了。

正想加快速度的时候，听到一个女生指责道："程晨，你怎么可以这么见异思迁，你有心吗？"舒雅并没有听到男生是否回答，只是程晨这个名字好熟悉，熟悉到似曾相识过。

还有一次是学校邀请一位国内德高望重的老教授来本校讲演。当时对于喜爱文学的人来说，可以见老教授一面已是不易，更何况还是现场讲演。寝室几位女生早早地就跑去占座了，因为据说听这种讲座的男生都很有深度，所以要占一个天时地利的位子好去筛选目标，找一个不仅有才气、更要帅气的男生。

但是去得太早，老二苏婵一直叫着口渴，打电话给舒雅一定要给自己带一杯可乐。当舒雅从小卖部出来又赶到大礼堂的时候，演讲已经快开始。跑的时候既要看路又要顾及着不把可乐洒了，所以当她跑到礼堂的楼梯转角时，和迎面而来的人撞个满怀，一杯可乐全部洒向对方的白衬衫。

舒雅看到对方白衬衫胸口那一摊褐色，还有手中空空的杯子顿时呆了。

直到对方生气地喊道："怎么走路的啊？出门不带眼睛的吗？还是你本来就没有长眼睛？"程晨看到自己胸前的那一摊褐色，不仅洁癖发作，而且今天的演讲他是主持人。这下好了，不用找理由了，校长也不会让他主持了。

"啊，对不起，我刚才只顾着可乐了，没有看到你。"舒雅诚挚地低头道歉。

"道歉有用吗？你知道我是谁吗？等一下我还怎么主持？"看对方一副唯唯诺诺的样子，程晨更加生气。道歉不是看着对方眼睛嘛？外表不怎么样，还是一副胆小的样子。

听了他的斥责，舒雅抬起头，不由一惊。原来是他啊！怪不得口气这么坏。只得直视着程晨，很正规地鞠了一躬。"对不起。我走路没有注意到你，洒了你一身的可乐，我真的感到很抱歉。害得你不能主持，我也很抱歉。现在距离演讲开始还有十分钟，要是你真想主持的话，回到男生宿舍快速换一套衣服的时间还是足够的，你可以把换下来的衣服带过来给我，我给你干洗。还有，我长了眼睛，并且出门的时候也带着出来了。我是中文系汉语言专业的舒雅。"

舒雅本来真的是很诚挚地道歉的，但是对方一副"天地之间我最大"的

口气实在是惹到她了。而且她的可乐也洒了，还不知道怎么告诉苏婵呢。

“呀呀，撞到别人还是你的理了。”程晨本来只是生气她的唯唯诺诺，不想她立刻变成一头利齿的小狮子。

“撞到你是我的不对，你可以回去先把衬衫换掉，如果需要的话，我会赔你一件一模一样的新的，或者干洗后我再还给你一件干净的。你自己选择，我先进去了。”舒雅实在不想跟他纠缠，转头进入礼堂。

苏婵她们看到她空手进来时，刚准备质问一番。舒雅就做了个抱歉的动作，赔笑道：“对不起，本来买了的，出了一场事故全洒了。对不起啊！演讲结束我再买给你。”

这边程晨，看着舒雅的背影情不自禁地笑了。心里想的却是：如果拿下她，不知成就感会有多高。

## 2. 故事里的波折

程晨晚上回到宿舍跟几个好友讲起这件事，几个哥们儿起哄说自己拿不下那个丫头。正在商讨追女孩的妙招时，慕枫敲门进来了，原来程晨这周又没有回家，爱子心切的程夫人让慕枫给程晨带来了换洗衣服和零食。

“哎，慕枫，你认识你们中文系那个叫舒雅的吗？”其中一位正拿东西吃，突然想起慕枫就是中文系的。

“舒雅啊，不认识。”慕枫不知道他们为什么突然对舒雅感兴趣了，不知道他们的目的就说不认识。其实自己除了知道那个大眼睛充满灵气的女孩叫舒雅，其他的真是一无所知。

“不认识啊，我还以为她会是你西裤下一员呢。”男生不无惋惜地叹道。

“程晨，我先回去了。记得给你妈打个电话。”慕枫交代了一下，看了吃得正欢的程晨他们，心里升起一股不好的预感。

舒雅自从那天演讲结束后，就一直很忐忑。一方面因为程晨既没有让她赔一件衣服，也没有上门来收干洗费，实在不像那天他挖苦自己该有的表现。另一方面，最近苏婵总是看见自己就乐呵呵地笑，还不告诉自己原因。

“婵婵，你就告诉我吧，到底你们在笑什么啊？”舒雅实在被笑的没辙了，只能撒娇博取同情。

“丫丫，你难道没有什么想对我们说的，嗯？”苏婵神秘地卖着关子。

“我能有什么秘密啊，你们也是知道的，除了图书馆，我就是在寝室了，想发生什么也不可能啊？”

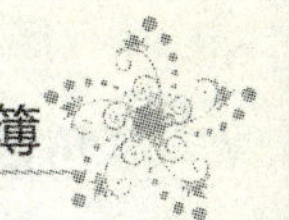

“那你在图书馆就没有艳遇？”苏婵仍然不相信舒雅的说辞。

“真没有，我发誓。”舒雅实在想不出来自己有什么秘密可以让她们如此感兴趣。

几个人看舒雅的表情终于相信丫丫是真的不知道了。于是老三潘薇萱打开一个网页，转过头对舒雅说：“这个舒雅难道不是你吗？”

舒雅看到那个被顶得极高的帖子，原来她们感兴趣的是这个啊；自己一直担心为什么程晨没有找自己麻烦，原来麻烦在这里啊；怪不得这几天去图书馆，对自己指指点点的人数上升，还在怀疑从来不起眼的自己什么时候成焦点了，原因也在这儿啊。看着看着，舒雅不由得笑了起来。

其他几个室友见她这样，以为是高兴的。但当看到丫丫眼中盈满的泪水时，都不语了。原本她们也一直很好奇，一直很普通的丫丫如何入得了程晨那个花心大萝卜的眼，虽然她们很喜欢八卦他和他的女友们，但是看到丫丫的泪水，大家都知道丫丫生气了。

“对不起，丫丫。我们不知道你会生气的。”朱瑶道歉道。

“没事。不关你们的事，是我自己招惹的大麻烦。”

舒雅在图书馆坐了半个多小时，一个字也没有看进去，她决定出去走走，忘记这件事。程晨果然是惹不得的，仅仅是弄脏了他的一件衬衫，就这样在网上大肆宣扬要追自己。不仅把自己推到风口浪尖，而且还成为别人茶余饭后的谈论对象，让别人以为是自己用了什么方法勾引他的。

刚走到图书馆门口，就听到一个女生喊自己。

舒雅转身看到一个外表漂亮，化着精致的妆，穿着一身名牌的女孩，嗯，气质的确很是清纯，只是跟打扮很不符。

“你就是舒雅？”对方很是不屑一顾的语气。

“你都喊我了，难道还不能确定吗？”舒雅不知道什么时候招惹了这位难缠的主。

“哈，口气还真是……你用了什么方法勾引的程晨？”

“你为什么要认定是我勾引的程晨，而不想我是不是躲他如蛇蝎？”舒雅的心里本来就不好过，现在被这女生高傲的语气彻底伤了心。拳头紧紧攥住，怕自己一个忍不住就这样打过去。

“呀，这口气还真是像程晨说的是头利齿的小狮子。恐怕你是早就打听好程晨喜欢特别的女生，故意这么对他的吧？你的手段还真不是一般的高呢。”对方仍旧步步紧逼，语气愈来愈不屑。

舒雅实在不能再继续待在这里，同一个疯子辩论，转身就要走。

可是对方哪里肯依，语调高了起来，招来了几个围观者。

“你难道不知道程晨是有女朋友的吗？你为什么还要不择手段的勾引他？你知道我是多么爱他吗？你怎么可以这么不知羞耻？”说着的同时，两行清泪滑了下来。旁边的人开始小声议论，不过似乎大家都觉得自己是那个可耻的小三，而这个趾高气扬的女生是正主。

怪不得大家一直都同情美女呢，原来美女哭起来真是楚楚可怜。舒雅在心里想着。

“既然知道他是你男朋友，就要管好他，不要去打扰别人。还有，就算全世界只剩下程晨一个男生，我也不会爱上他，更何况世上的男人那么多。”舒雅厉声道，真不知道这女生栽赃能力这么强。

安涵若听到舒雅如此说程晨，扬手就给舒雅一巴掌。等舒雅反应过来时，对方还想再打。

舒雅抓住再次袭向自己的手。“看在你是女生的分上，这一巴掌我就不计较了。但是下次请你搞清状况再来找碴儿。”

转身的刹那，舒雅只觉得全身的力气被抽完了，冷静不复存在，只剩一腔委屈慢慢溢满眼眶。

走着走着，听到又有人喊自己，以为又是一个看热闹的，就装作听不到，听不到。舒雅在心里嘀咕：看来人红起来，到处都可以被认出来。以前就算自己笑疯了，也没有谁会投来一抹好奇的目光。真是：人怕出名猪怕壮。

直到被人挡住了去路。

舒雅仍旧低着头，向左走一点，想绕过障碍，可障碍也向左，向右一点，障碍也向右。抬头正想发作，却呆住了。

对方直直盯着她看，眼中溢满了关心。“舒雅，你还好吗？”

待看清来人时，舒雅就已惊呆了。世界像是静止了一般，外面什么也听不到，心里只有一个声音在大声叫喊：是他，是他，舒雅，他在关心你。

眼泪顿时流了出来，委屈像是找到一个出口，全部争先恐后地涌出。

看到泪流不止的舒雅，慕枫也慌了。也不再顾及什么流言蜚语，一用力把她揽入怀中，拍着她的背安慰着：“丫丫，没事了，丫丫，不哭了啊。”

许久之后，怀里终于响起了带着浓重鼻音的回答：“慕枫，我好难受！”

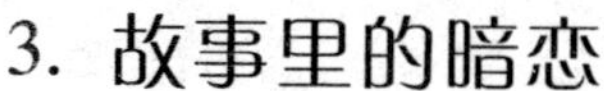

# 3. 故事里的暗恋

初次来到这所南方城市里著名的大学，舒雅只觉得三年来的挑灯夜读值了。虽然自从经历了高中的那件事之后，爸爸妈妈对自己的学习要求渐渐变得不高，说只要尽力就好。但当拿到的名牌大学红彤彤的录取通知书上印着“舒雅”二字时，心里是满满的知足。

高二时文理分班，把舒雅不甚擅长的立刻全部去掉，于是优势立时显现，排名自然而然地挤在头位。让还是处于中游的同桌羡慕不已，整天打趣：“丫丫，你生来就是学文的啊，让我等情何以堪啊。”

谁也没有想到成绩好会遭人嫉妒，并被人陷害。蓝帆在分班前一直是年级前几名，主要是她文理均衡发展，而不像丫丫理科永远低空飞过。分班后，丫丫的文科优势显现，蓝帆在几次考试后一直居于舒雅后位，让她心里生出了恶念头。

在一次晚自习放学路上，蓝帆带着几个女生把舒雅拉进一个死胡同里暴打了一顿，还威胁她不能张扬。第二天，爸爸妈妈还是找到学校，学校为了压下这等丑闻，只是让蓝帆道歉并开除了她的学籍。

每次看着原来坐过的位子，舒雅心里就一阵发抖。自此之后，她的成绩在她的刻意之下一直处于中游，也不再是那个经常挂着笑容的开朗女孩，低调到大家已经忘记她曾经的辉煌。

初识慕枫是在大家的讨论中知道的：“慕枫是以本校第一名的成绩进来的。”“慕枫不仅成绩好，长得帅，而且还很温柔。”“慕枫啊，他说：大学不找女朋友，不谈恋爱的。真是一个好学生，我就喜欢这样的男生，以后一定会成功。”“慕枫不仅是我们系最帅的，而且比经管系的那个程晨还要有气质。”

舒雅一直很好奇：“对一个从不熟识的人的喜欢究竟从何而来，竟会让那么多人前赴后继。”直到迎新晚会时，见到慕枫，只一眼就觉得自己的心神被他给收了过去。当他唱起冬季恋歌的片尾曲《my memeory》，舒雅已完全倾倒。觉得世界上只剩下他们，而他在舞台上为她献唱。

当掌声响起，舒雅猛然从幻想中出来。只看到慕枫优雅地鞠了一个躬，然后退下去。

人生就是这么奇妙，当你不想关注一个人时，即使每天擦肩而过，也没有感觉很有缘。然而，注视了一个人后，走到哪儿，一眼就可以在人群中把

他分辨出。

舒雅现在发现她就是这状态：上公选课时，偌大的教室，轻轻扫视一圈，就可以发现慕枫的身影。身板挺得很直，认真地看书；下课时，拥挤的人群，舒雅还是会有感应一般地看到慕枫的身影；图书馆，那么多楼层，但是舒雅似乎被指引一样可以进到慕枫自习的教室；食堂、操场、校园的小径等，舒雅感觉自己的世界完全被慕枫填满了。终于在一个有慕枫的梦中醒来后，舒雅写起了自相识以来的所有感受。

舒雅一直知道慕枫是大家心中的白马王子、偶像，卧谈的对象，甚至也有人大胆的告白，得到的都是大学期间不谈恋爱的理由，但丫丫还是在深夜写了一封很长很长的信表达自己这么久以来的爱慕。

信寄出后，舒雅觉得心就像被悬在半空，一点风吹草动都惊慌不已。就在舒雅觉得已经适应这么被悬着的感觉时，收到了慕枫的回信。很简短的一句话，浇灭了舒雅所有热情的信：舒雅，通过这封信可以看出你很有才华，不如拿喜欢我的时间去学习，以后或许会得到一份不错的工作。慕枫字。

舒雅盯着这句话很久很久，所有的情绪似乎都要过一遍了，才接受了自己被拒绝这个事实。丫丫一直认为自己的感情很深，深到快把自己湮没，却不想仍是感动不了他。

自此，丫丫把感情深藏，再次见到慕枫，不再寻找他的身影，不再暗中偷偷地观察他，留意他的信息。公选课上、食堂里、图书馆里等再次偶遇时，也只是轻轻点头然后擦肩而过。

慕枫一直知道自己的魅力，但对一群花痴女生的告白并不感兴趣。当同学又传来一封信时，他以为又是一个花痴女生的无厘头的告白，也就没在意，随便夹在一本书里，最后自己也忘了。

直到某次写作业查找资料时，一封信掉了出来。慕枫看到了信封上慕枫两个字，觉得分外苍劲有力，根本想不到是出自一个女生之手。

打开一看，满满三张。从初识知道他名字时的感觉，到见到他时的心跳加速，对他发表的一些文章的看法等，慕枫只觉得对方是一个见解独到、才华横溢的女生。最后看到落款处“舒雅”时，不知怎么就想到“丫丫”。

但不想把时间浪费在恋爱上，就简单回复了她。结果如他所料，舒雅并没有像其他女生一样询问到底，到底不喜欢自己哪里。

公选课上老师再点名时，慕枫留意了一下那个叫舒雅的女生，结果只注意到一双灵气逼人的大眼睛，好似一泓深潭把他溺毙在里面。

只是这个女生再看到自己都只是点头微笑，搞得自己都怀疑是否收到那

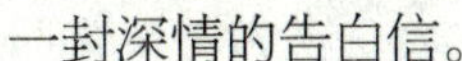



一封深情的告白信。

三年来，慕枫发现舒雅真的很简单，什么比赛都不参加，故意掩饰才华。慕枫知道以她的才华怎么可能成绩平平，但又不能上前询问原因。也没有意识到自己在默默间对这个曾经对自己倾心的女孩子动心了。

直到看到舒雅被一直以程晨女朋友自居的安涵若打耳光，心里那股莫名的情愫像雨后春笋般快速生长。冲到舒雅面前心疼地问道：“舒雅，你还好吗?”

看着这个仍然强装镇定的女生，忽然间，慕枫觉得：不管了，即使违背自己以谈恋爱耽误时间的理由，也不管了，只要不错过这个女生就行了。

## 4. 故事的变故

舒雅现在还记得当时从慕枫怀里抬起头时，脸上像火烧一样，而且哭了那么久眼睛一定肿得很厉害，而且看着他胸前湿了一大片更是不敢抬头了。

慕枫看着舒雅不好意思地低下头，嘴角不由自主地弯了上来。“丫丫，你饿了吗?”

“……不饿。”这时肚子很不合时宜地咕噜了一声。

慕枫笑的更甚了，丫丫看到慕枫笑，觉得更加不好意思了。

慕枫握住舒雅的手，用力地捏了一下：“丫丫，我知道你对我当初拒绝你心里还是有障碍，没关系，我等你重新接受我。答应我，有什么委屈不要憋在心里，可以告诉我。那，怀抱给你，肩膀让你靠。”说完还故意拍拍肩膀。

舒雅一直觉得慕枫虽然看似温柔尔雅，但是和人相处总是可以保持有一段距离。此时他这样幽默地为自己开心，心里的郁闷消了一大半。

后来慕枫还是带丫丫去吃了饭，又把她送到寝室，嘱咐她休息一下，不要担心，事情由他来处理就行了。

舒雅觉得即使程晨带给她这么多伤害，但是终于让慕枫接受了自己，这难道就是所谓的因祸得福?

慕枫看舒雅上楼去了，拿出手机拨给了程晨。

“程晨，你在哪里？我们需要见一面。”

“不行，就现在。我在学校后门的榕树下等你。”

半个小时后，程晨赶到榕树下时，看到慕枫笔直地站在树下，两眼放空，似乎周围的一切都融不进他的视野。

准备上前吓一吓慕枫，这时他却转过身来。

“程晨，你跟我说实话，你是不是为了蓝帆才这样做的？忍了三年，为什么不多忍一年？何况当年本来就是蓝帆有错在前，你先这样做，就是在伤害一个无辜的善良女孩。”一想到舒雅隐忍的表情，慕枫心里就酸涩不已。

“怎么你也忍不住了？不是拒绝过她吗？现在看她这样心里不爽了？”程晨步步紧逼道。

“程晨，我们从小一起长大，对方什么性格你不是最了解吗？蓝帆的性格你不是比我更清楚吗？当年她做错事，就要付出代价，这点你比我更明白。为什么还要去招惹一个把自己羽翼躲藏起来的女生？”慕枫觉得如果舒雅再受到委屈，都是自己保护不周。

“是，我是比你更明白。可是蓝帆却是间接地因她而死，你难道忘了蓝帆才是和我们一起长大的？”

“程晨，谁也想不到蓝帆会因此而死。当年如果她不对舒雅动手，学校就不会开除她；如果我们不那么娇惯她，她的心理承受力也不会如此不堪一击。这一切我们也有错，过去的就让它过去吧。你再这样伤害丫丫，不要怪我不认兄弟情。”慕枫说完转身离去，留下程晨开始反思这样做到底对不对。

接下来几天，慕枫真的像是一个标准男友一样，公选课时，拉着舒雅坐在自己旁边，让一众一直暗恋慕枫的女生伤心不已。图书馆里，慕枫会和舒雅面对面而坐，当舒雅看书时总感觉到他在看自己，抬头却发现慕枫在透过自己看向身后的某个虚点。晚上会拉着舒雅的手，逛校园，聊一下自己最近的文章，让丫丫发表意见。

舒雅觉得原来这就是恋爱啊。整天腻在一起还是感觉时光太过短暂。

这天慕枫送舒雅来到宿舍楼下，舒雅告别准备上去，慕枫的手却不松开。

“丫丫，我可以吻你吗？”慕枫小心翼翼地询问。

舒雅的脸立刻烧了起来，虽然这些天和慕枫很是亲近，但是最亲密的时候还是上次慕枫揽她入怀。

“……这里都是同学。”舒雅以为说人多慕枫就会放弃，不想他直接拉她站在路旁的树后面。

“这样可以了吗？丫丫，我就亲一下，真的。”

“嗯。”舒雅感觉自己快要被烧着了，整个身体都像是点燃了一样。

当慕枫的唇落下来时，舒雅在心里感叹：怪不得电视里大家这么喜欢接吻呢，就像两块果冻落入口中，柔软沁香。

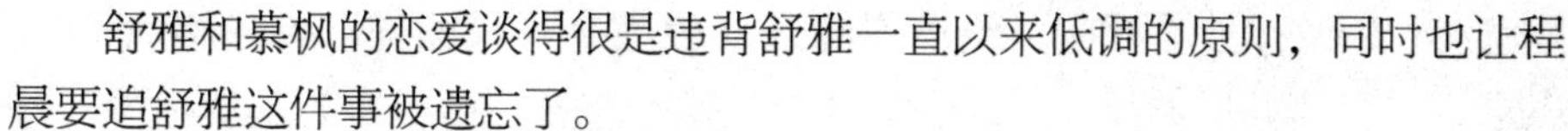


舒雅和慕枫的恋爱谈得很是违背舒雅一直以来低调的原则，同时也让程晨要追舒雅这件事被遗忘了。

就在舒雅以为自己很幸福的时候，宿管阿姨递给舒雅一封信，说是一位女同学让她转交的。

“谢谢阿姨。”

## 5. 故事里的故事

舒雅打开信封，里面滑出来一张照片。舒雅想到自己死都不会忘记她——蓝帆。里面有当年那件事的叙述，和学校的处罚决定，这舒雅都是知道的，但下面一张却是一张墓碑照片，上面刻着——蓝帆。纸上写着蓝帆因承受不了被学校开除，心理压力过大，后来跳楼自杀。

“自杀，自杀。”舒雅口里呢喃着，当初高傲的蓝帆都不能接受自己抢占了她的第一名的宝座，又怎么能接受学校开除的决定呢?

下面一段却让舒雅的心，沉入谷底，冰封冻结。

“程晨和慕枫皆是和蓝帆自幼一起长大，感情甚好。程晨还曾和蓝帆交往过一段时间，慕枫也是从小对蓝帆关爱有加。”

原因终于找到了，终于明白：程晨为什么这么对自己，慕枫三年前都不接受自己的告白，为什么会在这时候对自己这么好。原来都是因为蓝帆啊，一个孤傲漂亮的女孩，怪不得他们对她宠爱有加，怪不得突然间都对自己示好，原来是双重保险啊。这计划真是让自己败得一塌糊涂。

可是谁又能告诉自己，到底是哪一步错了，为什么所有人都来指责自己？自己难道真的罪大恶极？可是我明明一直很低调地生活啊，愿望也很简单啊，为什么命运总这么残忍呢?

舒雅不知道自己躲在宿舍哭了多久，只知道其他几个人脸上都是小心翼翼的关心。

“大家不用担心，只是突然明白一件很久不知道的秘密。只是我最近不想听任何消息，见你们以外的任何人，可以帮我吗?”舒雅哑着嗓子带着祈求的目光看着几位室友。

“丫丫，我们不知道这段时间你发生了什么事，但是你要知道姐妹们在你身边呢，你不孤单。”苏婵握着丫丫的手，安慰道。

“嗯嗯，谢谢你们。”舒雅抱着苏婵又哭了起来。

这边慕枫几天都联系不到丫丫，知道一定发生什么事情了。可是她的几位室友一致说：丫丫不在。他也不能进女生宿舍，只能守在女生宿舍门口焦急。

这天，舒雅突然看到新闻说：四川省雅安县遭遇了7.0级地震，急需各方支援。就去网上报名当了志愿者。

正在收拾东西的时候，其他人看她收拾行李都很震惊，一个个激动地问她干什么去？

“我想回家待几天，在这里我还是很难受。回家看看爸爸妈妈或许就会好起来。不要担心我了，赶快休息吧，下午还有课呢。”舒雅说了一个谎，如果直接告诉她们自己要去地震灾区，一定不会放她走。

几个姐妹听说丫丫是回家，就放下心了。

由于是凌晨的火车，又怕遇到程晨或者慕枫，丫丫特地选在十一点宿舍关门前离开。不想，刚走到转角，就看到路灯下的慕枫。几天不见，他也憔悴了不少。

慕枫似乎不能相信这个时间可以见到舒雅，一愣，但目光移到舒雅手里的行李时，立刻上前握住舒雅的手：“丫丫，我们那天明明好好的，怎么说不见我就不见了呢？你现在要去哪里？是要继续躲着我吗？”

“我……我……”舒雅发现面对憔悴的慕枫，竟是不忍欺骗说回家几天，又不能说去震区当志愿者。只能沉默以对，挣扎着摆脱慕枫的手，可是慕枫怎么都不放开，反而握得更紧。

“慕枫……你松开。”舒雅说完这几个字，眼泪就断线似的流了下来。

慕枫不忍，只得放开。

“我出去几天，等我回来，我们再谈好吗？”舒雅看着慕枫的眼睛问道。

慕枫心里一万个声音在叫喊着：丫丫，不好，我不想分开几天。可是面对丫丫的祈求，拒绝的话再不敢说第二遍。只得看着丫丫提着行李走远。

## 6. 故事里的故事已走远

三天后，慕枫在图书馆发呆，手机显示了一串陌生的数字。

“喂，你好，我是慕枫。”

“你好，慕枫。我是舒雅的室友潘薇萱，你能来一下我们宿舍楼吗？我有丫丫的几样东西给你。”潘薇萱强忍着才没哭出来。

但是慕枫还是听出了怪异之处。

等他赶到舒雅的宿舍楼前时，看到一对父母正在跟他们的系主任告别。

站在中年夫妇后面的苏婵看到慕枫，拉了一下其中一位的手，向他们介绍道："阿姨，这是慕枫，就是丫丫喜欢的那个。"

又向慕枫介绍道："这是丫丫的爸爸妈妈。"

"你好，我是丫丫的爸爸。确实很优秀，只是我们丫丫没有福气啊。"说完眼睛都红了。

慕枫越来越奇怪，为什么丫丫回家了，她爸妈又来学校了？

这时中年妇人从口袋里掏出一封带有血迹的信递给慕枫，上面那两个苍劲有力的字，三年前慕枫就已见到过。突然慕枫像是意识到什么，把双手背到身后，拒绝接。

这时苏婵也递过来一个信封，一张照片露了出来，是蓝帆。可是苏婵怎么会有？怎么会在丫丫这里？

慕枫的眉头越来越皱，意识到那个事实越来越清晰了。

"阿姨，叔叔，是不是丫丫出事了？"慕枫问完就盯着他们，怕漏掉珍贵的信息。

突然，苏婵大声哭了出来。中年夫妇也转过头去。

潘薇萱把两封信塞到慕枫的手中，跟其他几人扶着舒雅的爸爸妈妈进宿舍去了。

慕枫就这样呆呆地站了好久，像是忘记怎么走路一样，就那么站着。

蓦地，像是想起什么，转身就跑。

看到程晨在宿舍跟几个室友正在因为游戏互相贬低，上前就是一拳头，把所有人都惊呆了。

程晨反应过来刚要问什么，慕枫又是一拳。

打完这一拳，慕枫像是力气被抽光了一样，滑坐在地板上。眼泪立时流了出来。嘴里呢喃着："这下你开心了，你把她逼死了，你开心了，可是蓝帆可以活过来吗？她是那么善良简单，把她逼死了，你又得到了什么？"

程晨本来想还手的，但是慕枫接下来的动作真的震撼了他。他把谁逼死了？那个她？蓝帆，不，难道是舒雅？可是自己自从那日榕树下，再也没有干什么啊？怎么逼死舒雅了？

刚想质问慕枫，他忽然站了起来，冷冷说道："程晨，你我之后再也不是兄弟。"

慕枫来到后门的榕树下，打开那封带有血迹的信封：

**慕枫，当你看到这封信的时候，我可能已经不在了吧？当看到地震后的**

废墟，和人们忙碌地搜救幸存者，我才知道自己是多么的渺小，我的烦扰是多么的不值一提，或许一切在生命面前都是廉价的。

对于蓝帆，我当年实在是没有想到她会自杀，如果知道会闹出一条人命，当初宁愿自己永远不要超过她，或许这以后的命运就会更改。只是不知那时的你，是否还会给我一段美好时光。知道蓝帆自杀，知道你们是一起长大的朋友，突然理解为什么程晨要那么对我了。可是你，我那么喜欢你，你拒绝了我，我还是偷偷喜欢了你三年，为什么你也要为了蓝帆来欺骗我呢？

累了一天一夜的我躺在震区的简易帐篷里，怎么都睡不着，满脑子都是你，各种各样的你。很想你，却不知你有没有真心的念起我。不是因为仇恨，不是因为蓝帆，仅仅是因为你想我。

还有，我爱你！

舒雅字

慕枫读完信早已泣不成声，“丫丫，我是真的爱你的。不是仇恨，不是因为蓝帆，你难道没有感觉到吗？”

程晨从校领导那里也知道了舒雅去世的消息。原来她是想去挖废墟中的一个小孩，自己被斜下来的石板砸到头部。程晨不知道自己是怎么走到榕树下的，慕枫就那样拿着一张纸流泪。程晨跪在慕枫面前：“对不起，我错了。”

“你知道错了，丫丫会回来吗？”

# 只是蝴蝶不愿意

■ Miss · 苏她

## 一

苏菲看着铅云压迫的城市上空，一群群结队的飞鸟环绕着一栋高楼飞旋，在那栋鹤立鸡群的高楼中不断环绕，冷风吹过来，苏菲闻到了自由的味道。

苏菲抬了抬脚，打算爬上窗户，像那群飞鸟一样自由翱翔。

但是她整个动作还没做完全，就被人拉住了胳膊。

她回头，看着泽宇儒雅的笑容，嘴型明确的扯出几个字：苏菲，你在干什么？

苏菲拖着蓝白相间的病号服和疲惫的身体爬回病床，有气无力地开口。“你又来干什么。”

泽宇走到苏菲面前，微笑依然染上唇角。他每个字都说得很慢，这让苏菲很讨厌。

你不是想在脚踝刺青吗？我答应过你，要找一个画的比刺青还好看的人给你画一个。

苏菲这才抬眼，看着一直站在白色病房角落里的另一个身影。自从苏菲住院以后，眼睛里就看不到别人，也自动忽视别人的存在。

纤瘦的身材，精致的五官，清晰的轮廓，还有画家怎么画都画不出的温暖笑容。他本身就是一幅最好的画，可惜，现在的苏菲，对任何人都不感兴趣。

他是顾尔，苏菲，你……

“好了泽宇！你想说什么，写在本子上吧，我看不懂。”

苏菲烦躁地摆了摆手，不再去看泽宇的脸。对，她是个聋子，全世界都安静得可怕，她听不到任何声音，听不到风声，听不到鸟鸣，也听不到泽宇温柔地唤她的名字。

她不是贝多芬，没有贝多芬的勇气，她只是一个小小的吉他手，爱音乐，爱世界，却被上帝无情的抛上一场意外，在她重新睁眼看这个世界的时候，已经感受不到任何的声音。

## 二

顾尔在苏菲的脚踝处画了一只骄傲的黑猫，如内心世界的苏菲一样，仰着高傲的头颅，弯着长长的身子伸懒腰，纤细的尾巴在空中弯起一个美丽的弧度，弧度里写了秀气的字母：Sofle。

苏菲看着黑猫眼里的不可一世，像极了孤独的自己，好像在向世人宣布，即使我听不见，也不要任何人可怜，我依然是那个最骄傲的公主。

顾尔画的淋漓尽致，也仿佛看穿了自己一般。苏菲用力说了声谢谢。她听不到自己的声音，只能用力气来感觉自己声音的大小。

她看到顾尔激动的微笑，自己也不由自主地扬起嘴角。

窗口不知何时多了一只纸飞机。窗户是开着的，纸飞机在窗台上，随风而动。

苏菲隐约能看到纸飞机上的黑色字体，她打开纸飞机，洁白的纸上呈现出清晰的字迹：Hello，做个朋友可好。如果愿意，请写在纸飞机的背面，扔下窗户。

苏菲骂了句有病就揉吧揉吧扔到了墙角，但是转念一想，与其与寂寞为邻，倒不如找个说话的人。

苏菲又将纸团重新捡了回来，抚平之后，在背面用黑色签字笔工工整整地写：好。

她重新折成纸飞机扔下窗口，一直守在窗边不动，想看看扔纸飞机的人究竟长什么样子。可是她失望了，直到夜幕降临都没有人去捡那只纸飞机。

她看着纸飞机在暮色黄昏中孤独的倒影，有些气愤地爬回床上。

什么嘛！原来只是耍她而已！苏菲蒙上被子，连晚饭都不吃就睡了过去。梦里她把折纸飞机的人骂了个千万遍。

## 三

苏菲醒过来的时候，晨曦的阳光已经照耀得她睁不开眼，仿佛不死心一般，苏菲往窗口瞥了一眼，却看到纸飞机依然安静地待在窗口，好像从未离开。

苏菲迅速地从床上蹦下来，连拖鞋都未来得及穿就跑到窗前，打开纸飞机。

在做朋友之前，我有个条件，我们不要见面，用纸飞机的形式聊天，大家在医院，都是病人，请坚守病人间的规则，不要企图看我的样子。

“真自恋。”苏菲笑了笑，然后在纸飞机的羽翼上写下“OK”。

突然想到了什么，苏菲跟护士要来一张白纸，写了一句：你愿意听我唱歌吗？

然后折成纸飞机，扔下了窗户。似是很想知道答案，在窗口等了一会儿之后，才想起这样站着反而等的越久。

于是苏菲重新爬回床，因为没穿拖鞋，脚已经被地板冰得冰凉了，但是苏菲一点感觉都没有，而是用被子把自己的整个身体包裹起来，心里一直想着那个答案。

他会答应吗？会愿意听自己唱歌吗？可是，就算他愿意，自己真的会唱吗？要知道，她现在根本听不到自己唱的是什么……

越来越多的恐惧和不安，让苏菲的身体有些发抖。这场意外带给她的打击实在太大了，她承受不了。

时而探出头，看看窗口，终于在漫长的等待中，来了希望。

我愿意。

我愿意。这三个字，对于恋人来说，是多么温馨的三个字。然而，在苏菲眼里，是超乎一切的信任。

苏菲的嘴唇有些颤抖，缓慢地开口，她能感觉到嘴唇在动，但是她也不知道到底有没有出声。

## 四

你唱歌真好听，能再唱一次给我听吗？

苏菲坐在病床上，看着纸飞机上秀丽的字迹，忍不住扬起唇角。

突然纸条被抽离手中，苏菲抬头，看到泽宇正看着纸条上的字。

好像被偷窥了秘密似的，苏菲迅速地抢回纸飞机，冲着泽宇一通乱吼：“你干什么拿人家的东西！”

泽宇指了指被苏菲护在怀里的纸条，嘴型扯动的很慢：他是谁？

“这是我的事，你还是去管你的小女生吧，苏泽宇。”

对，泽宇是苏菲的哥哥，那场意外之所以发生，就是因为泽宇为了和女生约会，放了苏菲的鸽子。苏菲气不过，才会去找泽宇评理。就在马上到泽宇的所在地时，苏菲发生了车祸，撞破了耳膜，永久的失聪了。

泽宇看了看把头偏到一边的苏菲，再看了看床底下一篮子的纸飞机，以及上面密密麻麻的小字，什么都没说，转身离开了病房。

## 五

所谓知音难求，当苏菲知道了折纸飞机的人也是一个音乐爱好者，苏菲就完全没有顾忌地打开心扉了，两个人像小孩子一样，用传递纸飞机的方式，交流着音乐。

有时候也会意见不合讨论激烈，但是对方永远都让着苏菲，任苏菲的语气多么不和谐，都不会生气，永远都那么有礼貌，永远那么温和。

以至于最后，苏菲都不好意思了，苏菲觉得，对方一定是个非常非常温柔的人。

这样的方式持续了一个月，苏菲就止不住心痒，想见面了。

因为她实在很好奇，这个对音乐如此了解，如此有见解的，究竟是个什么样的人啊?

过盛的好奇心让苏菲鬼使神差地在纸飞机上写下这句话：相识这么久了，我们见一面吧？我这人防备心那么强，都把你当成好朋友了，不见你就不当我是朋友。

话一出口，苏菲就后悔了。万一对方真的不理自己了怎么办啊？她可不想因此失去这么一个朋友，这是她生活唯一的希望和乐趣了。

但是很显然，苏菲的疑虑是多余的。对方很快给苏菲回复：没有问题，你美美地睡上一觉，第二天，我就来你的病房看你。

苏菲哈哈一笑，倾身重重地倒在了病床上，对着纸条狠狠地亲了一下。

## 六

苏菲在白色的床上睡得很熟，像一个出生的婴儿一样安详和甜美。

顾尔轻声走了进来，一步一步走到苏菲的身边。

顾尔是当日给苏菲画猫的那个男孩，他看了看苏菲脚踝上已经褪去颜色的黑猫，轻轻地，用湿布将剩余的图案擦去。

然后，他拿出画笔，重新绘画了一幅栩栩如生的画像。

在苏菲白皙润滑的皮肤上，绘画着两只翩翩起舞的蝴蝶。一只蝴蝶被关在了透明的杯子里，而另一只蝴蝶正企图用自己微薄的力量打开瓶盖。

## 七

当苏泽宇进病房的时候，却见到苏菲一脸的抑郁。

苏菲不停地在纸上写东西，然后折成纸飞机扔下窗户，坐在床上掉眼泪。

他过去抚摸着苏菲的头，问她怎么了，苏菲却没有反应，一个劲地哭。

“不见就不见呗，早说不就完了吗？干吗玩失踪啊！”

见到哥哥，苏菲控制不住大哭起来。“呜呜……哥，我失去了一个好朋友，我该怎么办啊？我不见面了还不行吗？我不见面了……”

苏泽宇擦掉苏菲脸上的泪水，心疼地拍着苏菲的头。

后来，那个纸飞机的主人就真的再也没有出现，任苏菲怎么扔纸飞机，就是没有反应。打扫卫生的阿姨还上来责备苏菲，让她不要再乱扔垃圾，楼下满地都是纸飞机。

苏菲疯了似的不准阿姨碰那些纸飞机，她哭着喊：你要是打扫了他会看不到的。

可是不管什么办法，好像都失效了。

苏菲又度过了一些暗淡的日子，直到苏泽宇来接自己出院。

苏菲恋恋不舍地收拾着东西，宝贝似的收拾着那些纸飞机。

苏泽宇看着这样的苏菲，忍不住在小本子上写着：妹妹，还记得那个在你的脚踝上画猫的男孩吗？就是顾尔，他就是你的那个病友。上次看到你的纸条上的字，我就认出他了。他是我的同学。

苏菲瞬间睁大眼睛，抓住苏泽宇的胳膊大喊：“他在哪儿？哥你快带我去见他！”

苏泽宇眼中的光暗淡了下来，有些犹豫地在本子上写道：妹妹，他也是个音乐爱好者，可是，他是个哑巴。他去国外做手术去了，成功就会回来，不成功的话……

苏菲顿时感觉天昏地暗，她失魂落魄地坐在床上，低头想去看顾尔曾经给自己画的像极了自己的黑猫，却猛然发现，黑猫早已不在，换成了蝴蝶在自己的脚踝上飞舞。

眼泪又一次控制不住往下流，原来顾尔早已来跟自己告别过了，是自己傻傻的不知道。

而脚踝上的两只蝴蝶，分明是自己和顾尔。是顾尔忍着自己的伤，来救困境中的苏菲。

那么顾尔，你把苏菲救出去了，你自己呢?

## 八

后来，苏菲戴了助听器，接着完成自己的音乐梦。她突然觉得，自己的问题不算什么，根本用不着寻死寻活。她虽然听不见，可是至少她还能唱，而顾尔，他能听见世界上一切美好动听的声音，却无法用声音表达出自己的感情。

他才是最痛苦的呀!

每每想起顾尔，苏菲的心里都会涌起一阵难过。哥哥说，如果手术不成功，他就回不来了。

那么，已经一年过去了，顾尔，你为什么还不回来呢?

苏菲站在大片的草地上，望着白云朵朵的蓝天。早知如此，苏菲宁可不飞出牢笼，就这样和顾尔隔着一层玻璃交流，至少，还能感觉到他的气息。

总好过现在，救出了自己，顾尔却从此消失。

就在苏菲对着天空感伤的时候，一只纸飞机从天而降，落在了苏菲的脚旁。

苏菲惊慌地环顾四周，却发现一个人也没有，她打开纸飞机，熟悉的字迹一展开来。

纸上画着两只蝴蝶，在绿草丛中自由起舞，并附带一句：蝴蝶愿不愿意飞舞。

# 大音希声

# 除非雨落之后仍是雨

■ 蒹葭苍苍

一

在顾惜17岁的春天，她捡到一只刚出生的小兔，邻居扔掉的。因为母兔跑了，小兔没奶吃，迟早会饿死。顾惜捧了回来，每天用眼药水瓶吸牛奶喂小兔，小兔活了。

春天结束时，顾惜收到一个活动邀请，与市一中的同学做交换生，为期一周。跟顾惜一起去的还有四个同学，他们到对方班里上课，在对方家里生活，角色互换，体验生活。

顾惜生长在乡村。老爸的职业是农民，但他教给顾惜许多道理和知识，所以顾惜早慧。

活动第一天，双方在市一中见面。对方是三个男孩，两个女孩。他们不怎么友好地打量着这些乡村孩子，与顾惜一起的四个同学都紧张局促起来，顾惜却扬起脖子，笑了一下。对方有个穿淡蓝衬衫、米色布裤的男孩，他带着研究的神情打量着顾惜。老师叫他过来对顾惜说，这是余大城同学，你和他角色互换，这是他的校牌。

余大城朝顾惜点点头，顾惜微微一笑。余大城竟被这微笑电了一下，他紧张起来，并懊悔没有把房间收拾整齐。该出发了，余大城对顾惜说，房间很乱你别介意，唱片啊、书啊你随便听随便看。另外我妈很啰唆，做的菜也难吃，你忍着点儿。

顾惜笑了，这男孩真有意思。她说，我养了只兔子，它爱吃铁线草和灯笼花。

顾惜没体会到余妈妈的啰唆，倒觉得她做的菜挺好吃。她被余大城房间的凌乱吓了一跳，也被满柜子的书和唱片吓了更大一跳。她收拾整齐房间，躺在他的椅子里，听着他的唱片看他的书。

城里的同学们有的好奇热情，有的冷眼蔑视，她既没感激涕零，也没惶恐自卑。

最后一天，双方在小镇中学再次见面。四个城市孩子正议论着要回去潇洒玩乐，余大城捧着兔子在一旁逗玩。道别时，余大城说，兔子能不能送我？他还保证，我一定拿它当宠物而不是食物！

## 二

一周后，余大城捧着兔子来找顾惜，还带来几本书和几张唱片。他说兔子很想你，我带它来解解相思。他说我给兔子取了个名，叫兔斯基。他说这几本书被摆在最外边，唱片放在最上边，应该是你看过听过喜欢的，送你啦。

余大城说，这次角色互换，我有很大触动，也许对我的人生有很大改变。顾惜说，我的目标早已确定，不会因一次小活动就改变。

余大城每周都来，他说兔斯基只喜欢吃野草，不爱吃超市里买的菜叶，那都是温室里种的，连阳光都没见到，谁爱吃啊。

余大城说我还带着兔斯基去参加了兔友聚会呢，那都是些狮子兔老虎兔安哥拉兔之类的昂贵宠物，可兔斯基竟不卑不亢的，嘿，气质性格跟你真像呢。

余大城东拉西扯。后来他说，我很喜欢你，顾惜，我希望将来你是我要娶的那个人。顾惜说，将来太远，谁都无法预见。

很快就是9月，高三了。余大城又捧着兔斯基来了，他高了一头，兔斯基也长成帅小兔了。余大城说，我也要好好学习天天向上，不能老来打搅你了。他说着掏出一枚镶嵌着绿色宝石的老戒指。他说，这是我外婆的外婆留下来的，我妈说是给我将来娶媳妇的，但我现在就要把它送给你。

顾惜拿在手里，问，是真心吗？余大城说，你若不信，我跳进湖里证明给你看。眼前的湖水深不见底。顾惜咯咯笑，她一扬手，把戒指扔进了湖里。

余大城目瞪口呆。顾惜说，既是真心，那我接受了。但人生漫长充满变数，有一天你忘记了我或是我弄丢了它，都再正常不过。现在，至少，在很多年以后，哪怕我已老去，我还知道它在哪里。

余大城问，你能给我多少时间来等你？

顾惜说，只要兔斯基还活着。

兔子的自然寿命有多长？余大城在Google里搜到答案：6年。兔斯基即将一岁。

## 三

顾惜不是没有心动，只是她没信心。他热情勇敢，并不代表他就坚定深刻。而她死板又理智地想，与其充满希望之后再失望，还不如暂时将希望埋进泥土。

余大城的成绩很糟，顾惜是尖子生，余大城的高三在拼命。7 月，余大城来找顾惜，顾爸爸说，她打工赚学费去了。余大城的录取通知书来自那所名校所在城市的另一所学校，两校隔一条街。他拿着通知书又来顾惜家，顾爸爸说，她早去学校啦。他问顾惜的专业和电话，顾爸爸说，闺女说不能告诉你，该遇见的，总能遇见。

余大城抱上兔斯基去了学校。他想，总会遇见，总能找到，不就是一条街的距离吗。

这是一条热闹的商业街，学生们的乐园，街上走着女孩男孩和恋人、宠物猫狗。在这条街上，他遇见过小学同桌，初中暗恋的女生，还捡到过一张百元人民币……带着兔斯基遛街的帅哥很引人注意，还有女孩主动搭讪，就是没遇见过顾惜。

他还去顾惜的学校找。他路过一幢幢女生宿舍，抬头仰望那些晾着鲜艳衣裳的阳台，他走过一间间教室，去图书馆呆坐，在拥挤的食堂徘徊。他还躺在她学校的草坪上睡过午觉，跟她的校友打过乒乓球，还带着兔斯基在花坛里打过滚。

余大城用去 4 年时间，胡须从柔软变得坚挺，下巴从圆润变得硬朗，而兔斯基，也从帅小兔变成了帅老兔。

余大城抱着兔斯基去宠物医院，希望医生能给弄点兔子吃的脑白金脑黄金之类。医生说，家养兔能活 5 年，已是奇迹。一般兔子老到吃不下东西，就会自动死去，如果它到时候不死，你再来吧。

其实顾惜看到过余大城。一次在食堂，但人太多了，一个转身他就不见了。还有一次是在雨季，雨绵延下了很多天，她一直在图书馆靠窗户的位置看书，余大城在一个下午出现在楼下小路上，她以为他会上楼，她跑到楼梯口去等着，可他没上来，回到窗口，路上人已不见。

她在他刚淋过的雨里走着，不急不躁，她想，雨落之后一定会天晴，相逢的人一定会再相逢。

## 四

毕业之后，余大城留在了这个城市。他去了顾惜家，顾爸爸说，她也留在那里了。

余大城做企划，常跟广告公司打交道。其中常来往的，是一家年轻公司。顾惜就在其中，她做设计，但余大城只需和客户代表接触，不用去设计部。

顾惜设计的很多样稿，经过客户代表，到达余大城的手上，余大城再签字给客户代表，客户代表只需要说，OK，顾惜的工作就完成了。如果要修改，她收到的，也是来自客户代表的意见单。

她并不知道余大城。余大城也不知道她。

但她时常想起他，她从爸爸那里知道，他还在找她。她微微笑了，似乎有了些信心，他们总能遇见。她也时常想起兔斯基，她觉得它一定还活着，除非雨落之后仍是雨，除非时光之后再无奇迹。

日子就这样过去。某个雨天，她加班修改设计稿，客户代表却因急事离开，走前留给顾惜一个地址说，麻烦你跑一趟吧，找企划部余经理签字。

雨很大，雨水顺着伞骨湿透了她的衣袖。她匆匆收起伞，跑进客户公司所在大楼，按下电梯，急急进去，门合上的一瞬，另一部下降的电梯抵达，余大城走了出来。

他们都不知道曾经相逢过，这一瞬。雨继续下，无边无际。

## 五

兔斯基很老了。除了吃喝拉撒，就是趴着睡觉，余大城真怕它睡着了就醒不来，他随时守护着它，用眼药水瓶吸牛奶喂它，带它去宠物医院注射营养液，上班也用笼子拎着去。

八卦的客户经理和设计部的女孩们聊天时，讲起一个奇怪的经理，他养着一只土兔子，跟宝贝似的，带着上班呢。那兔子真丑，牙都快掉光了，名字还很洋气，叫兔斯基呢。这笑话真生动活泼，可顾惜听不到了。她换了工作。

新工作没那么忙，她有了空闲的周末。一个人待着，很容易想念。她靠在窗边想，余大城，你还会不会来？兔斯基还好吗？

周末她去小动物保护基地做义工，被派到宠物医院取注射液。负责接待她的医生正在给兔子打针。她走过去，看到了一只牙齿掉光了的老白兔，医生说，它6岁多了，相当于人90多岁，它牙齿掉光吃不下东西了，只能靠注射营养液和喝水，但生命力还很顽强。

真是一只坚定勇敢珍稀可贵的兔子。

兔子的主人眼里蓄满泪水，他抬起头，看见了顾惜。仿佛是预约好意料之中一般，他们都没有惊喜得跳起来，顾惜说，我来履行承诺。余大城说，兔斯基在等你。

# 等你到花落

■ 流苏络

**女人的青春能有多久呢？恐怕会像花一样的短暂吧，夜来香在夜的浸润下肆意绽放。于是我决定，等你到花落。**

**——题记**

落落从南方的大学回来了，带着那个城市特有的花香，和一个叫子凡的男孩。我透过高大的落地窗看着男孩干净的笑，清爽的发，和落落在他身旁娇俏的模样，我知道，落落是真的爱他，就像我也爱他一样。

以为如落落这般美丽高傲的女子不会轻易被谁俘虏，却原来落落的等待只是为了一个叫子凡的男孩，尘埃落定。

夏日的阳光晃得人睁不开眼，院中的蔷薇花开得正艳，我睡意沉沉地趴在落地窗前，看落落开心地拉子凡出门逛街。我一遍一遍地念，子凡，子凡……

客厅里沉闷的电话铃声不甘地响，我懒懒地别过头去，继续一遍一遍地念，子凡，子凡……

提着大包小包的战利品，落落骄傲的如一个公主。看到电话上的来电显示，落落吃惊地叫，"叶然，凌浩的电话响了十五次，你怎么都不接?"

凌浩是我的青梅竹马。大家都这么说。凌浩从七岁那年就说要娶我，只是我对凌浩除了兄妹之情，再无其他。

五岁那年遇到六岁的落落和七岁的凌浩，或许就注定了我们的纠葛。凌浩爱我，而我却爱着子凡，落落的男友。

酷热的暑假，我也开始了我的假期打工。我疲惫地往返于餐馆和超市之间，我不知道，除了服务员和收纳之外，我还能做些什么。每年的寒暑假，我都会挣足我一年的大学学费和生活费。凌浩家开着一家不小的公司，每次他提出替我支付学费，都被我一口拒绝。虽然夏爸爸、夏妈妈对我很好，我却依然不能平静地接受他们的资助。我不想依靠任何人。十五岁那年我就再

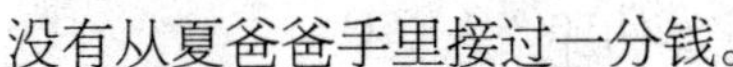

没有从夏爸爸手里接过一分钱。

是的，我是一个孤儿，被收养在夏落落家。按年龄我该称夏落落为“姐姐”，可是我从来没有叫过。“姐姐”这个字眼离我好遥远，就像如果不是经常看到夏爸爸和夏妈妈，我会忘了世界上还有“爸爸”“妈妈”这两个词。

五岁那年被父母抛弃，我就再没说过“爸爸”“妈妈”这两个词。我叫夏爸爸“叔叔”，叫夏妈妈“阿姨”，不管别人怎样强迫，我都不会改口。人人都劝夏爸爸放弃领养我，说这个孩子太倔强，养大了也未必会孝顺。夏爸爸只是看着我淡淡地微笑。

我还记得我来到夏爸爸家的时候，院子里的蔷薇花开得正盛，一朵一朵地排列着，像是要将整个的生命都燃烧殆尽。

我站在鲜艳的蔷薇花下，迎着那些或质疑或询问的眼神，默然不语。夏爸爸看看满院的蔷薇花，又看看我，然后轻轻地说，“你比蔷薇花的叶子还要安静，就叫你叶然吧。”

“叶然，叶然。”一个小女孩清脆的声音响起。我回过头注视着这个扎着粉红色蝴蝶结的女孩，强烈的太阳光刺得我的眼睛生疼。恍惚中，有一个叫“家”的字眼飘入了我的脑中。

一种久违却又熟悉而温暖的感觉。

五岁那年的秋天，我遇到了凌浩。穿着白色小礼服的凌浩，如一个骄傲的王子。我蹲在台阶前，静静地抱着“六儿”。“六儿”是一条狗，一条被抛弃的狗。我记得小的时候，有一个女人常常喊我“小六”，或许是因为我上面有五个哥哥姐姐，于是我被丢弃。我常常想是不是“六儿”也有五个哥哥姐姐，于是它成了多余的那一个。于是我喊它“六儿”。

穿着白色小礼服的凌浩轻轻地走过来，指着“六儿”，轻轻地问，“它叫什么名字?”我静静地看着凌浩，不说话。除了夏爸爸、夏妈妈和落落，我从不跟第四个人说话。

“它叫什么名字?”凌浩好脾气地又问了一遍。

我依然默不做声。

“除了四个人，叶然不会跟别人说话哦!”花丛中，一个小小的女声传来。

“为什么?”凌浩好奇地皱起眉头。

“没有为什么。”小小的女声忽近忽远，像是在晃脑袋。

“那她都跟谁说话呢?”

“当然是爸爸、妈妈、我，还有将来要娶叶然的那个人喽！”

“我长大了，要娶你。”

当夏爸爸、夏妈妈和凌伯父走出来的时候，就听到这么一句让他们不可思议的话。

那以后，凌浩常常来找我。只是我从来不与他说一句话。

十五岁的那年，我上了一所寄宿制高中。我用中考后的那个夏天赚来的钱交了学费。从那一年起，我就决定不再向夏爸爸要一分钱。学校食堂招学生帮他们卖饭，每天放学后帮他们卖半个小时饭，就可以免费吃饭。

放学后我就去食堂卖饭，寒暑假我就去打零工。服务员、收银员、清洁工，只要能挣钱，我就去干。从小我的个子就高，没有人怀疑我才十五岁。

十六岁的落落恋爱了。男孩子叫子凡，一个有着干净笑容的高大男孩。落落是个漂亮的女孩子，有着高挑的身段，雪白的肌肤。对那些雪白的信笺和明艳的玫瑰，落落从来都是不屑一顾。我一直以为如落落这般高傲的女孩子不会轻易爱上谁，却原来落落的等待只是为了一个叫子凡的男孩，尘埃落定。

只是没有人知道，我也爱子凡。在落落爱上子凡以前。

子凡跟我一所学校。进入这所寄宿制学校原本是为了躲避夏家，却没料到在这里遇见了子凡。

或许是在子凡用食指转动着篮球从我身边经过的那一刻起，我就爱上了子凡。就像若干年前落落对凌浩说的一样，没有为什么。

夏妈妈常常打电话要我回去看看她。自从落落跟子凡去了南方的那所大学之后，我就没有回过夏家。在落落去南方的第二年，我去了北方的一所大学。

这应该是上大学后第一次回夏家吧，尽管不愿，但仍是不得不面对。

夏妈妈做了许多我爱吃的菜，看着落落和子凡亲密地相互夹菜的样子，我只能谎称自己在减肥，然后逃掉。背后还听到夏妈妈叹息，“都这么瘦了，还要减肥。”

我不知道他们是不是也知道我喜欢子凡，我想应该没有人知道。因为从没有人在我面前提起“子凡”这两个字，哪怕子凡就在我面前。

站在高大的落地窗前，我静静地看着窗外：蔚蓝的天空下紫色的蔷薇花开得正烈，那鲜艳的紫，浓烈的紫，仿佛要将整个的生命都迸发爆裂。花下的浓荫中一群白色的小狗在撒欢，已经记不得这是“六儿”的第几代“孙子”了。前面的那些小狗都被送了人，只留下了一条最像“六儿”的母狗。

夏妈妈留的。

“六儿”是在我十五岁那年死去的。我哭着抱着奄奄一息的“六儿”赶到老兽医家时，老兽医只是叹息着摇了摇头。他一直惊讶一条哈巴狗是怎样活了十年。他不懂“六儿”的寂寞，像我一样的寂寞。或许“六儿”是看我太寂寞，才倔强地陪了我十年吧。

凌浩来的时候我正在花架下给蔷薇花浇水，凌浩放下手中的东西来帮我洒水时，我转身欲走。凌浩用手抓紧了我的胳膊，愤怒地喊，“叶然，你还要躲我到什么时候?”

我从来没想过要躲凌浩。只是我不知道面对凌浩，我该做些什么，我又能做些什么。

夏爸爸提起凌浩带来的东西，高兴地冲凌浩喊，“阿浩，什么时候回来的?”

夏爸爸总会为我解围。

凌浩每次来都会带我最喜欢吃的杏仁。

凌浩只知道我最喜欢吃杏仁，却不知道他带来的杏仁，我一个都没有吃过。

落落躺在宽大的软床上，一边用手往嘴里塞着杏仁，还不忘含糊地嘟哝，“叶然，你就像一支带刺的玫瑰，把别人刺伤，也把自己刺痛。”

我不想伤害凌浩，尽管我不喜欢凌浩。我只能一次又一次地逃开，逃到别人碰不到我身上的刺的地方。

只是凌浩不懂。

夏爸爸却懂。

夏爸爸曾说当他第一次在垃圾桶旁边看到我的时候，就像是看到了当年的他自己，于是他就决定了要抚养我。他还说我虽然倔强，本质却不坏。

我跟夏爸爸的对话并不多。因为有许多话，不用明说，彼此已心照不宣。我明白夏爸爸的话。看着夏爸爸，再看看镜中的自己，一样的倔强的眼睛，一样的淡然的神情。

遇到夏爸爸是我的幸运。这世上没有第二个如夏爸爸一样懂我的人。所以尽管不愿，我还是会回来。

夏妈妈是一个温柔如水的女人，对我的到来，她没有说过一句反对的话。甚至对我的冷漠孤僻，她也只是温柔地微笑。夏妈妈从来不会喊我“小六”，也不会像我记忆中的那个女人一样对我大声咆哮。

落落是除了夏爸爸之外第一个接纳我的人。身着粉色蓬蓬裙的落落，头上的粉色蝴蝶像是要迎风起舞。站在高傲而又美丽的落落身边，我只能把头低到尘埃里。只是落落从来没有嫌弃或是厌恶过我，无论我对她怎样的冷落刁难。

凌伯父打电话来邀请我们全家去吃饭的时候，还嘱咐夏爸爸一定要将我带去。

我没有去。夏爸爸亦不会勉强我去。

只是后来听落落说，凌浩在那天晚上喝了许多，也吐了许多，临被子凡拉走的时候嘴里还一直在叫我的名字。

夏爸爸什么都没有说，只是沉默。

日子如水般在指缝中流逝，窗外的蔷薇花开了又谢。落落和子凡已忙着在找工作，凌浩接手了他们家的公司，而我仍继续着我的大四。

学校准备资助五个学生出国留学。主任说我是内定的人选。我一直在犹豫自己该不该离开。

因为，我一直在等。

等子凡的爱情。

我爱了子凡六年。六年，说长不长，却足以耗尽一个女人最美的年华。

落落和子凡的工作都没有着落，只好接管了夏爸爸手中的生意。现在的他们已经在谈论婚事。

记忆中的那个女人不知怎样找到了我。看着她微白的双鬓，憔悴的神情，我突然就不知所措了。我一直在心里怨了她十六年，恨了她十六年，却在见到她的这一刻，一切都云淡风轻了。

只因她的那一句“小六”。

落落要我做她的伴娘，我毫不犹豫地拒绝了，在他们结婚的前一天，我飞去了加拿大。

所有的人都知道我为什么要走，可是他们不知道的事情更多。

他们不知道为什么我明明最喜欢吃杏仁，却又从不吃杏仁，至少在他们任何人面前都没有吃过。他们怎么会知道呢，从五岁那年的夏天起，我就再没有吃过一颗杏仁。我记得以前我家的院子里就栽着一棵杏树。爸爸身体不好，许多人都说是那棵杏树的风水有问题。可是妈妈一直都不肯砍掉那棵杏树，只因为她的小六最爱在杏核都晒干之后，坐在她的膝头上，看她用砖头将那些杏核一个一个地敲碎，然后将一颗颗又白又胖的杏仁放在她的小六口中。

他们不知道我一直都记得回家的路，只是我从来都没有回去过。只要那个女人对我说出“回来吧”那三个字，我就会毫不犹豫地回到那个我时刻都不曾忘却的地方。

他们更不会知道，其实早在落落跟子凡恋爱之前，我和子凡已经确认了恋爱关系。只是在子凡跟我去了一次夏家之后，落落就和子凡成了男女朋友。这件事也只有我跟子凡知道。所以我一直在等。等子凡的爱情。

还有一件连子凡也不知道的事。就是我听到了夏爸爸和夏妈妈的对话。我记得我听得最清楚的一句话就是夏妈妈说的，“我们可以撮合阿浩跟叶然那丫头啊，实在不行，你就把位子让给子凡，我就不信子凡那小子会舍得离开咱们家落落。”

最后一件事就连我自已都不清楚，谁是我第四个说话的对象。是十五岁那年我第一次走进的那家餐馆的胖胖的老板，还是十五岁那年爱上的子凡，抑或五岁那年我在垃圾桶旁捡到的“六儿”?

我走的那天，院子中的蔷薇花开得正盛，一朵紧挨一朵，就像要将整个的生命都燃烧殆尽，就像我初来夏家的那一天。看着在蔷薇花下嬉闹的几只雪白的小哈巴狗，我似乎又看到了我五岁那年看到的“六儿”。我还记得当我从那个偌大的垃圾桶旁走过时，“六儿”就一直跟在我身后。我走它也走，我停它也停。于是从那一刻起，我就决定了要收养“六儿”。

也只有“六儿”始终对我不离不弃。

# 娘的儿子叫成成

■ 吴盼尔雅

自打娘从乡下过来，住进我与小月的新房子，我的生活就彻底混乱了。

我与小月是2007年12月28号结婚的，在乡民酒楼举行，结婚那天，娘没来，不是不让她来，而是她守在我读小学的校门口，死都不肯动。

“成成要放学了，我要领他回家吃饭。”娘穿着一层又一层的薄褂子，裤子素灰，棉鞋破旧但干净，脑袋上顶着一顶枣红色的毛线帽。

下课铃响，全校的学生娃儿从小小的校门蜂拥而出，顿时将娘埋没，只见得到那团枣红色在人群中摇摇晃晃，直到小学的最后一个娃儿走了，娘都没接到成成。

因为我叫李大成，成成是我的小名，那天的我28岁，正在乡民酒楼与小月结婚。

陈小月和李大成在乡民酒楼办婚宴，全乡的人都知道，只有娘不知道，娘只知道要接8岁的我回家吃饭，娘的记忆永远都在我8岁以前。

与小月离乡进城的时候，娘守在院门口，看着搬运工一箱一箱地把我的物品拖走，她只是无聊地吧唧了下只剩四颗牙的嘴巴。

“娘，跟我和大成一起走吧，住城里的大房子。”小月对娘说。

“等成成呢，还没放学，这娃又贪玩，不知道什么时候回来。”枣红色的毛线帽没有转动，娘没有看小月。

娘这一等就是四年，直到乡下的房子改建，小学被夷成平地，变成了乡长的新房子，乡长难为情地来见我和小月，说：“这样搞不行啊，你娘她天天在我家门口……”

那天是大暑天，娘被我硬塞进了小车，就这样运进了城，运进了我和小月，还有儿子小斌的生活。那天，她仍旧戴着她的那顶枣红色毛线帽。

小斌四岁了，虎头虎脑，像我。爱拆家具，家里没有一样不是他拆过的，也爱新鲜的东西，只要一有他不知道的东西，一定拽着你到弄懂为止。

我娘的出现，成了小斌眼里最新奇的东西。

“爸爸，这是谁？”

“我妈妈，你奶奶。”

“奶？原来我也有奶，我一直以为只有班长皮蛋才有奶呢！他奶天天接他回家，还从布袋子里掏钱给他换棉花糖。”小斌开心地揪着自己的脑袋，“那我奶也可以接我吗？”

我与小月互相看了一眼，我知道了小月的想法，同我一样。可以是可以，但是娘的情况连自己都照顾不好，何况她走惯了乡里的泥路，城市的马路，她认得吗？

“爸爸，你小气，你不把你妈妈借给我！”小斌时常语出惊人。

“这……好吧，小月你明天带着娘认下路。”我对小月说。

“咦，爸爸，你妈妈来了，那我妈妈怎么办？”小斌开始思考问题，不及我们发问。“你说过，我们家只能有一个妈妈和一个爸爸，那样叫作幸福。”

“小斌不想不幸福。”小斌痛苦地皱着眉毛，同吃了酸杨梅一个表情。

“啊，不是的，你妈妈是我奶，那就不是妈妈。对不对？”小斌似乎又吃了一颗糖，开心起来。“小斌还是只有一个妈妈。哈哈，还多了一个奶，有奶的皮蛋可以当班长，小斌也可以当班长了！”

小斌那晚激动得很晚很晚都睡不着觉，与小斌一样睡不着的还有我娘，因为她站在我们为她准备的老人专用床边，告诉我们，找不到自己的床。

半夜，我和小月绞尽脑汁，最终想到看看娘的破布袋子里有没有什么好东西可以让娘安心睡觉。可是，我们从娘的破布袋子里只翻到了一个棉疙瘩，娘竟开心地抱着这棉疙瘩睡了。

我没有对小月说，那是我小时候最爱穿的一件棉袄。

第二天，小月带着娘和小斌去幼儿园，幼儿园不远，家门一出直走再拐一个路口就是，小斌背着他的黄鸭子书包牵着他奶奶一路跑跳，我娘“咯咯”地笑：“成成，慢一点，娘跑不动。”小月无奈地跟在后边叹气。

当晚，小斌和娘按时回到了家，我和小月稍微晚了一点，因为我们害怕出事，提前在幼儿园附近躲着，跟了一路。

一路上，除了在路口的时候，娘的枣红色毛线帽被一个树枝刮落，娘悠悠地蹲下，小斌捡起那团枣红色，给比他高不多少的奶戴上了帽子，除此之外，好像就没有什么意外发生了。倒是我，因为惊奇老太太和小屁孩居然认得路，而不慎被自家楼下突然多出来的一块砖绊倒。

打那天以后，娘和小斌成了好朋友。

“爸爸，我知道了你一个秘密。”小斌趴在我的耳朵边，“奶叫的成成是

你，对不对？”

我握着遥控器，盯着屏幕，调着台，“嗯。”

过了几天。

“爸爸，我又知道了你的一个秘密。”小斌又趴在我的耳朵边，“小时候你一定常尿床，对不对？奶最近总是会在我睡觉前往我床上铺一块布，‘成成，别尿了床’。”

我握着遥控器，盯着屏幕，调着台，“……”

又过了几天。

“爸爸，我又知道了你的一个秘密。”小斌再一次趴在我的耳朵边，“你不喜欢吃鸭蛋。”

我握着遥控器，盯着屏幕，等大侦探小斌继续说。

“奶昨天对我说，‘成成，别老欺负丫蛋’。”见我点头，小斌欢呼雀跃指挥厨房里的小月，不要做鸭蛋。

丫蛋是乡下家隔壁王婶的女儿，小的时候，我总是喜欢用石子儿丢她。

两个月后。

“小月，我受不了娘了。”我压低声音，对枕头那边的小月说。

“娘是好意，虽然这大热天的给小斌盖棉被，大冬天可能会把风扇搬出来。但是，娘是好意。”小月的眼睛在昏暗的光线里很美，“发现没有，小斌很喜欢娘，娘能够有小斌陪着，也是上天赐给的福分。”

“小月。”我压了压枕头，将头埋进枕头里，没有再说话，小月拍着我的背，一下一下又一下。

当年，娘也是这样拍着哥哥李大成的背。

我与哥哥是一起在娘的肚子里变成人的，出来的时候，我哥占了主要通道，于是他先出生，成为了我哥哥，成为了李大成，我叫李小成，我们俩都没有爹爹，爹爹早在娘刚怀上我们这两个臭崽子时就被车祸夺走了性命。

娘从小就宠哥哥，送他上学，送我挖田。我不服气，叫来虎娃、狗子几个玩得好的，在他放学回家的路上堵他。路边有一个不深不浅的池子，在那里我和我哥很爷们儿地干了人生中第一场架，也是最后一场，因为在混乱中哥被我推进了池子。丫蛋在一边抱着哥的袄尖叫，哥在打之前怕弄脏，就脱了交给了丫蛋，她是哥哥的同桌，哥哥老喜欢拿石子儿丢她，她喜欢他丢。但她不喜欢我拿石子儿丢她，为这我研究了好一段时间石子儿。

哥哥掉进这个不深不浅的池塘，再也没有睁开眼。

娘打那以后，天天守在小学门口，接李大成回家，我天天守在家门口，

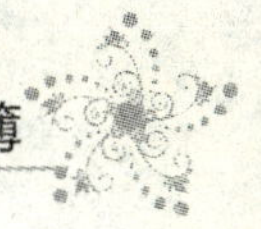

等娘回家。

再之后，我去改了名，改叫李大成，乡里人渐渐叫习惯了。

娘却从未肯喊我一声李大成。

娘恨我，所以她没有参加我的婚礼，也不愿意来我的新家，这么多年了，她的眼里只有李大成，真正的永远活在8岁的李大成，她偏心，我恨过娘，可我也心疼娘。

“奶，这个是坏的。”小斌和娘坐在餐桌旁，我看小斌把手里只有半边的苹果递给戴着枣红色毛线帽的娘。

“好成成，坏的娘吃，坏的娘吃。”娘接过小斌手里的苹果。

“小斌你在干什么?!”我几乎是咆哮着对小斌说，小斌手一抖，苹果掉在餐桌上，“老师教过要尊敬老人没有?”

“老师教过。”小斌低头。

我不说话，小斌抬头，眼睛里全是泪水，说:“但是，小斌没有做错事。”

小斌吧嗒吧嗒跑过来，眼泪落了一地，他搬来一个凳子，站在凳子上，踮着脚趴在我耳边，说:“奶不舍得吃好的东西，小斌心疼奶。所以小斌就把好的苹果咬掉一半，告诉奶是坏的。小斌想要奶吃好苹果。”

难怪小月每次想扔掉的坏苹果都不见了，小斌的鼻涕蹭在我的下巴上，我亲了亲小斌，把小斌抱下了凳子。

小月说得对，娘能有小斌陪着，是上天赐给的福分。

我从没告诉小月我与娘的事情，她竟懂得。

小斌满9岁的时候，娘去世了，她神志不清地躺在床上两年，小斌过完生日的第二天，就像是打破了哥哥8岁时离去的咒语，娘也安心地去了。在她夜晚抱着睡觉的棉袄里，小小的口袋里有一张叠了又叠的细小纸条，边角已经发黄了，我小心地打开，上面模糊的字迹写着:

校长:

我没有钱，供不了小成上学，我让大成把我的嫁妆发簪送来，请求你，给我们家小成一个上学的机会。

李秀兰

李秀兰:

我让大成把发簪收好带回，明天叫小成来上学吧，你已经够苦了。

校长

这是哥的棉袄，8 岁那年我和他干架的那天，他就穿着它，他脱了书包，脱了袄，说：“丫蛋，帮我拿着袄，我要好好教训这坏小子，谁叫他不明白娘。”

哥，我明白娘了，是不是太晚了?!

小斌拿着一颗他故意咬掉一半的苹果，放在桌子上，对着黑白照片里的娘说：“奶，这个是坏的，不能吃了。”

娘依旧戴着她枣红色的毛线帽，她的牙齿没有了，嘴巴深深地卷进去，她迟缓地抓着苹果：“好成成，坏的我吃，坏的我吃。”

我突然想明白，虽然我哥叫李大成，我叫李小成，但是我们的小名都是成成。

# 静待栀子花开

■ 奋斗猴子

"室缺 3mm，导管未闭……经确诊为先天性心脏病。北京弘仁医院。1991 年 2 月 2 日。"

泛黄的通知单被捏出褶皱，如同炽黄的灯下泛起的涟漪，她的目光呆呆地滞留在单子右下角的日期——1991 年 2 月 2 日，那是自己出生一个月的日子。

## 一

这个怡人的夏季滋养了校园中的花花草草，洁白的栀子花摇曳着乳白色的花瓣，呼吸之余旋荡着淡雅的芳香。高大的法国梧桐遮天蔽日的肆意伸展自己那修长的手臂，如今已能触及三楼的教室窗口了——两个月前，那个窗口是属于萧雅的。

这种熟悉的画面容易勾起人们对往事的无限怀念，萧雅晃晃脑袋，搅碎了脑海中正欲串联成线的支离碎片，伸出左手的中指和食指，轻轻地在嘴唇上按了按，两指回旋，一种微妙的情感穿梭在车水马龙之间。

喂，再见。

萧雅用嘴角的微笑告别初中的校园，没有无奈，没有遗憾。

马路对面矗立着萧雅向往已久的"殿堂"——黄佐中学。她向往这所初中的原因很简单。首先，黄佐是市重点，迈过这个门槛，只要再提提衣裙就能大步流星地走进理想的大学；其次，萧雅心里有个奇怪却很现实的想法，上了高中，就不是小孩子了，这种长大的速度比一年吃一块蛋糕快多了。

高中这道门槛将萧雅的人生分割在两边，一半已去，一半未知。

"生活如此美好！"面对新的校园，萧雅心中暗暗呼喊，忽然想起契诃夫的几句话："要是火柴在你的衣服里着火了，那你应该高兴而且感谢上苍：多亏你的衣袋装的不是火药库；要是你有一颗牙痛起来，那你应该高兴：幸好不是满口的牙痛；要是你的手指扎进了一根刺，那你应该高兴：很好，多亏这根刺不是扎在眼睛里。”萧雅记得自己是在期末考试的阅读题上读到这几句话的，当时过于沉恋于这几句富含哲理的话，越咂摸越有味，结果耽误了考试，考出来一个没味儿的成绩。

离报到的时间还早，萧雅掏出背包里的相机，兴致勃勃地拍起了照片。

这座雕像真是壮观，“咔”；

学校里的花池里竟然有栀子花，“咔咔”；

对了，还有门口那个大牌子，多来几张，“咔咔咔”

……

新学期第一天轻轻松松地过去了，萧雅被编在了十五班，班主任是一个中年男子，三十岁左右，谢顶。刚进教室时，萧雅的眼睛被一束强烈的阳光晃了一下，定睛一看，原来是老师的脑袋。萧雅的新同桌是个可爱的女孩，茸茸的短发，圆圆的脸，笑起来很像阳光下的猫咪。

一切都棒极了！

萧雅觉得自己就像是一个充足了气就要飞上天空的气球。

夜色漫上小城，像宣纸上的墨汁，越渗越浓。

走廊上传来督导员老师的高跟鞋与大理石地面撞击的声音，接着就是一片“啪啪”的关灯声。

## 二

302宿舍是萧雅的新寝室，上上下下一共四张床都铺着学校发的蓝格子床单。最让萧雅满意的是那个露天阳台。不足四平方米的一片水泥地，一棵法国梧桐的树冠刚好触到阳台边缘。

萧雅的舍友是三个有一大堆故事的女孩。

老大当然是舍长了，小名叫佳佳，最享受的事情是边洗脚边吃薯片，腿上再摊一本王小洋的惊悚漫画，时不时阴阳怪调地冒出几句“哇，帅呆了！”“要西，欧巴桑！”她不但不停地做嘴皮子功夫，脚也不老实，每当看到惊悚之处，就扑棱扑棱地溅得满地都是洗脚水，然后两腿一蹬，扯过被子就往脸上蒙，嘴里还嚷嚷着：“哎呀妈呀，吓死我啦，吓死我啦。”胆小就别看惊悚片啊，可是人家佳佳说：“找的就是刺激！”

萧雅的下铺林妙玉，是个大家闺秀。妙玉的妈妈是个女强人，在全市开了三十余家“女子瑜伽”，模特出身，身材一流，把女儿养育的更是如花似玉。出于如此优越的家庭，妙玉打小就是个“潮人”，上幼儿园时小嘴随便一动就能说出几个雷死老师的奢侈品牌，对“Prada”和“Galvin Klein”早已习以为常。不过在学校里，妙玉从来不提自己家里的事儿，更不炫耀这些，只是和其他女孩子一样穿校服，吃食堂。她的骨子里流着从妈妈那里继承的“女强人”的血液，她知道，这些都是妈妈的，不是她的，她的未来要自己走。

若然就是那个笑起来很阳光的猫咪女孩，亚麻色的茸茸短发，校服穿在她清瘦的身躯上显得有些单薄。她和萧雅一样，是个喜欢在自己世界里生活的女孩，喜欢看书，喜欢听歌，喜欢看太阳起落，喜欢到阳台上吹吹凉风。若然从不动气，从不发愁，她的脑海里有无尽的遐想，丝丝缕缕，简单而又深邃。

“萧雅、妙玉、若然！”佳佳的一声召唤，四个脑袋瞬时凑到了一起。

“你们晚上有没有听到一种声音？”

“咱们宿舍里没有人打呼噜吧？”

“不是宿舍里，是阳台上。”佳佳压低了声音神秘地说。

“喂喂喂，苗佳佳，”萧雅把脑袋从四个人中抽出来，“你是不是看惊悚漫画看多了。”

“我发誓，我没有编造谎言，是真的，真的有一个声音——每天晚上——就在阳台上。”佳佳迫切地向萧雅证明自己是认真的。

“什么样的声音啊？”林妙玉满腹疑惑。

“声音很小，不是很清楚，但绝对是有声音的，好几天了，就那么一个声音。”

“好像有那么个声音，前天晚上我起来上厕所的时候也听到了。”若然是从来不开玩笑的，她这样一说，整个宿舍的气氛就紧张起来。

“这个宿舍原来不会出过什么事吧？”萧雅这句话貌似是对着苗佳佳说的。

“啊！鬼啊！”吓得苗佳佳一下子扑到被子里去了。

四个女孩盯着阳台，好像那里真的有鬼魂在飘动。

“喂，该熄灯了。”萧雅对下铺的妙玉说。

“我有点怕。”佳佳蜷缩在被子里。

“佳佳，你别再吓……”

“嘘，听。”妙玉小声说。

阳台上传来声音。那声音很细很长，像被扩音器放大了几倍的蚊子的声音，软软的，从阳台上传来。妙玉翻身下床，那声音戛然而止。

“咦？怎么没声了？”

妙玉壮起胆子推开了阳台门。

“啊！”妙玉佯装一声惊叫。

“啊啊啊啊！”随之而来的是一屋子的惊叫。

“妙玉，你没事吧？”佳佳从被子里发出战栗的声音。

“妙玉，到底是怎么回事？”萧雅从上铺伸出脑袋。

“哈哈，佳佳，你的胆子比鹌鹑蛋都小。”妙玉扑哧笑了出来，“来，你们快来看，是一只小猫。”

四个女孩聚到阳台上。

不知是冷还是害怕，那只小猫瑟缩在角落里，一声也不吭，两只亮亮的眼睛紧紧地盯着人看，身体颤抖着，落魄的样子惹人无限怜爱。

“它是不是饿了呀？”若然小声说。宿舍里的零食都吃光了，萧雅看桌子上有瓶水，就往手心里倒了些，伸到小猫的嘴巴下。小猫一下子站起身来，犹豫地向后退了几步，过了一会儿，向前探了探脑袋，用胡须触了触萧雅的手。小猫见她没动，就放松了警觉性，重新向前走了几步。它抬头看了看萧雅，胆怯的眼睛里噙着些泪花，那一刻，萧雅感觉眼前的这只小猫更像一个流浪的孤儿。

小猫把头埋进萧雅的手心，舔起水来。它舔得很用力，好像恨不得一下子把这些水都舔进肚子里。

看着手心的水快干了，妙玉从宿舍里拿出一瓶水。小猫猛地一抬头，看到了那瓶水，纵身向妙玉的手扑了过去。妙玉吓了一跳，手中的水瓶掉落在地，涓涓地流淌。小猫站在水流中，用红色的小舌头如饥似渴地舔着，腹部和脖子上的毛都湿了，四只小爪子成了小泥爪。

小猫，如果你能像人一样拿起水瓶来喝个痛快那该多好啊。

小猫，你多久没有吃饭了，没有喝水了？

小猫，你的家在哪儿？

……

萧雅怜悯地看着眼前这只落魄的猫，“生命”二字像烙印一般在脑子里灼烧，胸膛里突然一阵阵剧烈的痛。每个人的生命只有一次，猫也一样，与人相比，它的生命更为短暂，既然命运驱使它找到这里，那它就注定要活下去，继续这段生命。

“咱们把它留下吧。”与其说是商量的语气，不如说是一个人的决定。

没有人反对。

夜色愈来愈浓，四个穿着睡衣的女孩静静地围在阳台上，中间是一只拼命舔水的小猫。

## 三

詹姆斯·卡梅隆用让人目瞪口呆的方式把科幻片带入 21 世纪，潘多拉星球的热潮已经涌入地球，日益飙升的票房让所有人对《阿凡达》充满了好奇，于是票房更加疯狂地飙升。

萧雅是乐于为电影贡献票房的那种人，从小到大看了无数部电影，从五元一张的儿童票到如今三十一张的半价，她见证了 90 后电影院的发展。在这几个小时里，电影会让你忘掉现实，忘掉自我，忘掉周围的一切，电影院的灯光一旦关上，就只有你和另外一个世界，你可以哭得稀里哗啦，没有人会知道，一场电影结束，你甚至连身旁坐的是谁都不记得。

在这座小城生活了十多年，看过无数电影，进电影院之前，萧雅总是会买一袋爆米花，她记得电影院门口开始是一个推着小三轮车的大妈，头上扎着一块头巾，冬天裹着厚厚的花面棉袄，坐在一个小马扎上，车上放着个小锅，大妈用手摇着小锅旁边的一个把手，听见锅里“嘭”的一声巨响就是爆好了。萧雅不敢听最后那一声巨响，总是躲在爸爸身后，紧张地捂着耳朵。不过，她喜欢大妈最后说的那声“好嘞”，腔调很像新疆人在卖羊肉串。后来，爆米花的机器越来越先进，直到进化成现在的这种机器，呼啦呼啦地从上面撒下爆米花，很像老虎机。

在萧雅的软磨硬泡下，佳佳最后终于答应陪她去看《阿凡达》了，条件是一本王小洋的漫画书外加薯片三大包。大不了睡上三个小时，佳佳做好了最坏的打算。

潘多拉星球和人类的战争，Jake，阿凡达。灵魂树，伊兰卡，魅影骑士，圣母显灵……

电影结束已经是晚上九点了，两个女孩还沉浸在另一个世界里。

“纳威人真帅！”佳佳满眼放光地说。

“人类真是魔鬼！”这话一出口，萧雅感觉自己像是个人类的叛徒。

“还好，纳威人打败了人类，保住了潘多拉。”

“不，获胜的不是纳威人。”

“嗯？是阿凡达？”

“是圣母。”

纳威人和地球人都是圣母的生灵，她不会偏袒任何一方，她的职责是保护森林。然而，人类肆无忌惮的轰炸让神圣宁静的森林变得狼烟四起，这样残暴的行为让圣母忍无可忍，地球人必须受到惩罚，这是报应。

“佳佳。”

“嗯?”

“你记得那个科学家 Grace 博士吗?”

“嗯，当然。”

“Grace 博士临终时在灵魂树下说了一句话‘我见到了圣母’，她让我想起了奶奶，奶奶也相信神灵。”

“咦? 从来没有听你提起你的奶奶。”佳佳往嘴里丢了两片薯片，舔了舔手指。

“在这个世界上，她是最疼爱我的亲人。”

奶奶十分疼爱萧雅，把她从小带大。那时候萧雅刚刚三岁，不好好吃饭，整天吃糖，小乳牙都长成了小蛀牙。奶奶为了让萧雅吃饭，端着饭碗从楼上追到楼下，萧雅的小腿溜，在前面呼呼地跑，奶奶的腿患了老病，走得不快，更不用说跑了，只能在后面扯着嗓子喊：“萧雅，萧雅，回来把这口饭吃了，听话。”不谙世事的萧雅依然在前面开心地跑，她只把这当作游戏。最让奶奶心疼的一次是萧雅六个月大时，奶奶去客厅冲奶粉，萧雅不小心从床上翻下来，头撞到镜子上，被撞碎的玻璃哗啦啦地落到地上，奶奶吓坏了，抱起萧雅，颤抖着手拿纱布去擦萧雅头上的血，可是血不停地流，不停地流，怎么也止不住，奇怪的是，小萧雅一声都没哭，只是用舌头舔了舔手上自己不熟悉的腥红的液体。

萧雅把这些讲给佳佳听，佳佳听的太入迷了，手滞留在包装袋里，忘记把薯片塞进嘴里。

“萧雅，你好幸福，有这样一个疼你的奶奶。”佳佳挽起萧雅的胳膊。

“呵呵，是啊，奶奶最疼我了。”一抹幸福挂在萧雅的嘴角。

“现在她和你们生活在一起吗?”

“哦，不，奶奶去年过世了。”萧雅抿了抿嘴唇，抬头仰望星空，她知道那个笑很笨拙。

佳佳在旁边看着她，像个说错话的孩子。萧雅的睫毛很长，眸子里流淌着某种正投向星空的感情，披肩长发是暖暖的亚麻色，在秋风中轻轻飘起，又悄悄落下。佳佳牵起萧雅的手，和萧雅一起仰头看天。女孩子之间的安慰很简单，只要有靠在一起的温暖。

“奶奶她喜欢栀子花，就在阳台上养了一株，洁白的六瓣花，花心带点粉色，小小的，很可爱。奶奶说，栀子花的六个花瓣就像是我们一家人，永远在一起。”

“萧雅，你喜欢栀子花是因为奶奶吗?”

“也许是吧。小时候，我只知道这一种花，长大了也就喜欢上它了。”

“明年高考完，咱们一起去看花吧。”佳佳握着萧雅的手，它被秋风吹得有点凉。

“好啊，清风潭的栀子花最好看了，我们去那。”

“嗯，一言为定，咱们四个，谁都不能少。”佳佳伸出小拇指。

萧雅也伸出小拇指，两个女孩拉钩钩约定。萧雅看着佳佳开心的样子，扯了扯嘴角，平静的表情中流露出一抹不被察觉的忧伤。

## 四

时间踏着青春的脚印疾驰而过，高考的气息愈来愈浓烈，像一团炽热的火焰，下一秒就要扑面而来。

五月的栀子花泛出了淡淡的粉色，含苞待放，在撩人的春风中积蓄着养分，等待一个适宜的时机绽放。

那只流浪猫在四个女孩的精心照料下生活得很好。现在，它有一个绵软的小窝——一个伊利纸箱里铺了厚厚的毛毯，吃不完的美食——四个女孩吃饭时总不忘从食堂里给小猫带回来点吃的，丰衣足食的生活让去年还瘦骨嶙峋的小猫显出了几分富态。

若然从食堂里带回来一条红烧鱼，这是小猫最喜欢的。她推开阳台的门，看见小猫正和阳台上栖息的小鸟嬉闹。它跑到阳台的一边，把身子压低，两条前腿尽力伸展开，两只深邃的绿眼睛瞄准台沿上的那只小鸟，瞬时，如同一个勇猛的“捕猎者”扑了过去，小鸟惊得不轻飞到树枝上去了，让小猫扑了个空。它不依不饶，重整阵容，等待下一个“猎物”。

若然把鱼倒进小盘子里，轻轻唤了声小猫。小猫屁颠屁颠地跑了过去，亲昵地蹭蹭若然的腿，然后就没空搭理她了，只顾埋头大吃。若然笑着摸了摸小猫的头，然后抱着书本，坐在一旁看小猫吃饭。

“若然，怎么有空在这儿悠闲?”萧雅也出来到了阳台上。

“最近天天复习，搞得我晚上一躺下脑子里全是圆周运动，睡不着，就来这里轻松一下。”

“呵呵，怎么样，明天就要上战场了。”

“还好啊，你呢?”

“我啊，没问题。”萧雅冲着若然调皮地眨了眨眼睛，“你想考哪所大学?”

“考哪儿无所谓，只要不是大都市就好。你知道，我想安静地写些文字。”若然莞尔一笑。

“嘿，这样也挺好。”话音刚落，萧雅觉得胸口闷得厉害，身上冒出了很多虚汗。

“你怎么出汗了?”若然擦了擦萧雅额头上的汗珠。

“哦，天有点热，我去喝点水。”萧雅慌忙地打开宿舍的门，逃避掉若然那双怀疑的眼睛，她不想让若然看出点什么。

萧雅这是怎么了?若然看着她慌忙的背影想。

很快，命运的缰绳交到了莘莘学子的手中。

窗外的阳光安静地洒在忙碌者的衣襟上。

清风潭旁，萧雅坐在轮椅上，她的心脏疼得厉害，脸色白得像栀子花的花瓣。妈妈在后面推着轮椅，看着萧雅虚弱的样子，眼睛里总有泪涌出来，但每次她都忍住了。

“妈妈，你看，它开得多美啊!”萧雅给妈妈指着自己面前的一朵栀子花说。

“萧雅，还记得奶奶说的话么，这栀子花就像咱们一家人，永远在一起。”

“奶奶的话我当然记得，只是——妈妈，我知道自己的病治不好了。”

“傻孩子，净说瞎话，医生都说了有八成的把握了，你只管好好地玩，你想去哪儿妈妈就带你去。”

“妈妈，我哪儿都不想去，只想在这儿看花。”萧雅用手拨弄着花蕊，她心里什么都明白。

“好，妈妈陪着你，咱就在这里看花。”眼泪终究流了下来，妈妈转过头去用手背拭去。

“妈妈，让我回家住吧，我不想在医院里。”

妈妈泣不成声了，手背已经被泪水浸湿。萧雅转过身来，握着妈妈的手。“妈妈，您别伤心。这十六年来，您和爸爸一直在帮我找医生，咱家的积蓄都用在我的身上，你们为我做的太多太多，该说对不起的是我。”

“萧雅，别说这些——”

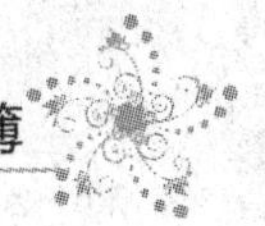

“妈妈——”

萧雅咬着发白的嘴唇，看着泪眼婆娑的妈妈。

“我爱你们。”

妈妈的泪珠像断了线的珠子，滴在萧雅的手心里。

妙玉、佳佳、若然：

祝愿你们都能如愿以偿，考上理想的大学。

很抱歉，我不能陪你们了。

对你们而言，未来还是个梦，对于我，这个梦已经醒了，或者说，上帝根本没有给过我这个梦。现在的我正躺在医院的病床上，医生为我做着最后的努力，这一切无非是在为我多争取几天，或者是几个小时。

其实，我早就明白，有这样一个患先天性心脏病的身体，自己的生命注定是短暂的。从小到大，爸爸妈妈为我操碎了心，他们的头上过早生出了本不应该属于他们的白发，有的时候，我恨自己，也恨老天，我恨自己连累了爸爸妈妈，我恨老天把我的生命延续的这么久。你们不会体会得到，当你的生命成为别人的负担时，那种感觉真的是生不如死。然而，我也明白，爸爸妈妈最希望看到我笑，只有当我最开心的时候，我才能看到他们脸上的笑容。姐妹们，今后只能拜托你们帮我照顾好爸妈了。

有时候我又觉得自己是上帝的宠儿，命运让我遇上了你们。和你们在一起是我最开心的时候，无论是笑还是哭，都是我最美好的回忆。这三年，你们让我懂得了爱，懂得了坚强，懂得了珍惜。更重要的是，我已经能够坦然地面对死亡，它是每个人必须经历的盛大节日，只不过我的提前了一些。

佳佳，很抱歉，我不能继续遵守我们拉钩许下的诺言了。昨天，妈妈带我去了清风潭，那里的栀子花开得很美，你说那个世界会不会也有栀子花？

妙玉，你一直像姐姐一样照顾我，有你在身旁，我觉得自己什么都能挺过去，谢谢你。

若然，我可爱的同桌，知道吗，你笑起来很像猫咪呢！

姐妹们，你们要笑着活下去，你们要永远在一起！

相信我，在那个世界里，有奶奶的陪伴，我会过得很好。无论在哪里，我会祝福你们的。

萧雅留

又是一个初夏，栀子花又迎来一次初生。

# 总会有人替你来爱我

■ 奏九

一

生日前几天，不出意料地，我收到了南晓勇寄来的同城快递，是一件鹅黄色的羊毛衫，是我最爱的颜色，在身上比比，正好合身。一个年轻的同事直夸好看，问我是不是儿子寄的，我笑着摇摇头，同事继续八卦："那是谁寄的啊，姐姐你交男朋友了啊？"

我哭笑不得，打电话告诉晓勇收到了他的礼物，他紧张地问："合身吗？"我有意逗他："有点儿小呢。"

"不可能啊，阿姨的尺寸我还不知道吗，是不是他们的码不标准啊？"这小子够自信的，我笑着解释逗他呢，他才长出一口气。

"阿姨，你这周末有时间吗，我请你吃个饭，顺便让你见个人。"

"哟，是不是交女朋友了？"

电话那头他嘿嘿一笑，我又问："给家里人看过了吗？"

"当然要先给阿姨你看啊，这关你可得给我把好，它关系到我的终身幸福。"南晓勇嘻嘻哈哈开始犯贫。

我心底涌起一丝得意，为自己如此被信任。南晓勇都交女朋友了，真好。我不由又想到科科，如果他能活到今天，也该领女朋友回来让我"把关"了吧。

科科，妈妈依然很挂念你，可妈妈现在活得很好。妈妈之所以能如此淡定从容，一切都因为南晓勇，那个你用生命换来的人。

是十多年前的事儿了。那时科科刚读初中，南晓勇是他的同桌。科科好像很喜欢这个同桌，动不动就提起南晓勇。他还在作文里这样写南晓勇：他的眼睛实在太小了，好像老天造他时偷了个懒，只是简单用小刀给他划了一个缝，就这老天还觉得不够，还有意给他点了一脸的雀斑。不过南晓勇一点也不在乎自己的外貌，他的名言是"人美不在脸上"。还别说，南晓勇既幽

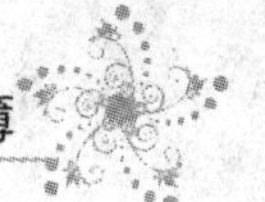



默又善良，还特聪明。

很快，我见到了来找科科玩的南晓勇，想起科科作文里对他贴切的描写，我便忍不住，“扑哧”一声笑了。

后来我才知道，老师让科科和南晓勇坐同桌，是为了“帮扶”学习不好的南晓勇。南晓勇父母是进城务工的农民，在早市上卖煎饼。坦白讲，知道这些情况后，我有点别扭，哪个家长愿意让自己孩子和“差生”同桌呢？科科却很喜欢南晓勇，不但约他来家写功课，有好吃的好玩的也乐意和南晓勇分享。我尊重科科，没有去干涉他们的友谊。

科科偶尔也去南晓勇家，据他回来讲，南晓勇家条件不是很好，住的是城中村的廉租房，他还有个哥哥，初中毕业后，帮爸妈打理早点摊儿。我隐隐有些同情这个孩子，有时还会留他在我家吃饭。

我怎么也没料到，我们对南晓勇那么好，他却成了“杀死”科科的罪魁祸首。

那个暑假的午后天热得像下火，南晓勇约科科去护城河边玩，大热天的，我不想让他们出门儿，还特意给他们开了空调拿了雪糕。可我只离开了一会儿，两个小家伙就跑出去了，我有点儿生气，想着科科回来了一定要好好批评他一顿，可科科却再也没回来。

南晓勇打来电话说科科出事儿了时，我完全蒙了，忙问怎么了，南晓勇却并不解释，只是颤抖着声音让我赶紧过去。我和老公匆匆赶到护城河边时，警察和救护人员已经到了，而我们的儿子科科，却再也睁不开眼睛了。

南晓勇解释，他和科科本来只是想看钓鱼，没想到他却不小心掉进河里，科科于是去救他，他最后没事儿，科科却没能上来。

我无论如何也不能接受这个事实，拼命摇晃着南晓勇，让他赔我儿子。南晓勇吓傻了，他的父母忙走上前，给我跪下了。

那几天，我都不知道自己是如何撑过来的，每夜都梦见科科在水中挣扎，让我救他，我一次次从梦中惊醒，恨不得随科科而去。

我觉得这都是南晓勇造成的，如果那天不是他来找科科玩，如果不是他拉着科科出去，如果不是他落水了，科科怎么会死？

所以，当南晓勇第五次来到我家请求原谅时，我拿起菜刀劈头就向他砍去，幸亏老公拦着，我只是划破了他的胳膊。南晓勇被送去医院，而我，险些被送进精神病院。

## 二

科科去世后很长一段时间，我都无法从阴影中走出来，家人建议我和老公再生一个或者领养一个，可我却觉得科科是无法代替的，再生或领养，都是对科科的一种背叛。

我的性格也越来越乖戾，不但终日阴沉着一张脸还动不动发脾气，没多久，老公声称再也无法忍受这种生活，我们便离了婚。我继续住在布满了科科东西的家里，如果不是有一份还算喜欢的工作，我想，我肯定早就垮了。

我没想到南晓勇还有勇气出现在我家，当然，这两年他的家人来过几次，却全被我骂走了。

看到门外的南晓勇，我颇感意外，随即冷冷地问："你来干吗?"

"阿姨，我只是来看看您。"南晓勇忐忑不安地说。

"用不着，你走吧。"说完我便猛地关上门。

我没想到会夹住南晓勇的手，随着"啊呀"一声，他的手瞬间鲜血直流。这种情况下，我只能打开门让他进来。

我冷冷地拿出纱布和云南白药，让南晓勇自己处理一下，处理完了马上走人。

"阿姨帮我包扎吧。"南晓勇在我背后请求道。我冷笑，你有这个资格吗?

"上初一时，有次我来找科科玩儿，不小心摔碎了您心爱的花瓶，怕您发现，我和科科拼命把花瓶拼到一起，结果都划伤了手，您知道后，非但没责备我们，还认真地帮我们包扎。这次，请您再帮我包扎一下吧?"南晓勇说着，我的记忆复苏了，眼前浮现出科科受伤的手，眼睛又开始潮湿了。

南晓勇固执地把手伸到我眼前，我这才发现，他伤得不轻，不但流了血，还肿得老高。

我犹豫了一下，先用碘酒帮他消了毒，又撒了一层云南白药，最后用白纱布包扎好。

南晓勇看着自己的手说，"阿姨，您包扎的还是那么漂亮，上次您就打了个蝴蝶结。"

我愣住了，我有打蝴蝶结吗?我扫了一眼刚包扎的纱布，竟真打了蝴蝶结，可能是习惯成自然了吧。

"阿姨刚才给我包扎的时候，心疼了吧?"南晓勇带着讨好问。我心疼

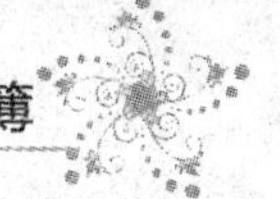

你？笑话！我故作冷漠起来：“你可以走了吧？”

南晓勇竟嘿嘿地笑了：“我敢肯定你心疼了。阿姨，我奶奶生病了，爸爸妈妈回老家了，因为我要上补习班，所以没带我回，我能在您这住几天吗？我爸妈一回来我就走。”

这孩子说什么疯话？“不可以，马上离开。”我能感觉到自己脸部的僵硬。

南晓勇却继续死皮赖脸地说：“阿姨，我求求您了，如果是科科，他肯定会答应的。”

“你还有脸提科科？”我激动起来，不，他不配提这个名字。

“阿姨你知道吗，如果能重来一次，我真希望死的是我，科科他那么棒，那么出色，你们就他一个宝贝儿子；我不一样，我又丑又笨，学习还不好，连科科的一个手指头也比不上，我还有个哥哥，我死了，肯定没人伤心。真的，阿姨，要是死的是我该多好啊。”南晓勇说着，竟泪流满面。

诚然，我也有过这样的想法，可从南晓勇嘴里听到这番话，我竟无比心酸，即使他学习不好，即使他长得难看，他爸妈也会伤心难过吧？我的眼泪也无声地滑落，手不由地落到他头上，当无意中发现我竟对他流露出温情时，我尴尬地拿开了手。

“阿姨，其实我梦到科科了，他说希望我代他来看看你，您让我在这住几天吧，我白天有课，晚上才会回来，我会乖乖的。”南晓勇再次请求。

一说梦到科科，我再也无法拒绝他了。于是，南晓勇便在我家住了下来。

南晓勇果真如他所言，白天去上补习班，晚上才回来。他比我回来得早，每次我下班回到家，他都准备好了晚饭。离婚后，除了妈妈偶尔来帮我做饭，我已经好久没有吃到热乎乎的家常饭了。

南晓勇对我一点儿也不见外，总是缠着我让我帮他做这做那，我对南晓勇则心存芥蒂，总是不由自主地想起科科。

几天后，南晓勇并没如他所言乖乖离开，理由是爸妈还在老家照顾奶奶。有一天我偶然经过他们家的早点摊儿，却发现他爸妈正在忙活。南晓勇竟然骗我，那么他来我家，到底有什么目的？

晚上我生气地质问他为什么骗我，南晓勇情知败露，低眉顺眼地耷拉着脑袋，然后说：“阿姨，我知道科科走后您改变了很多，还知道您现在一个人生活，科科要知道您现在这样，肯定很难过，我只是想替科科来照顾您，虽然我比不上科科，可我真的好想成为您的儿子。”

这几句话，竟深深打动了我，是啊，科科要知道我一直不快乐，他会心安吗？而且南晓勇并不是成心要害死科科，如果科科知道我一直恨他最好的朋友，会不会很难过？

良久，我告诉南晓勇，不用特意住我这儿，有时间随时可以过来玩。

南晓勇不太相信地看着我，连问好几声“真的吗”，见我点了头，竟开心得像小孩儿般抱住了我。

从此，南晓勇常来我家，帮我做做家务，换换煤气罐，他还会变着法子逗我笑。科科去世后第一次发自肺腑的笑是因为南晓勇，那年他考上了一所重点高中，他非但没有惊喜，还很遗憾的样子：“真是一脚踩狗屎上了，我竟考上了，我爸都答应我要是考不上就再开个分号，可惜了的，我做不成老板了。”我扑哧就笑了，南晓勇傻呵呵地对着我乐，一脸雀斑和眯成缝的小眼睛让我又一次想起科科的作文，科科是对的，南晓勇幽默善良还特聪明。

如果说，科科去世后，谁在我心底洒下第一束阳光，毫无疑问，是像狗皮膏药一样缠着我的南晓勇。

## 三

我终于见到了南晓勇的女友叶兰，原本要请他们在家吃，南晓勇却说在外边订了位子，于是，这场见面变得有些隆重起来。我细细打量叶兰，她很漂亮，也很自信，我像准婆婆一样问了很多问题，实则酸酸地想，南晓勇毕竟不是我儿子，人家自有真正的婆婆要伺候。

吃完饭，南晓勇非要送我回家。这时南晓勇已经混出一点样子来了，不但有车，还与人合伙开着一家公司，偶尔我也会想，如果科科还活着，是不是比南晓勇还要优秀？

到了我家楼下，他又从后备箱抱出一箱苹果，说是出差时从老乡那里摘的无污染苹果，然后陪着我上了楼。

我催他快点下去，叶兰还等着呢，他却大大咧咧地说：“让她等。”然后他挨个查看了插座和水龙头，甚至检查了马桶，他每次都这样，总要看着一切都好才肯离开。

我再三催促之下，他终于下了楼。我蓦然发现他的围巾忘在了沙发上，忙追了出去，走到楼梯口，却听到叶兰在和他争吵：“干吗啊，让人等这么久。还有那箱苹果，我说给我爸妈，你说要送给重要的人，我当是谁，不就一个和你无亲无故的老太太吗，就算她儿子当时救了你，你照顾她这么多年，这恩也算报了吧？你瞧她，问东问西跟个婆婆似的，当自己是谁啊？”

我怔在那里，硬是没有勇气走出楼梯口。

“够了啊，你懂什么？我在心里对科科发过誓，要一辈子替他照顾阿姨。可这些年处下来，阿姨已经不只是我恩人的妈妈了，在心里，我早把她当成妈妈了。可我不能那么叫她，因为我不想取代科科在她心中的位置。我明确告诉你，你要是不尊重阿姨，咱们两个……”

南晓勇后边说了什么我没听清，因为汩汩而下的眼泪影响了我的视听。我一直以为我失去了唯一的儿子，却没发现，其实上天早给我派来了另一个儿子——一个因为尊重，不肯叫我妈妈的儿子。

第二天，南晓勇问我苹果好吃吗，我说挺好的，还说女孩都喜欢被宠，要他让着叶兰点儿。

说这话时，我正在看科科的照片，他还是 13 岁的样子，他永远那么小，可那么小的他，看人却那么准。科科，你是对的，南晓勇这朋友你交对了，妈妈现在很好，你放心。

# 你不是他们说的那种坏小孩

■ 草根情感

## 1. 贪污犯的儿子

他9岁那年，父亲因为没管好自己的贪念进了监狱，虽然身边的小伙伴和同学们并没因此而疏远或嘲笑他，他却总觉得每一个认识他的人都在嘲笑他是罪犯的儿子，自卑像颗有毒的种子，在他心里发了芽，他变得越来越沉默，对每一个走近他的人都充满了抵触性的戒备，那时，他最大的愿望是转学，搬到一个没人认识他也不熟悉他家庭背景的地方，可现实告诉他这是个永远不会实现的奢侈理想，为了弥补父亲犯下的罪过，母亲几乎把家卖光了，她起早贪黑地忙活在杂货摊上，赚到的钱，也就是维持母子两人的生计而已。

失望之余，他开始逃学，和街上的坏孩子混在一起，彻夜不归地玩游戏，没钱了就去偷，他不敢偷别人的，就偷母亲的，母亲发现后，打他骂他，让他保证以后不再这样了，他低着头一声不吭，因为和那些坏孩子在一起很开心，不必惦记没写完的作业，不用担心成绩不好被嘲笑，甚至有人羡慕他的父亲有机会挪用200万元公款绝对是个了不起的人。后来，因为母亲防得太严他偷不成了，就和街上的坏孩子一起抢同学的钱，母亲去派出所领过他几次后，彻底绝望了，决定把他送到远方的奶奶家。

他哭着闹着不肯去，母亲却铁了心，坐了一天一夜的火车又乘了半天公共汽车，再步行一个多小时，把他送到了大山深处的奶奶家。

母亲哭着对奶奶说了一切，说她管不了他了，在大山深处的奶奶家远离城市远离诱惑，或许会让他变好。

奶奶二话没说，收下了他。母亲走的时候，一步一回头，满脸是泪，他却漠然地踢着路边的石头，一副怎样都无所谓的样子。

很快，他就发现在奶奶家和坐牢没什么区别，坐落在大山深处的村子只有几十户人家，又破又烂的山路不通公交车，去一趟镇上都要走一个半小

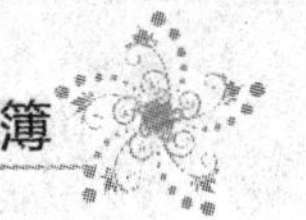



时，更要命的是奶奶家连电视都没有，他去三个伯父家看电视，能明显地感觉到自己不受欢迎，他们看他的眼神就像防贼，他脸皮厚，不在乎，顶着他们讨厌的眼神继续赖在人家看电视，直到有一天，他从街上回来，听见奶奶在和三伯母吵架，奶奶好像很愤怒，声音很大地骂三伯母：你们这些良心被狗吃了的坏东西！以前嘉嘉爸爸对你们多好你们忘了？他现在是犯了罪，但是嘉嘉是个好孩子！你有什么证据证明他拿了你们的钱？

温暖的山村阳光抚摸着他慢慢流下的眼泪，是啊，有多久没有人说他是个好孩子了？

其实，他真的偷拿了三伯父家的钱，因为他想去村头的小店里买支仿真枪，甚至他想偷更多的钱买台电视机，这样，他就不用顶着白眼在伯父们家里蹭电视看了。

## 2. 他把钱塞进了围墙的裂缝

他觉得伯父和伯母们都那么让人讨厌，不偷白不偷，他把钱塞进了围墙的一个裂缝里，用碎石头堵上，不想还回去。然后，跑到山上待到很晚才回家。

奶奶没问他是不是真的拿了三伯父家的钱，而是气鼓鼓地说：嘉嘉，不管别人怎么说，奶奶相信你不是他们说的那种坏孩子。

望着奶奶白花花的头发和混浊而慈祥的眼神，他忽然有种想哭的感觉，但忍住了，假装无所谓的样子，耷拉着眼皮吃饭。

或许是三伯母说了什么，从那以后，他再去任何一个伯父家看电视，他们都会把开着的电视关上，说没什么好看的，浪费电，他知道这是在赶他走。

村里的人受了三个伯父的传染，都对他避之不及，仿佛他就是灾星就是祸害。

他很愤怒，又没办法，谁让他是个有劣迹的孩子呢？

只有奶奶，不仅不嫌弃他，还拿他当宝，她拄着拐杖颤巍巍地去学校求老师收下他这个插班生，颤巍巍地给他洗衣，给他做好吃的，在穷乡僻壤的山村，能有什么好吃的呢？何况奶奶那么老了，种不了庄稼了也养不了牲畜了，他常常坐在村头的土墙上想念城里的麦当劳、肯德基，想得眼泪汪汪，想偷偷跑回去，在山里转悠了半天也没找到回城里的路。

因为嘴馋和村里人对他不好，他常常偷他们的鸡跑到山上去烧了吃，摘他们树上的果子，为此，常常有人到奶奶家兴师问罪，每次兴师问罪的结果都是一样的，他们来时的气势汹汹往往只要奶奶嚷上几嗓子，然后又嘀咕几句就收场了。

那时，他觉得奶奶太牛了，比他在城里跟的那个小混混头子还牛皮。

他从来不偷奶奶的钱，其一是因为奶奶几乎没什么钱，其二是奶奶是唯一一个说他不是个坏孩子的人，他不想用事实向奶奶证明他真的是个坏孩子。

他喜欢奶奶用粗糙的大手抚摩脑袋的感觉，喜欢她用信任的目光看着他讲很多他听了一万遍的说教故事。

一年过去了，乡下的寂寞单调快把他逼疯了，他想要个游戏机，据说镇上就有卖的，要差不多二百元，他琢磨了很多办法还是没弄到钱，有时他会看着奶奶手腕发呆，奶奶腕上有只很粗的银镯子，工艺古老，是爷爷给奶奶的聘礼，从戴上那天起，奶奶就没摘下来过，奶奶说过，死了也要戴着它，那是她和爷爷的接头信物，不然，早去了阴间多年的爷爷怕是认不出来她了。

说这些时，她混浊的目光就会散发出清澈的光芒，仿佛她将要去的地方无限美好。

## 3. 旧世道的银镯

想得到一台游戏机的念头快把他弄疯了，有那么几次，他趁奶奶睡着后去摘镯子，经年的操劳让奶奶手上的关节都变粗变大了，摘不下来。

他只好放弃了对镯子的念想，偷偷赶走了邻居放在山上吃青草的山羊去了镇上，用卖山羊的钱买回了他朝思暮想的游戏机。

他抱着游戏机小心翼翼地进门，却还是被奶奶看见了，奶奶问他多少钱？他闷着头，不说话，兀自打开包装盒，装上电池就玩了起来。

过了一会儿，他突然听见奶奶在院子里呀地叫了一声，那声音，像倒吸着冷气，正玩得上瘾，他懒得出去看。玩饿了，他大嚷：我饿了。

估计奶奶该把饭做好了，他出去找吃的，却见奶奶还在灶上灶下地用一只手忙活，好像另一只手不存在似的，他有些奇怪，就转过去看，这一看，他就惊呆了，奶奶的左手包着一块从旧衣服上撕下来的布，她的手腕空了，银镯子不见了。

他捧着奶奶的手，端详了半天，问：奶奶，你的手怎么了？

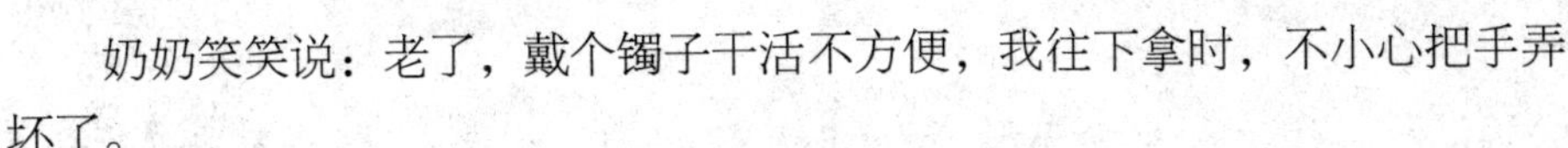

奶奶笑笑说：老了，戴个镯子干活不方便，我往下拿时，不小心把手弄坏了。

他将信将疑地看着奶奶，什么都没说，那顿饭，他吃得很慢很堵心，不知道为什么。

第三天，奶奶发起了烧，为了摘镯子她把手骨弄断了，没及时治疗就引起了发炎。去镇上住了几天院才好了。

因为奶奶的住院费，三个伯母和奶奶吵了一架，从她们大声的呵责中，他终于明白，为什么那些因为被偷了鸡或果子气势汹汹找来的村民会被奶奶几句话摆平，那是因为奶奶小声告诉他们鸡和果子值多少钱她给，就当她买的，她请他们相信她的孙子是个好孩子，他受不了乡下生活的寡淡才这样的。

那只弄折了手骨才摘下的镯子，是拿去赔人家山羊的。

三个伯母一致要求奶奶把他送走，理由是她们给奶奶的养老费全都因为他的劣迹赔给了人家，她们没有义务养这个坏孩子。

面对伯母们的指责，奶奶自始至终只有一句话：他不是你们说的那种坏孩子。

一直躲在角落里的他，突然跑出来，一头扑进奶奶怀里，号啕大哭。

后来，奶奶问他为什么哭，他说：我一定会做你说的那种好孩子。

## 4. 人的成长不仅限于生理

他真的变好了，母亲把他接回城里继续上学，暑假里他去卖报纸，把赚来的钱寄给了奶奶，让她去赎镯子。

一年年过去，他读了中学，在他考取北京一所著名大学的秋天，奶奶走了，那么多年过去，他依然记得那个苍老而执着的声音，不停地向周围的人说明：他不是你们说的那种坏孩子。

人生的成长，不只属于生理的，还有心灵和身体的成长。就像在成长过程中身体偶会患些病恙一样，心灵也会患病，药物是治疗身体病恙的，而医治心灵的良药是爱，那些用爱来医治心灵疾病的人，都是天使。

天使不一定是穿着轻盈白纱的可人儿，有时，它是一个眼神、一个声音、一个细节、一种坚持，在他往地狱滑去的时候，奶奶就是那个固执地用一句话把他唤回阳光世界的天使。

# 韶华梦醒

# 桑歌

■ 九鹭非香

## 1. 破国

火光烧红了皇城半边天，慢慢积累的云层吞噬了天边的那一抹残月。

我提着繁杂的裙子缓步踏上城墙的青石板阶，走得很吃力。我向来不喜欢这些繁复的衣裳，不到必要的时候绝不会着这般盛装，而即便是穿上，身后也跟了众多的婢女帮我提着裙摆。

但今天，没有。

有的是穿着沉重甲胄的士兵，他们举着沾满鲜血的冰冷长矛，面无表情地押我走上城楼。

城楼之上战旗猎猎，还未登上便已能听闻妇孺哭声。我踩过地上一具尸首分家的贵妇僵冷的肢体，决绝地冷漠地走到了那处最高的楼台之上。

远处星辰正在旋转，云层翻滚得越发快速。眼瞅着一场暴雨即将落下。

城楼之下，三十万大军已将宫城团团围住，堵得水泄不通。

如此多的人，除了战马烦躁嘶鸣，我并未听到其他声响。夜风带着血腥的气息冰冷地打在脸上，我松开捏在手中的繁杂衣裙，任它随风乱舞。我想，这袭鲜红的嫁衣应当是此夜中，除鲜血外最艳丽的颜色。

一支带着腥气寒剑比画在我的脖子上，身后的男子盔甲上寒冷的杀气令我寒毛微微竖立。他嘶声唤道：

“长夜侯安子雾！”

城楼下三十万将士皆是静默。我垂下眼皮遮住眸中神色，仿似一个没有知觉的神像。

“安子雾！”身后的男子怒气横生，“朕命你速速出来，晚一分我便剜你夫人一只眼睛，晚一刻我便将她削为‘人彘’！”

人彘，削去四肢，剜去耳目，割掉鼻舌，乃是我身后这君王最爱的刑罚。

我依旧垂眸敛神，不漏半分表情。

城楼下的大军有些躁动。他们多是我夫君长夜侯的旧部，许多将领也与我熟识。杀一个女人并不是什么大事，但是在这样的场合下，残忍地杀一个叛军领导者的女人，便是一种威慑。

更遑论这城墙之上还有众多将领士兵的家眷，他们正在凄然号哭。此时这样杀了我，便是在说，不多久也会这样残忍地杀害她们。将士们在外征战已久，心中唯一的思念便是家中的妻儿老母，若杀了这些妇孺……

君王的攻心之术着实狠辣。

踢踏的马蹄声自城下传来。这本是极为细小的声音，可是我却能听辨得出来。许是因为我曾做过数年的歌姬，对声音比较敏感，又或许是因为他这坐骑“龙媒”是我与他一起挑来的。

军阵之中闪出一条道路，马背上的男子提着缰绳，不徐不疾地出现在众人的视线当中。

夜幕笼罩之中只有火把的照明让我看不真切他的面容。只知他脊梁挺得笔直，银甲覆在他身上勾勒出完美的比例。这不是我第一次看见他穿战袍的样子，却是我第一次在战场上看见他穿战袍的样子。

少了一分随和，多了一分凌厉。

唇角不由自主扬起一丝弧度。这是我的夫君——长夜侯安子雾。现在是叛军的主帅，即将推翻暴政的下一任江山之主。

见子雾走出来，我身后的皇帝有些高兴。毕竟我与子雾感情深厚的传言在京城是广为人知的。他们都相信我与子雾是一对生死相随的伴侣。

生死相随。

只有我知道，这不过是子雾想给他们看到的一面罢了。

“长夜侯，你若愿退军，朕可饶过你夫人，并不计前嫌，继续让你入朝为官，效忠我大齐！”

潮湿的夜风卷起城墙上的战旗，而下方马背之上的人在徐徐夜风中纹丝不动。

他并未答话，但我已知晓了他的答案。

他沉默着，让数十万人等着他的回答。

我紧紧闭了闭眼，够了，有这一瞬的沉默便已够了。也不枉我费了这么多心思穿上了这一身喜庆的嫁衣。穷此一生，桑歌能换得安子雾这一瞬的犹豫……

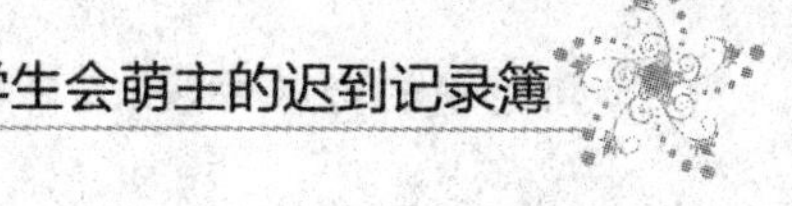

足矣。

我想：长夜侯，你要这万里河山，只差这最后一步，就让我来助你最后一次吧。既成全了你的野心，也省得让你背个心冷肠硬的骂名。

“召帝在位期间，天灾不断，其不思如何安抚天下百姓，反而任用贪官污吏，搜刮民脂民膏，致使民不聊生。永业三年，暴君萧承为一己之好，将宫内数百名宫娥削为人彘。永业五年，将数十名忠义大臣施以炮烙之刑。永业八年，五屠江南三城，致使江南三年不闻人声，累累暴行数不胜数！而今长夜侯替天行道，除暴君，清天下。十万大军压境，召帝萧承大势已去，何须惧怕！”

“闭嘴！”萧承的剑在我脖子上抹出一道血痕。他瞪着我，恨得目眦欲裂，却碍于子雾不敢真的杀了我。

城墙上的妇孺们哭声渐小，她们多是受过教养的女子，我这番道理放在市井小民身上或许行不通，但是与她们一讲还是有些撼动的。

天上的雨滴缓缓落下，我抬头仰望苍穹，高声道：“夫君在外日夜征战劳累，为护卫家国百姓，流血汗，拼性命，走到如今地步多么不易！我辈女子，虽不能替丈夫上战场、除暴君，也断不能做了他们的拖累！”

城墙上的妇孺们静了一会儿。

“暴君……”

“闭嘴！”

我还欲再讲，又是一声怒喝打断了我，而这次的嗓音却是我再熟悉不过的。每次午夜梦回，总能听见他在我耳边轻声呢喃我的姓名：“桑歌，桑歌。”当真比歌还悠扬动听。

我望向城楼之下的他，一人一马静立雨幕之中。他的前面是九重垒土的宫墙和我的性命，他的身后是与他一起搏命至今的三十万将士。

我看不清他的脸，却从他的声音中听出了愤怒与惧怕。

为我担心？

我笑，子雾，现在已经没有这个必要了。

嫁给他之后，我鲜少有逆着他心意做事的时候，更是没有触怒过他。但是今天，我不想听他的话。窸窸窣窣的雨声中，我加大了自己的声音，这次却没有声声讨伐皇帝的暴政，而是做起了自己的本行——唱歌。

“是日何时丧？予与汝皆亡……”

一句未完，皇帝怒极，一刀向我砍来。

我只见手臂连着华丽鲜红的衣袖被砍飞出去。在空中划出一道弧线，落在泥泞的地上……

我的手臂……

彼时，痛觉尚未传到大脑之中，我捂住流血不止的手臂，继续高声而歌。血和雨一同将我身上的嫁衣染湿。

“闭嘴!”

“不!”

他与皇帝一同吼我。召帝如疯了般向我举起剑来。

疼得迷糊之中，我似乎听到了子雾嘶吼的声音：“萧承！你若胆敢再伤她……”话未完，召帝诡谲一笑，在我耳边细声道：“长夜侯既然要夺朕江山，那朕便让他要也要得不痛快!”

他揪住我的头发，拉着我便往城墙的青石阶上磕。此时我已不管不顾了，还剩的那只手往他脸上一阵乱抓。恍惚中，我指尖突然变得温热湿润。

接着便听见萧承大叫道：“我的眼睛！我的眼睛!”

趁他慌乱之际，我嘶声喊道：“长夜侯，除暴君以安天下，桑歌得以为侯君之妻，此生无憾，绝无悔意!”

言罢，我拼尽全力，一头撞向皇帝的腹部。衣袂纷飞，我带着这个暴虐一生的皇帝，一起摔下宫城墙头。

人死之前，时间似乎会变得慢许多。

我看见大雨之中，数十万将士齐齐呜咽。我看见即将褪色的黑夜和闪电一般飞奔而来的“龙媒”。最后一刻我看见他银甲上的鲜血和眸中的哀恸悲切。

“桑歌!”

我盼了这么多年的你的呼唤，现在终于听到了。黄泉路上，我听到你唤我的名字，在这大雨之中直到声嘶力竭。

子雾，你可还记得，我们的初遇也是在雨幕的笼罩中。

在诗情画意的雨幕中初见。江南杨柳岸上，青瓦屋檐之下，层层细雨朦胧。彼时我只是一个名不见经传的歌姬，而你只是一个纨绔的闲散侯爷。

雨中相遇，纠结一生。

现在，我终于能解脱了。

## 2. 灯

齐灭，卫立，长夜侯安子雾为国君，改元长歌。

时光流转，转眼又是一年七夕。我静立在岸边，望着河中央的那艘正在举行宴会的大船，默然无言。

没错，我死了。死在齐国皇宫被攻陷的那一夜，但是我却未下黄泉。并非我不想下，而是没有鬼差来勾魂引路，我找不到下去的路，便只有以魂魄的形式在人间游荡。谓之——鬼。

做一个称职的鬼，须得有一股强烈的执念。我琢磨了半晌，着实没有找出在这世间我还有什么留恋的地方或东西。我不知该去何方，所幸一直跟着我的夫君。

我看着他登基，做了皇帝，清扫了皇城内外流了遍地的鲜血，再厚重地葬了我，以超出一个皇后应有的礼节，一个接近国殇的葬礼。

我知道，在他心中或许只能用这样的形式弥补我了。真庆幸我能看见。

我守着他，每日上朝、用膳、入眠。甚至觉得这段时间比我生前任何一段与他相处的时间都要多。没有人看得见我，我可以自由地穿梭于他存在的任何一个地方。

但今天我却不想到他身边去。因为今天这样的场合，他身边注定有无数莺歌燕舞，有无数的香秀罗帕。我就是再豁达，也还是会感到相当的不愉快。所以不如躲远一点。眼不见为净。

豪华画舫之上灯火暗了些许。宴会似乎结束了。想到上面的脂粉气息，我还是不大愿意回去。

而让我意料不到的是，不一会儿，一行身着便装的人自画舫中走出。这走在最前面的那位正是我生前的夫君，安子雾。

皇帝微服吗……

他身边跟着的都是他的亲信，我好奇地跟上他们。

他们去了镇上的夜市，七夕之夜，小镇之上灯火通明，道路两旁摆满了卖花灯的铺子，四处皆是携手相偎的情侣。他信步走在前面，凑着热闹往人多的地方去，也不管后面的护卫着急得如热锅上的蚂蚁。

安子雾就是如此任性的一个人。做了皇帝也如此任性。

我悄无声息地跟着他。他似乎有意甩掉护卫们，在人多的地方转了几个

弯，最后竟买了个鬼脸戴上，又买了个花灯，俨然是个出来寻找心上人的男子。

我不由失笑。

身边的流光飞转，走过的行人们脸上皆是温暖的笑，穿城而过的小河中满是花灯，载着一段段或深或浅的情摇曳着漂荡而过。

他缓步走过河上的白石小桥，一手提着花灯，一手垂于身旁。嬉闹的孩子们从他身边跑过，他侧身让开，手往后面一探，几乎让我错觉的以为他是想牵起谁的手。

小孩们跑过之后他站在原地怔愣了一会儿，倏地勾唇笑了笑，带着半丝嘲讽，而眼中更多的是无尽的惆怅茫然。

这样的表情没在他脸上停留多久，他下了小桥，走到河边，挽起衣袖，将点燃了的花灯放于河上。

在彼岸的我看见此情此景，不由想起了很多年前那个江南的七夕，朦胧月色下，我对他说："安子雾，我为你放了一盏花灯。"

"有劳夫人。"他背手望着远方热闹的集市，答得漫不经心。

我替他理了理被风吹乱的头发，硬是将他的脸掰向我："你总在人前做一副纨绔子弟的模样，可是我知你心比天高，绝不想仅仅只做一个闲散侯爷。总有一天你会离开这迷蒙江南的长夜侯府。"

他眼神落到我的身上，眸中流光转动。

"在我的家乡，灯与等谐音，取等待守候的意思。桑歌此生做了你的妻子，你对我是真情也好假意也好，我都是你的妻子。若是有一天，你离开了。我定会等你，纵然是耗尽此生。"

他垂着眼睑，沉默了好久："那就等着吧。"

后来我就一直等着。江南的长夜侯府搬入京城，我日日等着他下朝。他出塞外平匈奴，我夜夜等着他凯旋。他使计让召帝放他出京，我便做了人质时时等着他回来接我。

后来他回来了，却与我的等待……擦肩而过。

眼角突然有缤纷的亮光闪过，和着一声巨大的炸裂声打断了我的思绪。我抬头一望，不知是小镇的哪家大户放起了烟花。照得夜色一片绚烂。

众人皆抬头望向夜空，爆出阵阵惊叹欢呼。

我不由弯唇笑了。皇宫中每逢宴会，必有烟火，盛大而豪华，然而看起来总是让人忍不住觉得冰冷，全然没有此处的温馨和乐。

子雾也定是这样觉得的吧。

我回头看他，却见他脸上没有意料中的微笑，而是僵直地面向我这方，慢慢摘下脸上的面具。

满眼的不可置信中隐隐压抑着狂喜。

这一瞬，我荒谬地想，他或许看见我了。静立在河的此岸，望着彼岸的他，我慢慢笑开。若不是河中随波逐浪慢慢漂走的花灯和天空中绽放得美丽的烟花，我会以为时间已经停止了。

“桑歌。”

他轻柔地唤了一声，一脚踏入河水之中。

在众人都未反应过来之际，他蓦地蹚入河水之中，径自向我这方走来。一路上打翻不少花灯。

护卫们发现了他，变得有些慌乱，不停地在上面唤着“爷!”“爷！小心!”他不会泅水，但好在这小河不深，最深处堪堪漫过他的胸腔。

他盯着我，一步一步向我靠近。每近一步，眼中的欣喜雀跃便越发无法掩饰。

心尖酸涩的一软，我险些笑不出来。

突然，他脚下一滑，整个人摔入河中。我下意识地往前一步想要拉他，可是感觉水流穿透我的脚踝缓缓流淌而去，我顿住，没了动作。

护卫们此时已顾不得其他“扑通扑通”地跳了几个下来，急急忙忙地往他这边赶。他在水中挣扎两下便站稳了脚，站起来的刹那目光惶急地往岸边一扫，脸色倏地变得惨白。

“桑歌!”他慌张地叫着我的名字，推开过去扶他的护卫，踉跄着跑上了岸，不知所措得像个走失了的小孩，“桑歌！桑歌……”

仿似除了这两个字他再不会说其他的话。

我静静地听着他在我身边唤我，四处张望。浑身湿漉漉的显得无比狼狈。

安子雾，何曾如此狼狈过……

我垂下眼睑，唯有一声无人听闻的轻叹。

他被人接回行宫，神色晦暗，骇得官员们大气不敢喘一口。

那夜他发了高烧，神志不清，嘴里一直念念有词，太监大着胆子将耳朵凑了过去，隐隐听见他在念叨着“……歌……”

皇帝要听歌。生着病又不能吹着风，太监便把歌女关在门外，让她们吹着凉夜的风，唱了一宿。

我坐在他的床边，痴痴地将他望着。只有我知道他唤的不是歌，而是我。只有我知道，他现在最需要的不是歌，而是安安静静的夜，一觉好眠。

而我却无法告诉别人他的需要。

半夜，在歌女带了些喑哑的歌声之中，子雾忽然睁开了眼，他眼神有些涣散，嗓音沙哑，他说：

“桑歌，我为你放了一盏花灯。”

言罢，又迷迷糊糊地睡去。

我望着他，静默无言。

安子雾一直是个身体很好的人，从不生什么病，但是这场病来势汹汹，比想象中的要严重许多。反反复复拖了一月有余。等他病恰恰好时，又到了中秋。宫中要办中秋宴席，宴请南越王。听说此次南越王带来了他容貌倾城的女儿。意图再明显不过。

立国以来，不只后位虚空，整个后宫都没有一个嫔妃。大臣们多次上书要子雾选秀纳妃，都被他以国事繁忙的理由压下去了。

这次，他恐怕是要迎娶做皇帝以来的第一个女人。

他的女人……

我的手指顺着他脸的轮廓慢慢滑下，最后停在他的唇边。我想，他娶了南越王的女儿后，我就到其他的地方去游荡吧。因为他已有另一个女人的陪伴和等待了。

中秋之夜，圆月当空，宫中宴席正值盛时。

位于左上位的南越王一举杯道：“皇上，小女有一舞欲献与皇上。”

子雾淡淡笑着：“朕听闻南越公主容貌无双，却从不知公主竟然还善舞。这倒要好好瞧瞧了。”

南越王得意一笑，击掌两声，一女子戴着面纱，身着月白色纱裙翩然走上中间的舞台，身姿妙曼，尚未露容貌便已引起一阵赞叹。她对着子雾盈盈一拜：“苏儿献丑了。”

这个声音……我霎时怔住，回过神来又是一阵无奈苦笑。是天意，还是南越王刻意安排我无从得知，只是子雾若是对我尚有一点思念，他应当会娶了这个苏儿。

她的舞并非跳得极好，但是如此美妙的身影已足以吸引全场的目光。

舞至最后，苏儿一个旋身，本欲对着子雾行个礼，结果脚下一崴“哎

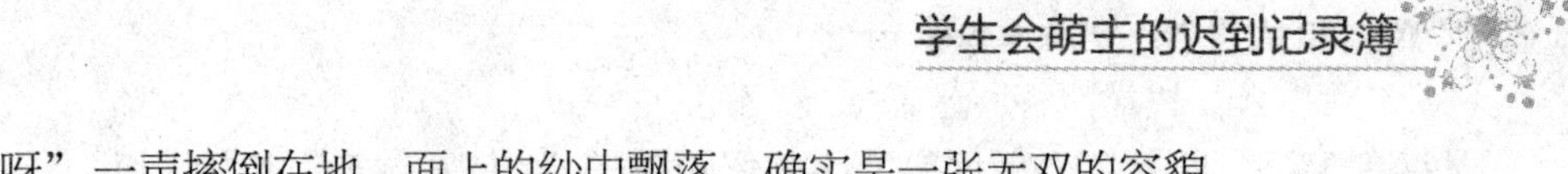


呀”一声摔倒在地。面上的纱巾飘落，确实是一张无双的容貌。

四周顿时传来惊艳的赞叹。

有侍女上前将她扶了起来，苏儿噙着两眼晶莹的泪怯怯望了子雾一眼，显得无措。这番柔弱的模样，直让人想上前去将她抱住揽在怀里呵护疼宠。

南越王很快便从这突发情况中回过神来，他起身对子雾行了个礼，道：“小女不济，让皇上见笑了！”

子雾没有回他，只是定定地望着苏儿，眼中的神色不明。南越王见他这模样非但不气，反而大笑道：“小王听闻皇上立国以来尚未纳妃，而国家社稷却断然不能没个女主子……”

这次没等他说完，子雾突然淡淡开口道：“南越王可知朕的皇后？”

“先皇后舍身为国，乃是当今一奇女子，小王自然知道。”

“建国以来，朕思念皇后，每日皆辗转多时方能入睡。若公主入了后宫，恐怕是会委屈了公主。”他这话说得没有一丝情绪起伏。熟悉子雾的几位大臣此时只顾埋头喝酒，不看台上一眼。

南越王以为皇帝已经动了念头，忙转头对着苏儿高声问道：“你可觉得委屈？”

苏儿懦懦地看了子雾一眼，脸颊嫣红一片，她细声答道：“苏儿……苏儿不觉得委屈。”南越王笑望子雾，却见他面色冷淡地放了酒杯，道：

“可朕怕委屈了皇后。”

此言一出，南越王一行皆变了脸色。苏儿更是身子一软倒在身后侍女的怀中，面色惨白地望着皇帝。

我心中讶异。南越那片土地一直纷乱不断。而今南越王携女而来，打算和亲，子雾若是答应，以后那片土地定会安生不少。而他竟然……

“这龙椅是以皇后的命换来的，朕坐在这龙椅上的每一天皆是皇后的恩情。”他语气依旧淡然，可却说得一群人脸色铁青，“只要皇帝是安子雾，皇后便是桑歌。谁若要入后宫，依着皇家规矩，先去问问皇后是否同意吧。”

这一场中秋宴，南越王拂袖而去，众大臣噤若寒蝉，皇帝独自将月色望了一会儿便叫大家散了。

大臣们慢慢离去，太监们开始动手收拾宴席残局。有内侍劝皇帝回去休息，皇帝却问：“那南越公主美吗？”

内侍一惊，慌忙跪下。不知皇帝问这话是何意，不敢贸然回答。

皇帝一声叹息，喃喃自语道：“是极美，不过却不及她万一。她有自己的骄傲倔强，断然不会做那般怯懦柔弱的模样。”言罢，起身离去。

我走到空无一人的舞台中央，伸手摁住自己的心口，月色之下，沉寂已久的心似乎跳动了一下。安子雾说，他不纳妃是怕委屈了你。

他说，只要皇帝是安子雾，皇后便是桑歌。

我紧紧摁住心口，那里的声音犹如雷鸣。

当夜，子雾召见了几位朝中重臣。翌日，众大臣联名上谏，永义皇后为国献身，皇帝应感念她的付出永不再立皇后。一纸荒唐的谏言，皇帝竟然欣然答应，甚至重赏了上谏的大臣。

至此，再无人向皇帝提出选秀一事。

## 3. 入梦

转眼到了腊月，皇城披上银装。

处理完政事，子雾回到寝殿，我在他身后缓步跟着。这几日地方上报了南方越来越厉害的雪灾，他十分忧心，连着好些天都没睡着觉。眼睛下已经青黑了一圈。

他看了一会儿书，睡意上头，趴在书桌上不知不觉地睡着了。我想给他披层被子，却也只能是想想。

窗外又簌簌地落下雪花。就这么点轻柔的声音却将他惊醒。他往窗户外看了看，一声叹息，披上了大衣，出了门去。拒绝了太监的跟随，他独自撑着伞提着灯信步在宫中散步。他走得缓慢，似漫无目的。

没有星星月亮，雪花飘得漫天都是，宫城内外皆是一片素缟，他提着的灯似乎成了这世界唯一的颜色。

我在他身后亦步亦趋地跟着，一人一鬼。我想就这样一直伴着他吧，年年岁岁地守着也不错。

不知走了多久，他忽然停下脚步，静立在一座宫门前。我也随之停下，抬头一望，不由一阵失神。

飒录阁。

前朝召帝萧承在知道子雾反叛之后便将我软禁在宫里。生前，我最后那段日子便是在这里度过的，过了整整一年。当初那些令我疼痛欲死的过往，现下想来却觉得记忆已模糊不堪，只隐隐感到些许沉闷，不愿回想。

萧承十分殷勤地将我在宫中的生活昭告天下，他想用我的痛苦逼得子雾放弃。而却没想过，那样一个野心勃勃的男子为何要为了一个女人放弃天下。

子雾推开沉重的殿门，一脚跨了进去。看见院子里的场景，他显得有些怔然。这里没有被人打扫过，入目一片荒乱，时间似乎还停留在前朝覆灭的那一个晚上。

宫里的房子如此多，他做皇帝后鲜少到后宫来。平日也不大关心宫内之事，宫内之人每日只打扫了他会去的那些地方，又怎会想到要清理此处。

雪在院中积起厚厚一层，他每一脚下去都是一个深深的脚印，走得有些困难。行至院子中央，他静静站了一会儿忽然唤道：

“桑歌。”

我下意识地应了一声，而后才反应过来，他哪会听到我的声音。

他自言自语着：“你可曾也这样唤过我？”

自然是唤过，当萧承战事不顺时便喜欢拿我撒气。每次身上的伤口疼得受不了了，我便会唤两声他的名字，想一想江南的烟雨和长夜侯府，这样疼痛就轻了很多。

他推开门进了屋子。提着灯一照，里面满是尘埃。翻倒的凳子，掉落的烛台，打碎的瓷杯无一不诉说着那日的仓皇。

我尚还记得，那日宫城内一片惶惶，我早早地将鲜红的嫁衣换上，坐在镜前，让浑身颤抖的随身侍女为我挽了个漂亮的髻，俨然一副要出嫁的模样。

而后士兵进屋带走了服侍了我一生的侍女，乱棍打死，又押我上了城楼。

他坐在满是尘埃的床榻之上。伸手抚过冷硬如铁的被子，指尖颤抖，迷茫道：“每次得胜，必定伴随着你受苦的消息。萧承确实做到了，每次上战场，我先想到的不是胜利后的成果，而是你又会承受怎样的痛苦。”

我心里一阵酸软。不忍看他脸上的神色。

“可是哪里来的退路。战火已起，继续，尚有一丝希望，而若放弃，却是一丝希望也没了。”他声音绷得极紧，带着沙哑似悲似痛：

“桑歌，你却倔得连让我救你的机会都不给我。”

我垂眸静立在门口，如死水的心底微微荡漾起波浪，又酸又涩，还该死的隐藏着温暖。

他坐在床上，慢慢睡着了。我走上前去，蹲在他身旁，一遍一遍仔细看着他的面容。他老了不少，青丝里已有了白发，眼角也起了皱纹。可是我还是觉得好看。

我静静地打量着他，永远也看不够。

直到窗外透过一缕晨曦的光穿过我的身体，照在了他的脸上。

他皱了皱眉，轻轻哼了一声。我被他这孩子气的动作逗笑了，忽然之间，他睁开了眼，神色间尚还带着初醒的迷蒙："桑歌。"

"嗯。"

迷蒙迅速散去，他定定地盯着我，那双黑亮的眸子里神色明灭变幻，让我猜不透他的思绪："桑歌。"

"我在。"

他呼吸变得极轻，像是怕惊到了我，神情也变得极是温柔："今年七夕，我为你放过花灯。"

我点头微笑："我看见了。"

"桑歌，带我走吧。"这话说得我哭笑不得，我连自己如何走都不知道，又怎能带他走呢。

而这个走字的背后是多大的放弃，我无法想象，只是看见他现在的神情，我感觉眼眶酸胀疼痛得仿佛我还可以流泪。

我摇头。

他有些无措，声音微微慌乱，门突然开了，他下意识地探出身子去要看来人，晨曦的光在我身上一转，耳侧忽听他摔下床榻的声音："桑歌!"

如此慌乱。

他急急往前一扑，手穿过我的身体，捞了一手空气在怀。

"不准走!"

"别走……"

我回头望他，只见他红了眼眶，惨白了脸色。

微微叹息，我闭上眼，不忍见他满目颓然。

门外来寻他的太监，似被他的喊声吓住，等了好久才敢抖着身子进来："皇上……该早朝了。"

他猛地抬头，眼中的杀气凛冽："方才，是谁开的门?"

三个太监齐齐跪在地上，浑身颤抖，冷汗直流。谁也不敢答话。子雾眸中的温度极冷："谁?"

终是有个太监，沙哑着嗓子，绝望道："是……是奴才。"他没说话，起身行至门边，那太监方舒了口气，只听外面传来一个不带半丝感情的声音：

“凌迟。”

太监浑身一软，瘫倒在地。

我微微叹息，天意总是弄人。我与他已经生死相隔，明明再也无法彼此触碰，为何还要让他再见到我。

为何还要让他再痛上一次。

永歌三年，帝大兴道法之术，聚天下术士于宫中，意欲招永义皇后之魂。

## 4. 终归

永歌十年，帝大病，立祀亲王之子太昊为太子。

看着那些术士在他身边神神叨叨地唱念着咒文，我只想发一通脾气，恨不得能显出形来将那些装神弄鬼的道士通通吓死。

他久卧病榻，身形已是消瘦不堪，眼下的青黛沉沉，然而每当这些道士来唱念之时，他仍是会打起精神来，看着他们将那些个莫名其妙的仪式做完。

政权已全权交到太子手中。直至现在子雾也仍未纳一位妃子，没有子嗣，自然便立了兄弟的孩子为太子。好在太子对子雾十分尊敬。

奇怪的仪式总算做完，术士们退下。他已是疲惫至极，闭上眼休憩。

我坐在他床榻边上，静静望着他的面庞，心中酸涩难忍。

子雾，子雾，你这是何苦?

桑歌何其有幸，能得你这般挂念……、

“皇上。”他身边的一个大太监轻轻唤道，“皇上，太子来了。”

他微微撑开眼，点了点头。宦官便传了太子进来。

“皇叔父，身体可有好些?”

子雾摇了摇头，无奈笑道：“还不就这样，政事如何?”

“一切都还安好。昊儿此次来，是有个好消息要告诉叔父。”子雾来了兴致，抬眼看他，太昊欣喜道，“前不久，尚书郎萧逸在京城郊外踏春时，碰见了太虚真人！萧逸便将真人邀入府中做客。此人乃是玄学宗师，若是请他前来，叔父你……”

子雾摆了摆手，笑道：“什么真人、宗师。这些年宫里来过的真人宗师还少吗？不过是挂个名号，做个装神弄鬼的虚假面子罢了。昊儿不可信。”

太昊愣了愣：“可是叔父不是信吗？”

“信？”子雾一笑却带起了一阵咳嗽，周围的人忙喂了他水，过了好久，他方才平复下来，望着窗外道，“不过是一缕放不下的执念罢了。总是怕到时候下去了，她却没等我。总想要现在看一看她，才能安下心去。”

太昊迟疑道：“那太虚真人是请还是不请？”

子雾默了默：“请。”

翌日，我便见到了那个太虚真人。仙风道骨，更重要的是我在他身上感觉到了一股奇怪的气息，让我有些畏惧不敢靠近。他一进殿，我只觉一股压力压得我喘不过气来，只好躲去了屋外。透过窗户，望着他们。

那太虚真人见了子雾并未行礼，只是轻轻点了点头。子雾也不甚在意，让太监侍女们都退出了外殿。

“老道听闻皇上沉迷道术多年。”

子雾扯了扯苍白的唇角：“不过是执着于一人。”

真人摸了摸长长的白胡子：“皇后？”子雾眼眸一亮，定定地盯着他。真人笑道：“若是皇后，她就在此处。”言罢笑眯眯地向我望来。

我心中一紧，但见子雾也急急地往这个方向看来，神色紧张，并未见到我。

“你见得到她？你见得到她？”子雾连声问，“她可还好？她可是还在等我？她……她……”后面竟是急得不知说什么好。

我眼睛胀痛不已，若还能哭，我应当已泣不成声。

老道将我打量了一番，道：“皇后应当是入了执念，成了鬼。若是再不超度投胎，怕是会永困人世，化为厉鬼。”

执念？

我哪有什么执念？转眼看见子雾我方才恍然大悟，原来我并不是没有执念，而是因为太过执着而忘却了自我。对安子雾的执着，执着地等他。年年岁岁地等着他，候着他，守着他。

子雾听了太虚真人的话，一怔，问道：“如何超度？”

“没了执念，不用超度，便也能投胎了。”

“桑歌有什么执念？”

“这就得问皇上你自己了。”

子雾又是一怔，嘴里细细呢喃着执念二字，倏地呆住：“她在等我，她果然在等我。”言语中的欣喜雀跃难以掩饰。

太虚真人笑而离去。

当夜，子雾的寝殿没有一个人守着，我立在院中的桃树之下，静静地望着月色朦胧。

殿内的人呼吸微微沉重，我回头一看，他静静地斜倚在窗边，眉眼间皆是温暖的笑意。一如当年江南烟雨中最初的相遇。

我是飘零歌女，他是纨绔侯爷，美如梦幻的初见。

身后的桃花开得正好，散落的花瓣如铺了一地的粉色的雪花。

“桑歌。”他道，“我回来了。”

永歌十年三月，帝殁。

# 锁魂囊

■ 流觞

似花非花，似梦非梦，繁花似锦，如梦初醒。赏一轮圆月，酹一壶浊酒，感慨万千悲歌，却不解万仞情丝。

一

千军万马的声势浩荡震彻空谷，万粒黄沙伴随着席卷而来的杀戮忽隐忽现，他血淋淋模糊的潜意识里面近乎身陷囹圄之中，他拼命地奔跑但是始终抵不过马上人的狂笑，他想回头望去却始终被席卷而来的黄沙覆盖面孔，看不到追杀他的人的狰狞样子，意识慢慢接近薄弱，突然一支箭朝向他射过来，他无力地用尽全身力气呐喊着……蓦地惊醒了。

“靖扬哥哥，你醒了，刚刚又做噩梦了吗？你已经这样持续好久的时间了，再这样你的身体怎么会好呢？”幽若睁着水汪汪的大眼睛注视着靖扬，然后取过汤药端到他的面前。

“靖扬哥哥你先别说话，快把药喝了吧。”

“幽若，这么多年真是麻烦你和谷主了，我不断地想记起以前的事情，可是怎么样都是徒劳。”说完他抱头表现出十分痛苦的样子来。

“好了哥哥，那就不要想了，你这样我也难受。”幽若噙着泪水悉心地一勺一勺喂他。

“幽若，你和谷主的大恩大德我永远不会忘记，现在我的这个样子已经同一个废人没什么两样了，若是报恩我想下辈子当牛做马也还不完。”靖扬虽然颓废的样子但却不失一脸的帅气。

“靖扬哥哥，只要可以让我一辈子这样照顾你，我就心满意足了。”幽若满足地说。

“傻丫头，哥哥以后会对你好的。”靖扬轻轻抚摩了她的头，然后满意地笑了。

偌大的幽若谷中，只有谷主和女儿，谷主喜欢采药研究，平时一个人在炼丹房里面配制丹药和药散，惹得名门豪杰都来讨取。只要是各大名门需要的药剂，他都能够潜心做成。但他花了很长的时间想要精心研究配制一种药剂帮助靖扬恢复记忆和武功，可总是前功尽弃。

## 二

幽若谷以幽若的名字命名，不但恰如其分，而且谷如人名般幽静雅丽，不同以往空谷的死寂，幽若正开心地拉着靖扬的手臂欢快地走在空旷的草野之中，阳光的柔晕俯射在幽若的发丝上，她绚烂的脸颊异样的惹人怜爱。周围的杂草和花朵仿佛显得那么的生机勃勃。

“幽若，送给你。”靖扬优雅地采摘一束野菊送给她。

“靖扬哥哥，谢谢你。”幽若含情脉脉地泛着脸颊的红晕。

“傻丫头。”

“靖扬哥哥，你以后会娶我吗?”

“幽若，我现在还搞不清自己的状况，不知道以后的事情，我是一个没有记忆的人，怎么给你幸福?”他难过地说。

“我不在乎，真的，我愿意这样与你相守。”幽若两眼泛着泪光，大大的眼睛着实让人怜爱。

“傻丫头，你怎么还不明白，我没有搞清楚自己之前的身世，怎么对你负责？有天我的记忆没有你的存在了，对你来说怎么办?”

“如果有天你记不起来我了怎么办?”

“那就让我万劫不复!”

“不要乱说，我是跟你开玩笑的，不要当真好不好，你要是真的万劫不复谁给我当牛做马呀?”幽若佯装开心的样子化解了沉重的气氛。

“幽若，这些天我的梦越来越强烈，不断地重复着同一个片段，万马的围追和狂人的咆哮……”说完他的头又紧了起来，疼痛难忍。

“靖扬哥哥，你怎么了别吓我。”她弱小的身躯艰难地拖着他的庞大身躯，过了很长时间才到谷中。

“爹，你快出来，靖扬哥哥这次和以往不同，好像越来越严重了，你快救救他。”幽若焦急地嚷道，希望赶快治治他的病。谷主大步踱出，飞快地拖他到内室，再三叮嘱幽若。

“幽若，快去取些断命草过来。”号称鬼医的谷主命令道。

“爹，靖扬哥哥不会有事吧。”她焦虑地问道，眼睛泪流不止。

“快去，事不宜迟。”

经过谷主的照料，靖扬的身体有些起色，但是体内的毒素始终留下残余。这些日子幽若不离不弃地照顾他，面对自己的爱人有些起色她自是喜上眉梢。

“幽若，你的脸怎么了?”靖扬昏睡几天突然惊醒，展现在自己面前的可人儿居然面色淤青。

“靖扬哥哥，没事呀，我给你采药的时候不小心磕破的，不要紧的，你现在感觉好些吗?”

“对不起，让你这样辛苦。”

“去去去说什么呢，我才不辛苦哩，没事也是闲着，所以多采些药还能让爹歇会儿呢。”她睁着澄澈的大眼睛天真可爱地说。

“幽若。”说完他一把将她拥抱到自己的怀中。幽若的眼睛湿润了。

## 三

“女儿，爹真不懂你呀，为了救他，爹使用了很多奇方怪药，对他还是不起作用，你倒好在他发病期间还容许他这样打你。”谷主气愤地说。

“爹，靖扬哥哥不是有心的，我骗他说是帮他采药磕伤的，请你不要告诉他。”幽若坚决地说道。

“爹知道，靖扬的失忆症只有靠锁魂囊才可以根治，这些年我不愿医治他并非束手无策，只是锁魂囊……”

“锁魂囊是什么?”不等谷主说完，她就迫不及待地询问。

“锁魂囊是江湖失传的奇药，可以改变一个人的理智，想必当初置他于死地的人就是用了这种药，才会使他记忆抹去重要的东西。”

“爹，这种药很难找吗?”

“不是难找，根本就是罕见。”

“也就是说，找到锁魂囊也就能恢复靖扬哥哥的记忆和找到追杀他的人，是吗?”

“可以这样认为。”

“可是天大地大哪里才可以找得到，我要帮靖扬哥哥。”

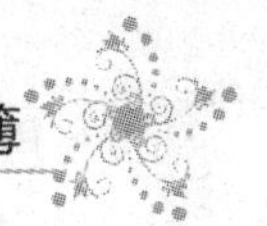

“简直胡闹。”说完谷主便拂袖而去。

幽若怀着高兴的心情端着自己做的粥，来到靖扬哥哥的门前，敲了三声还是没人回应，她着急地推门而进，发现空无一人，于是心好像打碎的粥碗一样成了碎片。

“怎么了幽若？”谷主闻声赶来，看到悲戚的女儿。

“他走了。”她难过地扑到谷主的怀中悲恸哭起来。

“他一定是听到我们的谈话了。”谷主看到桌上一封信件。

“幽若，把信打开。”幽若机械地走到桌案打开信件：

“感谢谷主父女对我的照顾，我想我不能再这样拖累你们了，我要找到记忆报仇。幽若，若你我相见时，再续缘。靖扬绝笔。”

“爹，我要找到他，他的身体还没有好，难保不会再发生状况。”幽若面孔失色。

“女儿，你疯了吗，天大地大你去哪里找。总之不许去！”

## 四

三个月过去了，这是幽若第一次离开自己成长的地方，心情自然很沉重，但是为了找到自己爱的人不惜瞒着父亲来探寻靖扬的踪迹。她筋疲力尽来到街景市区，两侧的货架琳琅满目，她却无心观赏四周的叫卖，急于找到一个客栈休息。她正要进入客栈，突然被一个莽撞的大汉撞了个满怀，大汉眼神淫邪，嘴角露出一丝的坏笑。

“小妞，怎么着，累了吧，陪大爷玩玩。”大汉看着一副清秀面孔的幽若坏意的挑逗，看幽若不理睬正要从旁绕过，他一把抓住她的手臂。

“怎么，还蛮有脾气的吗，大爷我就喜欢，走。”大汉推搡着。

“你放手，再胡说我叫了。”幽若尽力地挣脱却无济于事。

“住手！你这个败类，光天化日之下调戏女子不觉得可耻吗？”一位白衣女子翩翩而至，婀娜绰约。

“哟呵，又一个美人，今天我是不是走运呀，哈哈。”正要伸手抓住那个白衣女子却被女子三下俘虏倒下，手臂被弄得死死的，大汉动弹不得，只好连连求饶，猝尔消失在她们的视线中。

“谢谢姐姐救了我，请问姐姐如何称呼？”幽若满怀感恩地说。

“我叫柳繁，你看起来不像本地人，是不是从未出过远门，江湖人心险

恶，多多提防才是。”

“柳繁姐姐，你真好，我请你吃饭。正巧我现在饿得不行，走吧。”幽若单纯的大眼睛惹得柳繁不禁怜爱。

“真是个傻丫头，以后你就随我同行，这样还有个照应。”

“嗯嗯，姐姐武功这么高强，有你在呀，我什么都不怕呢。”她们饭罢便在客栈休息。

“柳繁姐姐，你就总一个人这样闯荡江湖吗，不会害怕吗?”

“我在寻找一样东西，但始终找不见它的下落。”柳繁失落地说道。

“是什么呀，天下这么大你去哪里找啊?”幽若可爱地问道。

“姐姐对你没有戒心自是当作自家姐妹才会对你说，是锁魂囊。”

“哦，我爹说这种药已经失传，世上难找。”

“怎么，你听说过锁魂囊?”

“是啊，我爹告诉我的，不过我也是在找……”

“你也在找锁魂囊吗?”不等幽若说完，柳繁焦急地说道。

“不是啦，是我的靖扬哥哥。这次离家出走，我想没有什么比找他更重要的了。”

“傻孩子，你的靖扬哥哥想必很幸福了，还有你这个可人儿这样挂念。”两个姐妹深谈很晚才入睡。

第二天清晨幽若睁开双眼看不到柳繁，却见桌上有一字条：妹妹，姐姐有事先行一步，有缘必会见。幽若心里很不是滋味，又落下自己一个人了。她出门后看到很多人在大街上匆匆而过，她拦住人便问发生什么事情，原来相传江湖失传已久的锁魂囊惊现，名门豪杰争相聚在龙鼎山庄。于是幽若便悄悄乔装而至。

## 五

龙鼎山庄一片喧嚣，各大门派相互私语，谈笑议论，对庄主的此番举动大家费尽脑汁想不出来是何用意。偌大的山庄金碧辉煌，牌匾更是烁目夺人。突然庄主出现，惹得大家集中注视。

“今天把各大门派召集而来是有两件事要宣布，第一件就是关于锁魂囊的出现大家有所怀疑，第二件就是我要介绍一个人，他将要继承我龙鼎山庄的事业。”

“不会吧，龙鼎山庄庄主是一个集权的人，怎么会舍得把位子让人呢?”下面众人议论。

“我看呀，肯定有内幕，我们还是静观其变吧，山庄势力庞大不是我们所能左右的，今天叫我们来八成又是给我们各大门派一个下马威吧。”大家窃窃私语。

忽然一位男子身影飘然而至，优雅不失庄重，身形轻灵秀气。旁边一位粉纱女子偕同挽臂，宛如一对神仙眷侣。

“我来介绍一下，这位是小女未来的夫婿司南，此后我将后半生的家业全部托付于他，小女柳繁将与他一并效力，希望江湖武林豪杰能够协助。”龙鼎山庄顿时一片哗然，听着庄主的坦言，大家议论纷纷。这时候，庄园的一角幽若却神情恍惚。

“靖扬哥哥，我终于找到他了，我终于找到他了。”她心中默念，但是脸色黯然失神。

“为什么，为什么靖扬哥哥叫司南，难道他恢复记忆了吗，那不是柳繁姐姐吗，他们怎么认识的，难道他们早就认识吗?”幽若失落的大眼睛不禁黯然神伤，心中泛起阵阵悲意。

夜晚时分，幽若悄悄来到靖扬所在的房间门口，环顾四周无人便轻轻推开进去，男子察觉到异样，便问道：是谁。

“靖扬哥哥，是我，幽若，我终于找到你了，我们走吧。”幽若开心地说。

烛光的灯影是那么冷漠，映射出男子严峻的面容。

“请问你是不是认错人了，我叫司南，不是你所找的什么靖扬哥哥，时间很晚了，男女独处一室不太好，还望小姐忖度。”

“靖扬哥哥，你是不是装作不认识我，还是你的失忆症又犯了，连我你都记不起了吗?”幽若闪烁的大眼睛娇俏焦灼地问道。

“当当”“司南，在吗？我进来了。”传来敲门声，柳繁进来了。

“这不是幽若妹妹吗，你怎么到这里来了，你们认识吗?”柳繁温和地问道。

“我们之前认识，但是他记不起我了，他就是我要找的靖扬哥哥。”说完幽若悲伤地哭起来。

“司南，可有此事?”

“柳儿，我真的不认识她。”

“司南，幽若自己一个人不远万里来到这里寻人，我们偶然相遇感觉相谈投契所以认作姐妹，我不希望因为我或者是什么原因惹幽若不开心，所以希望你不要这样冷漠。”

“姑娘，我们真的认识吗？我好像真的记不起，还请原谅。”司南一脸的愧疚。说完幽若夺门而出。

## 六

龙鼎山庄梅林景色是非常艳丽的，庄主为了让女儿开心特意打造的梅景，柳繁没事闲暇的时候便喜欢在梅林舞剑或是弹琴。这时司南便拉着柳繁在花园散步。

“柳儿，你好美，希望与你这样度过一辈子。”司南抚摸着柳繁的脸颊，被远处观望的幽若看到心中好不畅快。

“司南，幽若的事情。”柳繁欲言又止。

“柳儿我心里只有你，对于其他我根本不在乎也不想记起。愿与佳人独步观景，可堪回首尘封前尘呢。”司南深情地讲。

“我很喜欢她所以不想你去伤害她，可能你长得很像她的靖扬哥哥，她一路寻人心切判断失误也情有可原，我昨晚已经安排她在庄园住下，一个弱小女子我担心会出事。”柳繁说道。

“嗯，我知道的，柳儿，我会时常关心她的。”

“司南，我们的婚期定于后日，你不会后悔吧。”

“你在说什么呢，柳儿，我至死不渝。”

“爹爹让你找的锁魂囊你始终不曾找到，我也曾四处打探但却音信全无。我担心你当初扬言会找到锁魂囊但是寻不到踪迹，爹爹会反悔而且还会杀掉你。”柳繁担心地说。

“放心吧柳儿，我说过一定会找到的。别为我担心，安心做我的妻子就好。”说完便拥住柳繁。

幽若在假山的一侧远远注视着他们，心中不禁泛起酸意。想到他们成亲之日不远，脸色失去了往日的神采。于是便飞鸽传书寄回去一封信件通知谷主龙鼎山庄事情的端详。

# 七

龙鼎山庄张灯结彩好不热闹，门庭若市，前来道喜的人络绎不绝。老庄主满脸开心，想到后继有人自是满心欢喜。夜深人静，洞房中的柳繁期盼连连，憧憬被自己心爱之人揭下红盖头。她静静听着外面的脚步声，心跳随着脚步声加快，突然门被打开了。

“柳繁你真的好美。”说完他狠狠揭下柳繁的盖头，扯下她脖颈上的香囊。

“司南，你做什么?”柳繁惊吓。

“我叫靖扬才不是司南，我阴差阳错来到府上就为了锁魂囊。长期以来你爹都让我为他找锁魂囊，殊不知就在你脖子上。我暗中得知他就是当初害我命的人，今天我得到锁魂囊恢复记忆以后定会找他报仇。”柳繁心儿碎了，眼睛流下泪水。

“我都不懂你说的什么，但是唯一的就是我爱你，司南。”柳繁近乎号啕。

“我心里只有一直照顾我的幽若，而且我从来不会爱上仇人的女儿。”说罢便夺门而出。他按照标记找到藏在假山后的幽若。

“靖扬哥哥。”说完便扑到靖扬的怀中。

“傻丫头，一个人不危险吗，来这么远的地方找我。”靖扬关切地问。

“不会，我就知道靖扬哥哥不会忘记幽若。对了，哥哥，一会儿我爹过来。接应咱们回谷，说帮你疗伤。”

“嗯，我知道，我已经得到锁魂囊了，我要搞清楚为什么我会被追杀有这样一劫。”

突然黑夜蓦地被打开，一片火把的明亮打破了夜的漆黑，四周人群渐至慢慢把他们包围起来。只听到一个咆哮的声音：

“司南，未免你也太忘恩负义了吧，我把女儿嫁与你，你为何这般对待我。”庄主大嚷，“我看准你是一个人才才对你精心培养，你却是这样回报的吗?”

“你追杀我，害得我现在记忆全失，我都还没有找你算账。”靖扬大声回应。

“你这个混账，我柳某一生坦坦荡荡，岂容你如此侮辱名声，来人，把他拿下。”

“爹，请手下留情放过他吧。”柳繁在一旁潸然泪下乞求。

突然一个庞大身影显现，这便是谷主。

“哈哈，庄主好久不见了，二十多年别来无恙呀。”谷主说道。

“怎么，二弟，是你吗，你终于肯见我了吗?”庄主激动万分。

“当然，这次我就是来索你命的。本想让这小子代劳，谁知道还要我亲自动手。”说完对靖扬投来鄙夷的目光。

“谷主，你在说什么?”“是呀爹，你在说什么呢?”

“当年本来叱咤江湖的庄主是我，龙鼎山庄都是我的，谁知道被你占有，害我只落得在不生人烟的谷中做鬼医。”他的目光怒视着柳庄主。

“二弟，当初爹生前的时候已经交代好了由我处理山庄的事情，你对医药有天赋才让你潜心修炼。”

“荒谬，害我每次都是毒气攻心几乎丧命，而你却是坐享其成。这次我就是来夺回我的东西。”谷主大喊。

“我知道这么多年你一直都是耿耿于怀，妄想借助锁魂囊的威力击败我，好受你控制，但是你现在却是事与愿违所以走火入魔，等待这么多年时间未果才出此下策。”柳庄主说道。

“不愧是血浓于水啊，不错锁魂囊世上根本就没有，我就是借用其名引起轩然大波，你处心积虑以锁魂囊名义怂恿武林高手聚集山庄之内想必你也是为除去我。”

靖扬目瞪口呆，和幽若面面相觑不知所措。

“爹，你在说什么呢?这和靖扬哥哥有什么关系?”幽若不明所以地问。

“靖扬不过也就是我的一颗棋子罢了，长期以来只不过是我的汤药控制了他的思想，你不是一直在喂他喝吗?他根本就没有失忆不治之症，锁魂囊不过是让他急于迫切知道自己所发生的事情的借口罢了，他的混沌意识是我长期以来药力的作用，不然他怎么会有那么大的好奇心自己去探索呢。哈哈哈。”

“你这个魔头，你为什么这样对我，我与你无冤无仇。”靖扬问道。

“就因为你的娘背叛了我投入到他的怀中，我事事不如他，最后竟落了个连自己喜欢的女人都保不住。”他指着柳庄主邪恶地说。

“你说什么?”靖扬失色。

“二弟，这些年来你一直都在步步逼迫于我，我不曾理会，现在居然叫

我的儿子来对付我，我找寻孩子这么多年了，儿子原来是一直被你迫害，你为什么要这样对待我和梦儿的孩子。”

“哈哈，我得不到的东西我就会迫害掉，既然计划没有落成就让你明白彻底，大不了同归于尽。柳繁和幽若便是我和梦儿的孩子，梦儿临产后我便用狸猫换太子之计把柳繁换了过去，就等有朝一日夺回我的一切。”他丧心病狂地咆哮。

“我跟你拼了。”柳庄主飞旋而起悬在半空与他厮打起来。柳繁和幽若顿时心中异样起伏，泪眼朦胧，只见靖扬早已面无人色地瘫倒于地。正当靖扬起身决定讨回公道的时候，只见一把利剑朝他飞了过去，这一刻停止了，只见一个粉色的影子倒在地上，柳繁替他挡住了那利剑。

“柳儿，不要死。”靖扬把她使劲地抱在怀中摇动着，看得一旁的幽若惊呆了。

“司南，你说过你不会爱上仇人的女儿，宿命吧，到底我也是你仇人的女儿，我要你永远记住我。”柳繁缓缓地说。

“柳儿，我爱你，一直都爱，你不要离开我。”他悲恸欲绝。

“答应我好好照顾我的妹妹。我……我……永远记得你。”说完柳繁便缓闭目而亡。耳畔传来鬼医的咆哮大喊和失声痛哭，幽若早已泣不成声。

柳庄主趁他乱了阵脚的时候喝令高手把他擒住。

“女儿，爹都还没有好好地跟你说话呢，你不能走。”鬼医谷主大喊近乎失疯。

“你不配做爹，以后你也不再是我爹。”幽若愤怒地说，她缓缓地走到靖扬面前。

“靖扬哥哥，你曾经说过会对我好，以后你还会这样对我吗?”见他始终不语一直沉浸在柳繁死亡的哀痛中。

“靖扬哥哥，姐姐她好幸福，都是我不好，一直在喂你喝的居然是毒药，你不再理我没有关系，我已经没有什么好眷恋的就让我替你陪着姐姐吧。”说完从腰中拔出一把匕首刺向自己，翩翩倒下。

“幽若，你醒醒，你怎么这样傻，不关你的事。”靖扬焦急地呐喊。

“没……事了，谢谢你。”幽若的目光渐渐涣散。

时常会看到一个高大的身影出现在凌霄园，墓碑刻着：爱妻柳繁，爱妻幽若。碧柳垂杨繁，幽静空澈若，幻迷锁魂囊，情绝凌霄梦。

# 魔女阿籽

■ 陈茂存

一

葫芦山里有两个洞，两个洞相隔只一壁。一洞产仙佛，一洞产邪魔。佛祖常到洞里来讲经，佛说：魔如佛如，本来一如。佛魔只在一念之间。

葫芦山里的邪魔阿籽，她不相信佛祖的话。阿籽认为：佛就是佛，魔就是魔。二者，水火不容。

阿籽在洞里已经修炼千年，化为人形。在月光明媚的夜里，阿籽拿着自已的水晶球在修炼，她从水晶球里吸取能量，增强自己的功力。可是，近来水晶球的能量越来越弱了，要增强水晶球的能量，需要众生的灵魂来祭祀水晶球。阿籽要修炼九阴大法，必须有水晶球的能量。所以，阿籽决定出洞，到人间摄取众生灵魂来祭祀水晶球。

阿籽从众生中幻化出一张美女面皮，贴在脸上，摇身一变，化作了一个美女，出了洞来。从葫芦山来到了人世间后，阿籽发现，人间尚有正气存在，要随便摄取众生灵魂，不容易得手。于是，她想到了一个办法。

阿籽到了人迹稀少的地方，集中邪念，抽出了好多的恶念的荆条，用来编织了一个恶念的花篮。花篮很精美，众生见到此物后，定会心旌摇动。再加上她的秋波大法，众生一定会立刻失去理智，灵魂出窍，这样，她要摄取多少人的灵魂，都不成问题了。

阿籽编好了恶念花篮后，她想试一下这恶念花篮的魔力。这时候，阳光明媚，暖风煦煦，天地间一片美好。阿籽此时妒心大起，大怒道：我一定要摧毁这人间的美好！

阿籽把恶念花篮放到一棵树下，那精美的花篮，闪着诱惑人的邪念之光。她对着花篮念动了恶咒，顿时天昏地暗起来，妖云蔽日，阴风嗖嗖。此时，很多众生灵魂，收入花篮之中。

阿籽取出了她自已的水晶球，放入了花篮中。水晶球吸取了众生灵魂，

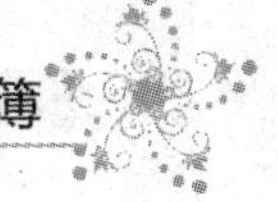

顿时增加了很强大的能量。阿籽初出人世，就大获丰收，喜不自胜。

阿籽来到熙熙攘攘的街上，听人议论道：昨天怎么忽然发生了日蚀？还来了一阵怪风，听说好多人都失踪了！

阿籽听人议论，她发出了得意的微笑。

阿籽又回到没人的地方，取出了自己编织的精美的恶念花篮，得意地欣赏着。她想：我是天下第一的伟大才女，谁能像我一样制造出如此伟大的作品来？我的作品，无人能比。

阿籽拿着她的作品，得意地大笑起来。她将来要用这个魔宝，摧毁一切人世间的美好。

佛祖此时又在讲经，忽然心念难静，掐指一算，大叫不好。佛祖说：又有妖孽在人间作乱！

佛祖对弟子空空罗汉说：人间又要发生什么灾难了。你快去人间收伏那妖孽！

佛祖本来想派观音来的，后来又一想：一个小妖，空空罗汉足以对付。杀鸡焉用牛刀！

这天，阿籽又要用花篮招摄众生灵魂祭祀水晶球了。她刚念动恶咒，天就阴了下来。说时迟，那时快，忽然有一禅杖，打了过来，吓得阿籽惊慌而逃了。打这禅杖的人，正是空空罗汉。空空罗汉追了去，可是阿籽已经逃得不见踪影了。

一晃又是好多年过去了，空空罗汉一直都没有看到过阿籽出现。

## 二

阿西上班回来后，又走进了电脑室。他打开电脑，正准备写他那没有写完的小说稿子。写着写着，忽然电脑里出现了一团绿光，接着出现了一位赏心悦目的美女，在对他笑。阿西想：这可邪了！我又没有搜索美女图片，怎么在写作的文档里出现了美女？

阿西认为，这可能是幻觉。也许，是这几天过于疲劳，所以，才会产生出这样的幻觉来。

可是，这时候电脑里的美女说话了，她道：这不是幻觉，我真实存在。我现在可以从电脑里面出来，出现在你的面前。我是信息存在，我可以无处不到！

说着，这美女果然从电脑里走了出来，站在了阿西身边。

阿西问：仙子，你叫什么名字?

那美女道：我叫阿耔。

阿西问：你可是魔女阿耔?

魔女道：我正是魔女阿耔!

阿西说：我不信！魔女没有你这和善的面孔。

魔女道：我这和善的面孔，是伪善的。你不相信吗？你看我的这花篮!

阿耔说着，真的拿出了一个精美的花篮来。这时候，吓得阿西出了一身冷汗。

阿西问：你来这里干什么?

魔女阿耔道：我到处去卖花篮，我的精美的作品！可是没有人要。我肚子饿了，我看见你这里有一股灵气，所以就到你这里来了。

阿西说：你饿了！你要吃馒头吗？我刚买来的，还热的，我拿给你吃。

阿耔道：我要吃馒头，但是，我要吃的是你内心里面的那颗人血馒头!

阿耔说着，两眼发出了两道绿光，吓得阿西大声惨叫起来。

惨叫声从电脑室里传了出来，众邻里街坊都走过来了，看阿西家究竟发生了什么事情?

此时，阿耔又用两眼发出的两道绿光向众人扫射，顿时众人都倒在地上。

此时，有一和尚大叫道：妖孽，休得又害人!

和尚说着，用禅杖打了过来，正准备用钵罩住妖孽时，魔女阿耔又狡猾地逃跑了。和尚又是一阵叹息。

这和尚，正是空空罗汉。空空罗汉施了佛法，才把被魔女伤害了的这些人救活了。众人正要感谢和尚，却发现和尚已经走了。

## 三

魔女阿耔用恶念花篮，招摄了不少的众生灵魂，用于祭祀她的水晶球，水晶球的能量，越来越更加的强大了。阿耔回到山洞，又练起了九阴大法来。她掠来了九个健壮的男人，吸取了他们的真阴，吃了他们的血肉，白骨扔了，只留下九个人头骨。

阿耔在九个头骨中，任意取了八个头骨，布成了一个八卦阵。她在阵中央踟趺而坐，手拿花篮，花篮内装有水晶球和一个头骨，水晶球放在头骨内。她念动恶咒，练起了九阴大法来。经过七七四十九天的修炼，阿籽的九阴大法，终于练成了。阿籽舒了一口气，又走出了洞，下了葫芦山，又到了人世间。

人世间春光明媚，微风和煦，龙飞凤舞，鸟语花香，一片醉人的春色。

阿籽越看越生气！阿籽把装有水晶球和头骨的花篮，放到了一棵树下，向巫神祈祷道：伟大的巫神啊！请赐给我无边的魔力。我要用魔力，把这和谐的美好人间都毁掉！让这人世间都成为黑暗，成为我虚幻的魔幻世界，我要统治这个世界。让我花篮中的水晶球和头骨，发挥无穷力量，让所有众生都死亡。

阿籽祈祷毕，又念动恶咒。突然，天昏地暗，吹起了嗖嗖的阴风。阿籽念动了魔军咒，刹那间，世界上所有的妖魔鬼怪，魑魅魍魉都被召集了来。人世间，那些心邪的人，也被魔女阿籽掌控。世间什么帮主，还有山里的什么道人之类，凡是心邪的人，也都加入了魔军，来残害好人。阿籽认为，这世界属于她的。看来，人世间又将要发生一场可怕的劫难了。

这时候，正好来了空空罗汉。空空罗汉道：妖孽，又要兴风作浪！还不乖乖跟我回葫芦山去修炼。弃恶从善，说不定哪一天，你也会修成正果。若逆天违道，终遭天谴！听老僧一句善言劝告吧！

阿籽冷笑道：和尚！你休要多管闲事！我现在已经炼成了九阴大法，不怕你了。你就受死吧！我让你马上就去见西天如来佛祖！

说着，阿籽念动恶咒，刹那间，天地之间忽然乌烟瘴气，阴风嗖嗖，冷得和尚也打了一个寒战。阿籽又念动了魔军咒，刹那间，世间妖魔鬼怪，魑魅魍魉组成的魔军，都向和尚杀了过来。和尚大战了一百二十个回合，渐渐觉得真力耗尽，力不从心了。和尚想甩开魔军，举起禅杖向阿籽打过来，此时，魔女阿籽，两目绿光直射花篮中的水晶球，水晶球上面的骷髅头骨眼孔内，射出了两道更加强烈的杀人绿光，和尚躲闪不及，被绿光击翻在地。阿籽哈哈大笑道：金刚罗汉，无非也就这般能耐！

突然，天上飞下来一团金光，一声巨响。阿籽一下子被打翻在地，花篮被毁，杀人的两道绿光也随着消失了。雷公道：魔女，你休得伤天害理，你休得猖狂！你残害百姓，丧尽天良！人间正义尚存，你这妖孽，天理难容！

雷公言毕，又是阵阵闪电，团团金光！

魔女阿耔措手不及，十分恐慌。一团金光包围了绿光，不久之后，阿耔和她的水晶球都炸成了碎片。

魔女阿耔死了。天地之间，又恢复了以往的安定和幸福。

## 四

魔女阿耔的灵魂到了十八层地狱。地狱的阎王对阿耔说：你本来有千年修行的根基，如果你有善念，不会落得如此下场！你如今功力全废，老命丧亡。你练成了九阴大法，却用来涂炭生灵，丧尽天良，所以必遭天谴。这就是你恶有恶报的下场。

阿耔道：如果不是雷公偷袭，我早就杀死了那个老和尚。我的九阴大法，本来是天下无双的，金身罗汉也难抵挡。我被雷公偷袭，死于非命，我不服！

阎王道：你死于非命，你不服吗？多少人又在你的手上死于非命？你害死了多少人，他们又服吗？

阎王手一招，无数个冤魂都过来了，向魔女阿耔讨命。一大群冤魂，哭着、喊着、骂着、怒着，都向魔女阿耔冲过来。阿耔没有了魔力，在这里，众生都是平等的，血债还要血来还。众冤魂跟阿耔索命，阿耔苦不堪言。

按照阴曹地府的规定，像魔女阿耔这样罪孽深重的，必须经过按五行规律制成的所有苦刑具的折磨，让其受尽百般痛苦方休。譬如，要经过木枷压榨，火炮烙刑，水火蒸煮，锯肢剖腹，挖眼割舌等各种酷刑，让她无罪不受。

阿耔的灵魂经过了各种酷刑之后，终于肃清了罪孽。

阎王问阿耔道：你现在又可以投胎了！你想投什么胎？

阿耔道：我想投人胎！我要好好地做一回人。

阎王道：遭了天谴的，是永远不能投人胎了。你只有投动物胎。

阿耔道：那我就投生做蛇吧！

阎王摇摇头，道：你还执迷不悟啊！做蛇，还想害人吗？如果你又成了蛇精，天下不是又要大乱了？不行！不行！

后来，阎王让她投胎做了一只蚜虫。

如今，当我种花的时候，生了蚜虫的花，我还会想：这是不是阿耔？

唉，阿籽，造孽啊！

这时候，我又想起了佛教说的那句话——佛如魔如，本来一如。成魔成佛，一念之差啊！

# 凉扶序，花海棠

■ 沐暖尘

杀是杀手唯一的宿命，至死方休。

——题记

我叫凉扶。曾姓夏。

此后很多年，我只是被叫作“杀”。

一

被利器划破的衣裳，血污已凝结成暗黑色。

一把冰冷的剑，满眼一望而无边的死尸，以及额心如火烧般的疼痛。

那是记忆里最初的画面。

那年我恰好十岁。

……

当我手握着那把剑站在死人坟场的时候，那里全部都是我的亲人。

可是，他们都面目狰狞地死在了我的脚下。

我记得，那是个黄昏，夕阳好美，像是黑夜里母亲燃起的烛光。

天堂和地狱，原来真的如此的接近……

后来，我在这里找到了奄奄一息的永安。

他是我弟弟，昨天刚过五岁生辰。

他的伤在颈子上，宛若花朵一般，像海棠。

只是刀锋轻偏了一寸罢了，未累及性命。

凉扶哥哥，爹和娘怎么了？王爷爷怎么了？他们怎么都不理我呀？

稚嫩的童音，那么一瞬间，我想流泪。

……他们睡着了。

## 二

村庄沉寂，弥漫着浓稠的血腥。

当第一架马车从这儿经过的时候，我刚埋了不到三分之一的尸体。

永安静静地伏在我的背上安然地入睡。

他说他叫杜渊阁。

皇都兵部尚书，如今带着他五岁的女儿，经此回乡祭祖。

哥哥，你叫什么名字？我叫海棠，爹爹都叫我棠棠。

头上别着一朵初放的海棠花，我看见她的额头胭脂凝成的海棠。

哥哥，这朵海棠送给你。爹爹说，海棠代表温暖和快乐，棠棠希望哥哥开心哦。

她取下发间的海棠花，轻轻地放在我的手心。

手心温暖一片，便有清香怡入鼻尖。

他帮我葬了乡亲，我求他带走永安。

凉扶哥哥，我不走。我要跟哥哥在一起。

永安，凉扶哥哥只能陪你走到这里。

答应哥哥，好好照顾自己，如你之名，永世安康。

当马车沿着小路缓缓而去时，我站在如今空无一人的村头。

紧紧握着手里的剑和那朵快要枯萎的海棠花，无言。

## 三

我看着一个个脸孔在我面前一晃而过，这些都是相处已久的兄弟，在剑身没入他们的身体之前。

听到血滴落在地面的声音，我面无表情，继而转身离去。

没有看旁边的无泪，更没有看高座上的宫主。

我知道，在宫主的眼里，我是个武学奇才。因为我是暗宫唯一一个只经过三年，就能在第七级的竞技场独自存活的人。

暗宫的杀手，除非在第八级的厮杀中存活下来才能成为一个真正的杀手。才能去杀你想杀的人。

暗宫在地下，跟阎罗的殿堂一样，躲在阳光的背面。

而我常常去暗宫唯一一个有灵动的地方——暗河，它好像没有源头，也不知道要流到哪里。

只有那潺潺的水声，才让我觉得这暗宫是真实存在的，才能让我有活着的感觉。那把剑就靠在我的身上，而我只是凝望着暗河不息。

我从来不去想永安，我相信，有一天，我们能再见面。

暗河边十三岁的少年和一把孤独的剑，我为它起名叫“杀”。

我很快就能出去，很快……

## 四

我叫杀，无姓。

与无泪齐名，同为江湖上人人闻名丧胆的杀手组织暗宫的数一数二的杀手。

十岁那年，我进了暗宫；十岁那年，我认识了无泪。

她是暗宫唯一一个女杀手，也是宫主的得力手下。

原她也不叫无泪，只是同我一样，被血埋葬了曾经。我猜想。

她从来没有跟我说起过她的过去，直到她死在我怀里。

她就如她的名字一样，我从来没有见她掉下过一滴眼泪，一点不像女人。

她对我很好，虽然我不曾开口回她一句话，她依然对我好。

我曾经问过她，她却什么也不说。

而如今，我二十岁。距离我通过第八级的厮杀已经过去五年。

那一天，我的剑穿透了竞技场所有对手的身体，不带任何温度。

我知道，我达到了来暗宫的目的，我离那一剑已经不远。

## 五

月上更漏头，我站在杜府大院树叶茂密的大树上，一身玄衣隐于树后，黯淡的月色，映着我鬼魅般的身影。

朱红色漆成的窗微敞，我看到里面那个俯首案几、奋笔疾书的白衣男子。

眉宇间依稀熟悉的模样，浅浅的眉眼散发着清雅俊逸的气息。

永安，杜府待你必是极好，才能养出这般脱尘的姿势。那么，凉扶哥哥便可安心了。

安哥哥，更深露重，读书辛劳，我给你做了夜宵，便趁热吃了吧。

正欲离去的步子生生挪不出去，却也不敢回头，记忆里的哥哥早已被淹没，如今的只是杀。

棠棠，夜已深沉，怎还不歇息？你必要当心身子，不必日日为我洗手煮羹。

流云髻，翠纱裙，额鬓斜飞金步摇，细致的发间仍旧别着一朵绽放的海棠。夏永安几乎看痴了。

只是，凉扶哥哥，不知道如今身在何处，永安的幸福还想让你来见证。眸光一转，细细藏起了哀伤，就着精致的点心一口一口吃了起来。

忽地望向窗外，树枝轻轻地晃了一下，便什么都没有了，急急追了出来，不曾一人。

会是凉扶哥哥吗？一别十年，他还会记得我吗？

## 六

我最终没有让永安看见我，他此生注定活在阳光下的人，而我，只是个与血相拥而眠的魔鬼而已。

我觉得，这一生大抵如此了，等我大仇得报，便找一个地方隐姓埋名，用余生几十年的光景为前半生的杀戮赎罪。

不想，命运没这么早放过我。

杀，两天后出发，杜渊阁，灭门。

宫主一向少言，布置任务也寥寥数语，而此刻我却希望他多说一点，关于杜渊阁。

不。

我冷冷地回绝。死人没有活着的人重要，我不能毁了永安的幸福。若如此，宁愿放弃复仇，即使死在这一刻又何妨。

也许杜渊阁并没有那么简单。总有一天你会为了你今天的拒绝付出代价，那便不是血能解决的了。

宫主没有惩罚我，但是我心底却了然，此事不会这么轻易地结束。我在揣测，我要为此付出怎么样的代价。

我经常隐于杜府，为了永安。也常常看到那张娇柔的容颜，以及当年施予援手的杜渊阁。十年间，他已然苍老许多。

那个雨夜，我看到被杜渊阁压于袖口的卷宗，熟悉不过，每次完成任务都会交给宫主同样的卷宗。我知道，这是暗宫的规矩，雇主那里必然会有一份。

昏黄的烛光折射出的泛黄。夏祈天的名字在我的瞳孔里被无限放大。

怎么可能？十年来苦苦寻求的真相，会与杜渊阁有关吗？那十年前的路过是不是也不是恰好？

杜渊阁，你到底是怎样的人？你对永安的好，究竟是何居心？

我终究还是先回了暗宫，跪在宫主面前。

黑暗中我看不清宫主的脸色，宫主一成不变的语气在我的耳边却变得忽近忽远……

## 七

今晚的夜色很美。我重又站在杜府这座在黑夜里静默无言的府邸。亦如那时宫主昏暗而幽深的声音……

杜渊阁雇暗宫对夏祈天一家灭门，事后委托我带你回暗宫，不惜重金。个中缘由，在杜渊阁。

暗夜隐殇，杜渊阁用手狠狠地压着十年来一直让自己寝食难安的卷宗，冰凉的空气中，他嗅到了死亡的味道。

他知道，这一场长达十年的凌迟正在慢慢靠近。

剑破空气，一股凉意直抵颈脖，杜渊阁甚至静静地站着，面色平静。

杜渊阁，我该感激你，还是该杀了你？这一切，你似乎欠我一个解释。

凉扶，你终于来了……

月移云影殁，何处更声惊梦人？这一切就这样结束了吗？凉扶终究是善良的孩子，为了永安他没杀他。

我终究没有杀了杜渊阁，我想到永安那安稳的眉间淡淡的安静，还有那个似海棠花的女子，她曾那么真切地希望我快乐。

如同过往的很多次，我只是转身离去，不带一点温度。

雨打落，散在青石上的碎片。

谁的叹息在暗夜里辗转难眠，杜渊阁回想十年恍如一场惊梦，朝堂之事，风云诡异，岂是一时半刻可以解释清楚的。

他唯一庆幸的是，当初带了永安回来。

## 八

我站在海棠枯萎的树下，握紧手里的剑，这一切终于走到了尽头。

杀，我等你很久了。

当我站在暗宫旷阔的竞技场，我迎来了我人生最大的一次厮杀。

宫主，十年一剑，如今该是做个了断的时候。

杀，你只能做这样的选择吗。

我已不想再说什么，这一生的沉默就要结束了。

我看到宫主的剑闪着凶狠的光毫不留情地向我刺来，我微微笑了出来，终于是要解脱了吗？

剑刺穿衣服的声音，我看到无泪轻柔的身体慢慢地坠落，我飞身过去，一把抱她在怀。

杀，你要活下去。你才二十岁。

我只能这么紧紧地抱着她，若是没有了心，还如何活得下去，这要我如何回答？

杀，你原本叫什么名字？

我看着她渐渐黯然下去的眸子，心底有一处悲伤蔓延出来。

我叫夏凉扶。

## 九

看着竹筏渐渐漂向远处，无泪安静的睡颜，这一生，她已然解脱了。

这是她最后的要求，她说她一生都被囚禁在暗宫，所以她要沿着河流的方向，看一川鸟语花香。

这一棵我看了十年的海棠树，如今，请放我在这里安眠。

当剑划破颈脖，我听见血汩汩而出的声音，像是一场天籁的悼念。

原来，死亡竟是这般安静吗？

凉扶哥哥，你为什么要这么做？

朦胧之间，我仿佛看到了永安。我的弟弟，此后余年，哥哥愿你永世安康。

还有一口气未断，我说，因为我的剑冷了。

当永安握着我的手，我能感觉到他的颤抖。

只是，我累了。再也没有力气陪他说话了。

那时候，风乍起，海棠花就纷纷落了下来。

我捻起一朵留有清香的海棠花，犹自忆起旧时光里，那个小女孩，轻绵无骨的小手触碰到我手心的感觉。

还有，还有，那朵活在记忆里从未凋谢的海棠花。

海棠站在永安的身边，怯怯地望着我，小脸满是泪痕，有伤心，有难过，有愤怒，却最终没有我想要的眼神。

旧日芙蓉面，今落断肠泪。

我却再也没有力气看了。

杀，是杀手唯一的宿命。至死方休。

若是不想再杀人，只能，杀了自己。

永安，你可懂?

## 十

暗宫一如既往的黑，无穷无尽。

宫主曾对我说，无泪，你是暗宫未来的奇迹。因为你有一颗足够坚硬的心。冰冷而且漠然，是死人喜欢的温度。你没有眼泪，就没有仁慈。

一度我以为这一生都会埋葬在这无止无尽的黑暗里，沾不到一点阳光，四季如一日冰冷的手，和比手更冷的心。

若是没有那一年，若是没有凉扶。

那一年，海棠花将要枯萎的季节，宫主带回来一个孩子。那时候，我正在暗河边任暗宫阴冷的风刺透我的身体，和恍如不存在的心。

第一次注意到他，是他波澜不惊的眸子，里面除了火光的倒影，什么都没有。无悲无喜，无爱无恨。

第一次杀掉自己的同伴，他也只是轻轻擦去剑身的血，转身离去，眸子一如既往的沉静，就像这暗宫的黑一望无底。

当一个人的心被恨填满，被血覆盖，复仇就是唯一的信念，也是活着唯一的理由。

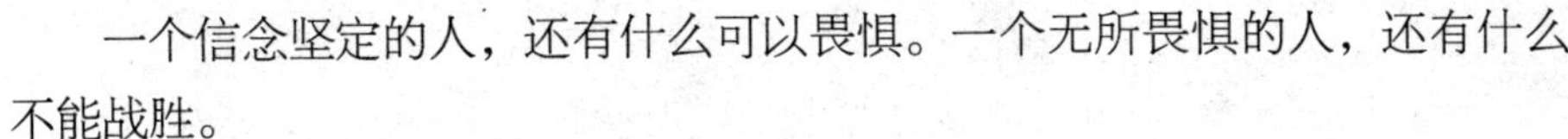

一个信念坚定的人，还有什么可以畏惧。一个无所畏惧的人，还有什么不能战胜。

这个孩子，不简单。而我也隐隐有种预感，我会因为这个孩子而死。

果然，短短三年，他就成了暗宫最优秀的少年。每次任务回来都能在暗河边看到他孤桀的身影。

我问过他叫什么名字，那是他第一次杀人之后，只有简单的一个字：杀。

杀成了暗宫最妖娆的男人，眉心的雪芒星，透着邪气却不带半点阴柔。随着暗河奔流不息的是他不断成熟的容颜，唯一不变的是他空无一物的眸子。

他总是喜欢站在海棠盛开的地方，任纷纷的海棠花打落他的肩头，那一片清香，丝丝缕缕。我远远地望着他，总觉得他缥缈像是随时要离去一般。

我终究也不知道他有什么样的故事，也不知道他原来的名字叫什么。

从来也没见过他拥有过除了死寂以外的眼神，只除了那一次。

宫主交给他的任务是杀了礼部尚书杜渊阁。还要，灭门。

不。

那是我听到的杀发出的第二个字。

总有一天你会为了你今天的拒绝付出代价，那便不是血能解决的了。

宫主意外没有任何惩罚，只是留下这一句话，便隐身于黑暗中。

我仍是和杀一起接任务，无休无止地杀人。

他曾经问我为什么要对他好？在暗河阴冷的河床边上。

我没有回答，我对他好，只为他像当年的我。可是，我不会告诉他的。

后来的后来，当我为了救他而被宫主的剑刺透身体的时候，他的眼睛终于有了一丝惊慌。

我倒在他的怀里，拼尽最后一口气问，杀，你原本叫什么名字？

在我以为我等不到答案的时候……

凉扶，我叫夏凉扶。

那一刻，我在他的眼睛里，看到了，毁灭。

# 雪魇

■ 花醉

时则深冬，大雪纷飞。

雪山位于极寒之处，刚到冬季便开始下雪，大雪连三月，最是苦寒。

郧城邻近雪山，这个时节早已经冰雪封城。偌大的城镇家家户户房门紧闭，偶尔有几个穿行在街道上的人也是匆匆忙忙的，缩着脖子顶着风雪，快步消失在茫茫雪海中。

郧城一年三季如春，气候凉爽宜人，更有桃花常开，月桂相伴，这也算是一番奇景。民间传言，郧城最美不过春夏秋三季，户户有水，家家种花，真正的世外桃源不过如此。

美中不足的是，此处刚入冬季便有大雪堵城，千里冰封，到处都是白茫茫一片。市井之民休养在家，旅人止步，草木凋零，整个城镇一片萧索，最是凄清。

当然，这只是平常人眼中的郧城。若是有知情人在此，听到如此言论必定会摇头微笑，淡然不语。

冰雪封城的冬季，寒风呼啸，凄清萧瑟，不是文人骚客的最爱，却是武林中人至尊之地。

传言，雪山深处每隔十年便有一名雪女现世，雪女现世的同时冰城开启，众多武林人士可以进入历练，若能有好机缘便会一步登天，甚至有传言，一个平庸的少年在经历了冰城磨炼之后成为天下至尊，无人能敌。

当然这只是传言，每一个能从冰城中走出的人，不是消失了踪迹便是隐居不问世事，有好事者问及此事，皆闭口不谈。至此，冰城有奇遇这个谜底谁也无法解开，一些蠢蠢欲动的人便等待十年之后冰城的另一次开启。

而今年今日，农历腊月初八，正是十年之期。

小鸽迈着沉重的步子踏进郧城的时候，身后留下两串歪歪曲曲的脚印。雪化成水浸到靴子里，裸露在外面的水已经结成了冰，靴子也因此变得硬邦邦的。

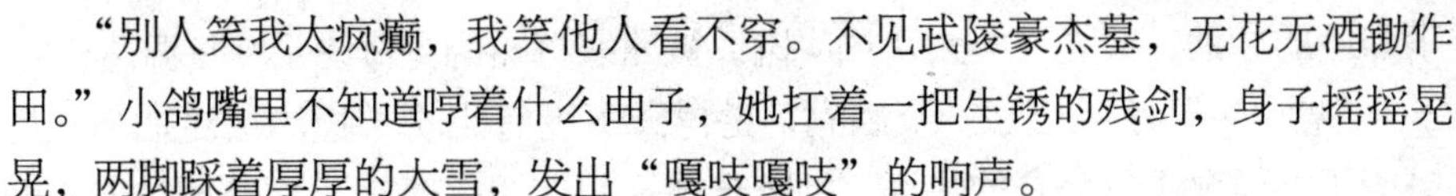


“别人笑我太疯癫，我笑他人看不穿。不见武陵豪杰墓，无花无酒锄作田。”小鸽嘴里不知道哼着什么曲子，她扛着一把生锈的残剑，身子摇摇晃晃，两脚踩着厚厚的大雪，发出“嘎吱嘎吱”的响声。

“喂喂，前面那小兄弟，这里可是郯城了？”身后少年快步追上来，“在下离云派云潜，叨扰了。”

倒是彬彬有礼，风度翩翩。小鸽上上下下打量了来人一眼，不过是十七八岁的少年，眉眼间仍带几分青涩，举手投足间却是大家风范，功力也不弱。

“不错，不错。这里就是郯城了，往西走十余里便是东来客栈。”小鸽拍拍毡帽上的雪，拖着沉重的步子向前走去。

“如此多谢了。”那少年从小鸽身边经过，身姿轻飘，姿态优雅，身过处，厚厚的雪地里竟没有留下半点痕迹。

“这便是传说中的踏雪无痕吗？”小鸽望着少年远去的背影，微微叹了口气。

“这天要黑了，还是加快脚步吧。”她自言自语，继续拖着沉重的步子往前走，空旷无人的街道上只留下“嘎吱嘎吱……”的踩雪声，久不绝响。

夕阳吞下最后一抹余晖的时候，东来客栈门前的旗杆影子刚好遮住第二根窗棂，她轻快地推开一扇门，只听一声“吱呀”便有十几双眼睛扫过来。

她拿着半截长满了铁锈的残剑，穿着半旧灰色大氅，戴着半旧灰色毡帽。脸上黑漆漆一片看不出本来面容，偏偏那双眼睛却是极为明亮的。

久违的暖风从屋里传来，酒香阵阵，沁人心脾。小鸽深深呼吸了两口，这才发现那群注视着她的人早已经将目光收回。

“小二，上好的热酒一坛，两斤热牛肉，一碟花生米。”小鸽选了一个最不起眼的位置坐下。

这家客栈叫作东来客栈。东来东来，隐喻为紫气东来，若有文人在此，和着大雪纷飞，必定能吟诵一番。

但来这家客栈的人，却鲜少有文人墨客。这东来之名也不过是因为郯城三面环山，只有东方通向外界。凡是有客，必定从东方而来，因此叫东来客栈。

“客官，凡是在店外的旗杆影射到第二根窗棂的时候，进入小店者酒水免费。您慢用……”小二将抹布搭在肩膀上，高高唱了一声。

“好说，好说。”小鸽端起眼前的花白大瓷碗，一饮而尽，几粒花生米压下烈酒的冲劲，又切了一大块热牛肉，被冰寒打透的身体终于恢复温热。

“嗝……”小鸽打了一个酒嗝，觉得天下没有比吃一顿热饭更加幸福的事情了，何况还有免费的热酒。她跷起腿，将店里的嘈杂声摒弃掉，专心对付眼前的牛肉团。

“这位小兄弟，不介意在下坐在这里吧？”一声清脆的打断惹得小鸽十分不快。在她的印象里，凡是打断别人吃饭的人是坏人中的坏人。她抬起头，是那位自称是离云派的云潜。

“坐。”简单的一个字表达了她的不满。

“小二，来两斤热牛肉，上好的烈酒一坛，要快！”少年似乎并没感觉到小鸽的不满，他挑眉对着小二高喝一声，不过片刻工夫，手脚麻利的小二便将酒菜端上来。

“小兄弟也是一个人来的吗？”云潜说话的时候并不在乎小鸽的不快，他只是微微敛眉，觉得一个人的吃相能坏到这种程度也是一种本事。

“不错。”小鸽屈起一条腿，极其不雅地剔着牙，“喝酒这种事情一个人就够了，难不成还要带上十几个狐朋狗友？”

云潜端起桌上的花白瓷碗，轻轻一笑，“小兄弟说得对，是在下唐突了。先干为敬！”

一口饮尽杯中酒，云潜觉得内心中升起一股豪气。

“呼啦……”

门被推开的时候，雪花被大风吹了进来。店里霎时间一阵宁静，所有的人就像是定格了一般，一动不动。

风雪迷人眼，小鸽眯起眼睛往门外看的时候，只见两个衣着华丽的女子走了进来。

“客官里面请。”小二笑脸相迎。

周围的喧哗声再次响起，喝酒划拳闹成一片。

“师姐，这家店里太过吵闹，我们还是换一家吧。”说话的是一位穿着紫衣的少女，模样清秀，只是言语动作间带了些许的傲气，一看就是娇生惯养的主。

“师妹，这是城里唯一迎客的客栈，就将就一下吧。”站在她身边的女子也穿着紫色衣服，眉眼淡漠，但语气温润，看模样也是个傲气之人。

小鸽上上下下打量了这两个女子一番，环佩叮当，香风阵阵，如同下凡的仙子。再打量自己，半旧大氅和毡帽，脸色漆黑，邋遢至极。她摸摸鼻子，突然觉得上天对自己很薄情。

“这两位应该是紫霞宫的弟子。看她们的锦囊是流云紫霞攒金织就的，地位不低。”云潜适时给小鸽解释。

“看模样倒是美女。”小鸽心不在焉地答着云潜的话，一双眼睛忍不住在她们身上瞟来瞟去。

“你看什么看，登徒子！”年纪较小的紫衣女子似乎发现了小鸽，她怒气冲冲地抓起剑，“再看我挖掉你的眼睛。”

“莲妹！”年纪大的女子拉住发飙的少女，不知道说了什么，她竟然悻悻地坐了回去。

“你真不应该得罪她。”云潜苦笑了一声，“这位紫莲是紫霞宫最难缠的主，她是宫主的亲生女儿，平常飞扬跋扈，不管别人对错，只要得罪了她便是死路一条。”

小鸽摸摸鼻子，觉得自己突然对这两个美女失去了兴趣，她端起一大杯酒，作为礼貌敬了云潜一杯。

“古人云，唯小人与女子难养也。古人诚然不欺我。为此，当喝一大杯，干！”

小鸽微醺，满室寂静。

呼啸的风声伴着雪花飘进来的时候，从风雪中走进来两个人。一个穿着白衣服的窈窕女人，还有一个拿着琵琶的中年男人。

小鸽摸摸头上的毡帽，吃了一大块牛肉，故意大声地说话，“我觉得这白衣姑娘比刚才那个漂亮多了。”

此话一出，店里的目光都射向小鸽，小鸽很自然地将注意力转移到紫莲身上，紫莲的脸一下子变得通红。

“客官里面请，座位不多了，您将就一下。”小二笑眯眯地将三个人领到最里面，那紫莲姑娘和白衣女子面对面。

“有好戏看了。”小鸽微醺，漆黑的脸上也能看出点微红的痕迹，她又干掉一大碗酒，紧揪着的肠子舒展开，打了一个大大的哈欠便趴在桌子上不能动弹。

“这点酒量还敢充好汉。”云潜听着小鸽的呼噜声微微摇头，将身上的披风解下来，“哎，你还没告诉我名字。”

“小鸽，我叫小鸽。”

“小鸽。”云潜轻轻一笑，感觉到旁边两位美女的火药味十足，觉得小鸽的话十分有道理，唯小人与女子难养也。

天渐渐黑下来，外面的天寒地冻和屋子里的热气洋溢形成鲜明对比。云潜打了一个哈欠，觉得一股冷风袭来，想都不用想，定是那风雪中的东来之客，皆为奔赴一个传说而来。

入夜，雪深。

门外风雪大作，冰寒刺骨，簌簌的飘落声压在房顶，木质的房屋发出吱吱声，房梁颤抖。

小鸽从睡梦中惊醒的时候，周围的人们还在谈天说地。只不过多了好些陌生的面孔。暗自嗤笑一声，摇头，于她而言，这些都是陌生人。

揉揉眼睛，桌上残留的牛肉还在，酒已经变冷了。云潜靠着墙柱入睡，斜侧着身子，姿势优雅。

小鸽打了一个响指，四处环顾，却发现原本的紫衣女子座位上换成了一个花枝招展的美少年。

“绿蚁新醅酒，红泥小火炉。晚来天又雪，能饮一杯无?”美少年穿着大红的披风，若隐若现的雪白肌肤在芙蓉色的滚雪细纱下显得异常妩媚。

两个紫衣女子像是受了不轻的伤，嘴唇隐隐泛黑，有些许中毒的迹象。

“如此好的天气，不喝一杯吗?”美少年突然转向小鸽，看到小鸽惊愕的表情笑得花枝乱颤，他细长的指甲轻轻拨弄着酒杯里的泡沫，优雅而邪魅。

“花骨冷宜香，小立樱桃下。”小鸽轻轻一笑，语气非常愉快，“我看公子这云斐庄的花缎倒是不错，鎏金穿花步摇也是上乘，远远看来，竟像是一朵移动的花，这让在下想起了那句‘小立樱桃下’，公子的名字，莫不就是‘樱桃’?”

“哈哈……”那樱桃公子一笑，细长的指甲微微一探，“恐怕要让你失望了，在下花宜香，生平最喜欢的便是毒药，摧花毒药……”

那阴恻恻的声音萦绕在小鸽耳边，小鸽依然在微笑，她长长地打了一个哈欠，看看窗外的白雪，似乎在自言自语，“明天，或许是个好天气呢。”

“你竟然没事。”樱桃公子微微一愣，下意识看向自己的指甲，毒确确实实已经下在了对方身上。

“樱桃公子，我的确没事。”小鸽暗地里捏了云潜一把，若不是他及时出手，她绝对逃不过那么厉害的毒。

云潜从装睡中睁开眼睛，他似笑非笑地看着眼前花枝招展的樱桃公子，“若是没猜错，我想我应该叫你孙渺渺。十几年前被武林中人围困却神秘消失的邪教宫主，啧啧，没想到你竟然将自己化装成了这个模样。虞美人，你的绝门毒药，竟然如此轻易地拿出来对付一个没有功夫的人。”

“呵呵，十几年过去了，竟然还有人记得我这个名字。也罢，也罢，是我太大意了。”樱桃公子妖孽一笑，脸上却是阴冷至极，大红色的袍子随着掌风翻动，他展开身形攻击云潜的时候，窗外突然响起了鸟叫声。

“来了!”

“来了!”

听到这叫声，原本喧哗的客栈里突然变得死一般寂静，几个激动地叫出声音的人也紧张得不敢再动。

“布谷，谷谷。”

两声清脆的叫声响彻在天际，周围的雪花飘落声全部被湮灭，整个世界里只剩下这一种声音，空旷，清明，万物归一，像是从遥远的地方传来，却又声声直入人心底。每一个听到叫声的人都脸色煞白，他们运起内功也无济于事。

“来了，真的来了。”一个中年人颤抖着双手，“我听闻家父说起，当杜鹃鸣声出现的时候，便是有使者来接应。冬日里的杜鹃啼鸣，还有比这更怪异的吗?”

“有使者接应?”旁边有人疑问，“这茫茫雪山，即使有使者接应也需要几天几夜时间，可在下听闻这冰城只开启一天一夜。若是时期一过，冰城关闭，我们可如何是好?”

“呵呵，怕死之人还想进冰城。你大可留在这里喝酒吃肉，或者找个温柔乡饱睡一晚上，何必来这里丢人现眼!”一个人耻笑了一声，周围的人也开始附和。

那些原本想要打退堂鼓的人听到这些言语，只能硬着头皮等待着。

清脆的叫声每隔一刻钟便叫两声，第一声是“布谷”，第二声却是“谷谷”。

小鸽微皱着眉头，悄悄拉扯了云潜的衣袖，“等会儿跟着我走。”

云潜挑挑眉，他没想到这个身上没有一点内力气息的小鸽也要去闯冰城，“发现什么不妥吗?”他问道。

“这两声鸟叫声不一样。”小鸽皱着眉头，吞咽了两口口水，“我觉得有古怪。”

“有古怪?”云潜挑挑眉，觉得小鸽太过谨慎，鸟叫声不同是很正常的事情，何况可能不止一只杜鹃。

“杜鹃鸟原本是春夏气候鸟，为何在这冰封的冰天雪地里会出现？我听说杜鹃鸟极为胆小，常常隐匿在植被茂盛的地方，出现在这样白茫茫一片的雪山之中，你不觉得怪异吗？”小鸽皱着眉头，百思不得其解。

“布谷，谷谷……”又是两声鹃鸣，这两声鹃鸣比前面的几声都要急促，听到的人都心神一怔。眼前恍惚，似乎看到大雪中有一只长达三尺的碧翠色杜鹃在翱翔。

碧翠色的杜鹃身形高大，飞翔的时候如同雄鹰展翅，极具气势和魄力。它展开翅膀，碧翠色在黑夜中熠熠发光，映衬着白雪皑皑，如同从天而降的神鸟。

“啼血！”一人惊叫了一声，众人心神受到冲击，再次稳定下来的时候，果然看到那碧翠色的杜鹃嘴角溢出了鲜血。

大红色的鲜血染就白色苍茫，明明只是一小滴血，却像是将雪山的苍白都浸染了一般，满天满地都是血红的色彩，诡异而触目惊心。

叫声还在持续，人们的眼神已经涣散。他们沉浸在那片血海中，似乎有白茫茫的雪带着鲜艳的红滚滚而来，直袭心扉，功力稍弱的人“哇”的一声吐出一口鲜血，功力强的人也在勉强支撑。

小鸽皱眉看着进入梦魇的人们，微微摇头，从怀里掏出一支笛子。清音短笛，淡淡的音符散发出来的时候，竟然有幽绿的光芒，清净淡然的笛音赶走众人心中的恶魔，他们纷纷吐出口中的瘀血，对刚才的事情心有余悸。

“天哪，我刚才看到那么大的杜鹃鸟。杜鹃啼血，果然如同那个传说一般吗？”一个人捂住胸口，对刚才的梦魇还有些害怕。

“胆小鬼，那不过是一个噬心咒罢了。”樱桃公子嗤笑了一声，不以为然。

“噬心咒。”此言一出众人脸色皆变，噬心咒正如其名，一旦陷入到里面便不能自拔，直到心被梦魇吞噬干净才会罢休。他们看到的那片血红并不是杜鹃啼血，而是他们的心脏深处！

想通这个道理的人更是脸色苍白，他们正在犹豫着要不要踏上这冰城之旅。还没开始便已经危机重重，若是到了冰城深处，且别说一步登天，就是保住性命也是难事。

“果然是一群胆小鬼。这劳什子噬心咒就将你们吓成这样，亏得还敢自称武林好汉……”紫莲声音不大，但在场的人都听得清清楚楚。

紫衣用力拉了她一把，对这个被师父宠坏了的师妹没有一点办法。

“布谷，谷谷……”杜鹃鸟叫了第四次之后戛然而止，远方突然响起了一个男人高亢而抑扬顿挫的声音，众人面面相觑，待仔细听去，却是一首词。

天丁震怒，掀翻银海，散乱珠箔。六出奇花飞滚滚，平填了，山中丘壑。皓虎癫狂，素麟猖獗，掣断真珠索。玉龙酣战，鳞甲满天飘落。谁念万里关山，征夫僵立，缟带占旗脚。色映戈矛，光摇剑戟，杀气横戎幕。貔虎豪雄，偏裨真勇，非与谈兵略。须拼一醉，看取碧空寥廓。

“好有气魄的词！”

那高亢的吟诵声一直回响在众人耳边，众人听得热血沸腾，纷纷摩拳擦掌。情绪正欲高涨，却又从远方传来一个清丽柔美的女声，众人心神恍惚，待仔细听去，却又是一首小词。

觅梅花信息，拥吟袖，暮鞭寒。自放鹤人归，月香水影，诗冷孤山。等闲。泮寒晛暖，看融城、御水到人间。瓦陇竹根更好，柳边小驻游鞍。琅玕。半倚云湾。孤棹晚，载诗还。是醉魂醒处，画桥第二，奁月初三。东阑。有人步玉，怪冰泥、沁湿锦鹓斑。还见晴波涨绿，谢池梦草相关。

如此清丽出尘的声音传到众人耳朵里，那些热血沸腾转瞬之间变成淡然无为。超脱于世俗之外的声音萦绕在人们耳旁，无论你功力多高都无法摆脱。

“好奇怪啊。”小鸽依然皱着眉头，不知道为何，她总有一种很不祥的预感。

“没事，有我。”一双手按在她的肩膀上，云潜略带稚气的声音里充满了坚定。

“哗，呼啦呼啦……”

一阵急促的风声将客栈的门吹开，雪花伴着大风吹到屋子里，众人纷纷用衣袖遮挡突如其来的雪花，温暖的屋子里霎时间冰冷刺骨。

“看，是船！”

有人大叫了一声。

众人睁开眼睛向外望去，只见客栈门外的雪地上停泊着两艘豪华至极的大船。一艘船上挂着亡灵的旗帜，另一艘船上却挂着生灵的旗帜。

“是雪海幽灵船！”有知情者喊出这个名字的时候，两艘船上发出了同样的声音，只不过是一男一女，但这两个人的声音喊出的内容却是一样的。

“生即是死，死即是生。生生死死，死死生生。生者可以生，死者可以死。生未必生，死未必死。”

没头没脑的声音传来，依然是高亢而抑扬顿挫的男声和清丽柔美的女声，两种不同的声音说出同样的话，给人完全不同的两种感觉。

“亡灵者进！”男声停顿了半晌，慢吞吞地开口，他说出这句话的同时，众人的心中仿佛有一股热血在沸腾。

“生即是死，死即是生。老子就选这条船了。”一个虬髯大汉高喊了一声，扛着斧头走上亡灵船。

有了大汉带头，有不少人跟着他上了亡灵船。剩下的人都在面面相觑，谁也拿不定主意。

“生灵者进！”女声清丽柔美的声音传来，众人的心里霎时间变得清明，仿佛所有的一切都超然物外。

“我们走吧。”小鸽拉着云潜的袖子走上生灵船，跟着上来的竟然有那樱桃公子、紫衣师姐妹、白衣女子和抱着琵琶的中年男子。小鸽暗自点了点头，发觉生灵船和亡灵船人数各占一半。

待所有想上船的人都上船之后，两艘豪华大船竟然在雪海中缓慢移动，进入船舱之后的人们纷纷找了个地方坐下，他们虽然能看到外面的场景变换却无法走出。

“天下竟然还有这样的奇景。”小鸽看向外面的景色，雪海翻腾，真如大海一般翻起阵阵浪花，大船在雪海上缓慢行驶，行过处不过只留下半丝波纹。

“是啊，这个地方真是匪夷所思。”云潜坐在小鸽身边，“为什么我在你身上感觉不到一丝内力呢?”

“那是因为我根本就没有内力。”小鸽咧嘴一笑，露出雪白的牙齿，“没有内力你怎么察觉?”

“你真的不会武功?”云潜皱眉，小鸽的反应他全看在眼里，绝对不像是个会武功的人，但那份淡定和气度，却是这些武林中人也学不来的。

“人这一生要走很多路，我走的路太多，遇到的事情也就多了。所以才养成处变不惊的性子。”小鸽换了个舒服的姿势躺下，“我从五岁开始便独自在世间历练，经历过的生死之劫数不胜数，慢慢的，也就习惯了。”

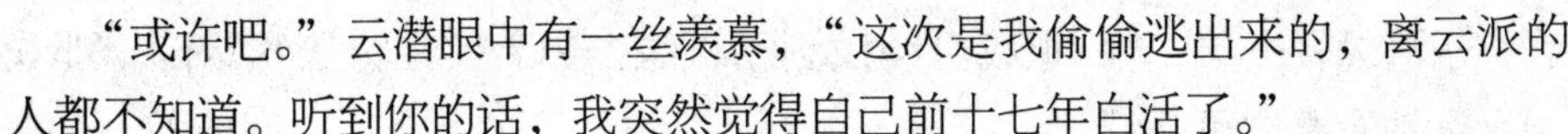

“或许吧。”云潜眼中有一丝羡慕，“这次是我偷偷逃出来的，离云派的人都不知道。听到你的话，我突然觉得自己前十七年白活了。”

“每个人都有自己的命数，你羡慕我不过是想要逃出长辈的限制。而我，有的时候也很想要一个安定的家。人都是有欲望的，正因为如此，才会有形形色色的人生。我们习惯了抱怨，却不知道珍惜现在才是永恒。”

小鸽说完便闭上眼睛，云潜则像是悟了一般喃喃自语。周围的人脸色各异，却都没有说话，一时间周围的气氛有些压抑。

时间一点一点地滑过，轻飘飘的笛声传来，仿佛远在天边却又近在咫尺，淡淡然中带着些许的落寞，那声音越来越近，仿佛有一股神奇的力量在催促着，当笛声停止的时候，原本苦苦支撑着的众人都失去了意识。

一声吟啸，几声长鸣。杜鹃的清脆叫声入耳，众人从无梦状态中清醒过来的时候，发现自己并不在船上。

“这是什么地方?”紫莲有些害怕，整个身子蜷缩在紫衣怀里，她虽然平时比较跋扈，但对于未知的一切还是充满了恐惧，尤其是这么诡异的地方。

“好诡异的地方。”小鸽轻轻叹了口气，似笑非笑地看着樱桃公子，樱桃公子轻轻一笑，手里不知道什么时候多了一把折扇。

“这里，莫不就是传说中的流离幻吧。”他的眼神很悠远，像是在思念着什么。

“流离幻!”听到这个名字，周围的人开始躁动，进了流离幻等于进入了冰城深处，据说流离幻非常大，非常神秘，那些一步登天由平庸变为至尊的人都是在这里得到的机缘。

众人眼神中充满了热切，他们向着不同的方向出发，不过一盏茶工夫，原地只剩下小鸽、云潜，还有那个阴阳怪气的樱桃公子。

“孙渺渺，你来此地不是为了机缘吗?”云潜皱眉。

“不错，正是为了机缘。但是，我好像没告诉你们，十年之前，我曾经来过这里，当时的情景记忆犹新，我还不想死!”樱桃公子恶狠狠地盯着小鸽，“你们怎么不动?”

小鸽轻轻一笑，咯咯的笑声在偌大的空间里回响着，“谁说我们不走，我们巴不得离你远远的呢。”

云潜脸色一变，却被小鸽拉走。

“你也去寻找自己的机缘吧，我没事。”小鸽依然在笑，“十年一次的机会，你不想错过吧?”

云潜轻轻一笑，“我想我已经找到了机缘。你若实在讨厌我跟随，那我便远远地看着你可好?”

小鸽摇摇头，很无奈地挥手，“既然来了，总不能空着手回去吧。四处走走，说不定真有什么宝贝。”

云潜心中一喜，感觉到内心有一股激流在涌动，这股激流随着四肢百骸穿过身体的每一个穴道，刹那间，一直没突破的心法竟然提高了两层。

小鸽咂舌地看着眼前的流离幻，有些惊叹修建之人的鬼斧神工。偌大的一个空间里全是流离镜，流离镜是雪山之中非常罕见的矿石，集雪花与风力于一体，如同风吹过冰面留下的痕迹，极为稀少。

小鸽缓缓地走在千年玄冰制成的地板上，倒映出的人影异常清晰。她忍住心中的诱惑慢慢往前走，一炷香的时间之后，周围的流离镜墙壁突然变幻，玄冰也变成了一座拱桥。

“是小桥。”云潜叫了一声，将小鸽护在身后。

小鸽摸摸鼻子，默认云潜的做法。

两个人继续往前走，走到拱桥中央的时候，发觉桥下有异动。向下看去之时，只见玄冰之中有碧绿的溪流流过。

“这边有洞口。”溪流之上出现了一个洞口，两个人靠近的时候却发现洞口变成了一面硕大的镜子。

“玄冰镜!”小鸽惊叫一声，人却不受控制地飞了出去。云潜慌忙拉住她的脚，无奈中间的吸力过大，两个人一块跌了进去。

“这是什么地方?”云潜看向周围，却发现进来的那些人都在这里。他们面部表情非常僵硬，像是沉浸在自己的梦里。

“不好，这是幻境。快坐下。”小鸽说完便坐下，手攥得紧紧的，脸色有些发白。

“你没事吧。”云潜帮小鸽输几丝内力，像是遇见一道天然屏障，他被狠狠地弹开之后感觉到一阵波动，大脑竟然不受控制地高速旋转开来。

他感觉自己的灵魂飘到了半空之中，像一个过客一般看自己的一生遭遇。

他看到自己出生之后被父母遗弃，小小的他在大雪中哭泣，小脸冻得发紫，饥饿难耐。在将要饿死冻死之际，他被一个道士捡起，道士将他带回道观里。

画面转变，他看到自己长大成五六岁的模样。师父每日喝酒，不是打骂便是惩罚，他在冬日的夜里常常被饿醒冻醒，每日有干不完的活，小小年纪已经饱尝冷暖辛酸。

一晃，八岁的时候。他挨了师父的打骂之后跑到后山，遇见了在雪山中寻食的老虎，差点命丧虎口，被人救下之后逃下山。

他成了小乞丐，每日流浪。从来不在相同的地方待上一个月以上，流浪着乞讨，受尽欺凌和白眼。

一次机遇，他遇上了高人，经过高人指点之后开始学武功。他刻苦练功，只为了结束这种漂泊的生活。等到学有所成，再次回归之时，却发现天下仍没有他的落脚之地。

他来到最繁华的都城，行侠仗义，爱上了一位官家姑娘。这位姑娘和他情投意合，却因为礼教的束缚不能和他在一起。姑娘家人万般阻拦，并将她嫁人，在万般无奈之际姑娘选择殉情。等到两个人再次相见却已经天人永隔，他万念俱灰，终于在一次比武中被人杀死，这飘荡的一生也结束了。

“云潜，你给我醒醒。”

身体一阵刺疼，云潜的意识从半空中飘回来，他双眼迷茫地看着周围，发觉自己已经是满身冷汗。

“刚才我经历了什么？”他擦擦冷汗，刚才那一幕那么真实，真实的就像是亲身经历一般，那些痛苦和疼痛就像是发生在他身上一般。

“要不是我刺你一针，你还沉浸在梦里醒不过来。”小鸽撇撇嘴，收起长针，“看你的模样，像是要永远沉浸在里面。”

云潜有些后怕地点点头，那个女子死的时候，他感觉到自己万念俱灰，梦中的自己被人杀死，他竟然能感觉到一丝放松。那种放松是紧张之后的懈怠，若不是小鸽那一针，他真的不知道能不能醒过来。

环顾四周，除了樱桃公子在闭目养神之外，其他的人都陷入了梦魇的状态，时间一点一点过去，小鸽冷眼看着表情各异的人们，感觉到有几个已经失去了生命波动，其中包括那个飞扬跋扈的紫莲仙子、白衣姑娘、中年男子……

“布谷，谷谷……”又是两声鹃鸣，小鸽拉着云潜快速地走出玄冰镜，再次踏过小桥的时候，那流离幻竟然消失了，里面的人也消失不见。

小鸽和云潜面面相觑，他们看向周围的时候，却见周围是一片白茫茫的雪山。

“你听到什么声音了吗？”小鸽皱着眉头，那种不祥的预感再次袭来。

“桀桀……桀桀……”

“一种很可怕的笑声。”云潜脸色变了变，话音刚落，便有千万株通红的花从雪地里凭空生出。

“竟然是血阳花，我们麻烦了。”小鸽脸色变得苍白，她看着渐渐靠近的血阳花，绝望地闭上眼睛。

“就是那种传说中靠人血生存，能够发出奇怪笑声的血阳花?”云潜的脸色也非常难看。

小鸽点点头，满眼绝望。

那血阳花快速地靠近，每一朵花都有脸盆那么大，血红的花如同张开的大口，垂涎着活生生的血肉。

“逃吧。”小鸽一把推开云潜，那血阳花却在转瞬之间将他们包围，鲜红的色彩包围着他们，他们能感觉到鲜血从身体里流走的那种痛感。

“鲜血!”小鸽在意识消失之前看到那血阳花在诡异地笑着，鲜血充斥着整个雪山，如同杜鹃啼血一般鲜红诡异。成千上万的血阳花铺满了整个雪地，那雪也变成了通红通红的色彩。

“雪，血!”小鸽只来得及说出这么两个字，浑身的鲜血被那诡异的花给吸干净，她感觉自己浑身上下变成了骨架。

呼啸的山风从远方而至，烈风吹过的瞬间，她的骨架变成粉末，随着飘扬的雪花飞到天地之间，仿佛不曾来过。

死亡，这便是死亡的感觉。

小鸽终于停止了思考，她感觉到自己的灵魂在放逐，在激荡，在流逝，在遗忘。

“布谷，谷谷……”

两声鹃鸣从四面八方传来，清脆的叫声仿佛直入心底，那种泣血的感觉重重袭来，小鸽突然打了一个激灵，她重重地抬头，感觉到一股撕心裂肺的疼痛。

“我的妈呀，怎么睡到桌子底下去了?”她捂着头站起来看到正在昏睡的云潜。

“喂，你醒醒。”小鸽摇了摇云潜，看向周围的时候，发觉自己仍在客栈里，而客栈里只有寥寥几个睡着的人，他们的表情有的是痛苦，有的是解脱，还有的是恍然大悟。

摇不醒云潜，小鸽微微叹了口气，“真是个不错的少年，在那样真实的幻境里还能保持本心，以后定会有一番成就。但愿你能消除心魔，这个算是对你赤子之心的回报。”她拿出刺在云潜身上的银针，伸了伸懒腰，喝了点冷酒，感觉到窗外有阳光透进来，真是个很不错的天气。

“小怪，将煮好的汤给他们灌下去。告诉师父，我已经找到了守护者，不日便会带着他回冰城。”小鸽踢了睡在地板上的小二一脚。

“好说，好说。”小二打了个哈欠，看着客栈中寥寥几个人喟叹：“一代不如一代，才相隔十年，能突破的人只有这么几个。啧啧……啧啧……”

“被封锁在冰城里，对他们来说也是有好处的。心干净了，才能达到巅峰。这不正是师父想要的吗？”小鸽轻轻笑着，拍拍身上的尘土。

打开客栈门的时候，大雪掩住了门口，门外白茫茫一片，整片大地萧索而凄清。

“一切皆是梦，梦醒了，所有的一切都如外面这场大雪，一片白茫茫大地真干净。”小鸽哈了哈气，迈开步子行走在大雪之中，她费力地往前走，身后留下一串歪曲的脚印。

“喂，为什么跟着我？”小鸽回过头，看着妖艳的男人正在顺着她的脚印走。

“你为什么不惊讶我能这么快醒过来，雪女？”樱桃公子妖媚一笑，“我已经决定了，你到哪里，我便跟到哪里。”

“我下山这一趟，倒真是遇见了不少无赖。但像你这么无赖的还是第一次见。”小鸽轻轻摇头，手心里还攥着一枚哨子。

“我有没有说过，这十年我已经将那味名叫残雪的幻药研究透彻？”樱桃公子在笑。

小鸽抚了抚头上的毡帽，黑兮兮的脸上只有那双眼睛明亮至极，“师父曾经说过，这个世间存在一种叫作蛊心的哨子，还存在一种叫作残雪的迷药。当蛊心遇见残雪，内心里的狰狞显露无遗，若能顺利走出内心的困境，便能挣脱枷锁。若是走不出，便会一辈子都生活在梦魇里。”

“说实话，你真不应该给他们下噬心咒。”小鸽突然叹了口气，声音远远地传出去，“你知道的，冰城的幻境很霸道，先行破坏了他们的心，能走出冰城的更是寥寥无几。”

樱桃公子没有说话，他只是迈着沉重的步子继续往前走，前面是一个身形瘦削的女子。

雪海茫茫，他们的身影渐行渐远，两串深深的脚印在有风吹过的瞬间没了踪迹，偶尔传过几声杜鹃的啼鸣，声声入心，仿若一场真实的梦魇。

# 启　　事

本书编选时参阅了部分报刊和著作，我们未能与部分作品的作者取得联系，在此深表歉意。请各位作者见到本书后及时与我们联系，并提供相关作品著作权证明以及本人身份证复印件，以便按国家相关规定支付稿酬及赠送样书。

地址：湖南省长沙市天心区芙蓉南路和庄 A 栋 3118 室

邮箱：bjljwh@126.com